陳浩基、譚劍、文善、莫理斯、黑貓C、望日、冒業——著

偵探冰室

DETECTIVE CAFE

疫

偵探冰室・疫

目錄

序

在去年出版的《偵探冰室．靈》的序中，筆者在最後一段展望「疫情過後」的社會變遷。然而事隔一年，疫情不單沒離我們而去，甚至不幸地已「融入」我們的生活之中；我們的日常舉動，都遭疫情徹底改變。以往很常兩手空空外出的男士們，現在除了鑰匙、手機和錢包外，還可能會帶備酒精搓手液、紙巾和後備口罩，不拿個小腰包恐怕難以把上述物品悉數攜帶在身。回到家中，又要馬上潔淨雙手，換掉髒衣服，還可能會隨即洗頭和洗澡，把黏附在身上看得見和看不見的穢物一一沖去。每次出入家門都神經兮兮地完成各項家居防疫步驟，彷彿經歷了一場小戰役，但只是希望能用盡一切辦法阻止無情的病毒侵入家中。

這些和疫情相關的點滴，成為了您手上這本書《偵探冰室．疫》的主題。《偵探冰室．疫》是「偵探冰室」系列的第三部。本系列始於二〇一九年的《偵探冰室——香港推理小說合集》（註：台版於二〇二〇年出版），當時我和一眾香港作家希望能夠透過這個結合香港本地元素和推理小說的合集，推廣華文推理創作和閱讀風氣，並讓讀者認識到更多的香港作家和關注本地社會議題。系列來到第三集，這次參與計畫的七位作家把香港元素和主題「疫病」結合，撰寫出合共八篇風格迴異的短篇推理小說。除了上文提及的日常生活細節外，一些大型防疫措施，如限聚令、病毒檢測、防疫隔離、圍封行動等，也是書中故事會觸及到的內容。儘管疫情帶來的大都是不愉快的經歷，但我們仍希望把這些屬於這個年代的故事好好寫下來，側面記錄市民在這個年代面對的困難和掙扎，或許也能成爲後世的借鏡和警惕。

除了疫病，離散也是近年圍繞香港人的議題。在過去的一段時間，基於環境的變遷、政治原因或疫情，我們的身邊可能都有不少人因著不同的原因離我們而去——移民、流亡海外、病逝，又或是「被消失」等。「離散」也因此成爲《偵探冰室·疫》中部分作品的主軸之一。

《偵探冰室·疫》保留了過去兩集大受歡迎的作者訪談，繼續讓讀者在作品以外了解一眾作者。爲了帶出新鮮感，同時配合防疫，避免多人聚集，這次的作者訪談採用快問快答的形式個別進行，訪談風格輕鬆幽默，希望能夠讓讀者稍稍排解一下日常生活沉鬱的情緒。

「偵探冰室」系列有幸走到第三集，除了感謝您們的支持外，我也想藉此機會感謝本書的其他作者，有賴你們的積極參與和信任，才成就這個系列的誕生。《偵探冰室》早前獲第三屆香港出版雙年獎文學及小說出版獎，並入選台灣文化部中小學生讀物選介，我也感謝出版及文化界對本系列的認同和支持。同時，我希望在此感謝在疫情中緊守崗位的所有人，這並不只是醫護人員，也包括物流業從業員、超市和便利店員工，還有做好防疫措施的每一位市民等。面對這種全球性的災難，沒有人能夠獨善其身，但既然時代賦予我們每一個人獨特的使命，我們就得緊守崗位，充實自己，變得更好更強，以便在亂世中站穩陣腳。世上沒有不會停的雨，我相信我們肩並肩撐著，終會看到雨過天晴的一日。

望日

原文撰於二〇二一年六月四日

二〇二一年十月一日追補潤飾

作者介紹

陳浩基

香港中文大學計算機科學系畢業，台灣推理作家協會海外成員。二〇〇八年以童話推理作品〈傑克魔豆殺人事件〉入圍第六屆「台灣推理作家協會徵文獎」決選，翌年又以續作〈藍鬍子的密室〉及犯罪推理作品〈窺伺藍色的藍〉同時入圍第七屆「台灣推理作家協會徵文獎」決選，並以〈藍鬍子的密室〉贏得首獎。之後，以推理小說《合理推論》獲得「可米瑞智百萬電影小說獎」第三名，以科幻短篇〈時間就是金錢〉獲得第十屆「倪匡科幻獎」三獎。二〇一一年，他再以《遺忘・刑警》榮獲第二屆「島田莊司推理小說獎」首獎。

他的長篇作品《13・67》（二〇一四年）不但榮獲二〇一五年台北國際書展大獎、誠品書店閱讀職人大賞、第一屆香港文學季推薦獎，更售出美、英、法、加、義、荷、德、韓、日、泰、越等十多國版權，並售出電影及電視劇版權。本書同時獲得二〇一七年度日本「週刊文春推理Best 10（海外部門）」及「本格推理Best 10（海外部門）」兩大推理排行榜冠軍，爲首次有亞洲作品上榜，另外亦獲得二〇一八年本屋大賞翻譯部門第二名、第六回翻譯推理讀者賞第一名及第六回Booklog大賞海外小說部門大賞。

二〇一七年出版以網上欺凌、社交網絡、黑客及復仇爲主題的推理小說《網內人》。另著有科技推理小說《S.T.E.P.》（與寵物先生合著）、科幻作品《闇黑密使》（與高普合著）、異色小說《倖存者》、《魔蟲人間》、《山羊獰笑的剎那》、《筷：怪談競演奇物語》（與三津田信三、薛西斯、夜透紫、瀟湘神合著）、《氣球人》、奇幻輕小說《大魔法搜查線》、短篇集《第歐根尼變奏曲》等等。最新作品為《魔笛：童話推理事件簿》。

譚劍

曾任程式設計、系統分析、項目管理等工作。以結合人工智能和香港文化的《人形軟件》（台灣版書名為《人形軟體》）獲首屆「全球華語科幻星雲獎」長篇小說獎金獎。探討未來科技與七宗罪的《黑夜旋律》入圍「九歌30長篇小說獎」。科幻武俠短篇小說〈斷章〉獲選入《華文文學百年選・香港卷2：小說》。以台南文化為背景的奇幻小說《貓語人》系列入選台灣文化部一〇七年「年度推薦改編劇本書」。並獲倪匡科幻獎、可米瑞智百萬電影小說獎、BenQ華文世界電影小說獎等，入圍台北文學獎年金獎助計畫。香港書展年度主題「科幻及推理文學」作家之一。另著有科幻短篇集《免費之城焦慮症》（收錄〈香港科幻小說發展史〉）。

英國倫敦大學電腦及資訊系統學士，英國布拉德福德大學企管碩士。台灣推理作家協會國際會員。好奇如鯊魚。喜歡旅行、動物和大自然。與家人和一隻愛撒嬌的狗住在西太平洋一個小島上。

文善

香港出生，中學時好友犯禁帶《金田一少年之事件簿》漫畫回校給同學傳閱，自此便愛上推理。

九十年代隨家人移民加拿大，落地生根。無車又無兵，假日只能常跟著老爸去圖書館，借閱當時有限的中文書籍，維持了中文的讀寫能力。也從漫畫「進化」到看推理小說，最愛日系本格推理，覺得各種設計巧妙的詭計就如一件件精緻的藝術品。

大學畢業後開始嘗試寫作，曾三度入圍「台灣推理作家協會徵文獎」決選。當「島田莊司推理小說獎」開辦時，抱著和推理界朋友去慶典的心情參加，每屆參賽的成績都有進步，終於在第三屆憑《逆向誘拐》榮獲首獎。小說並由香港導演黃浩然改編成電影，於二〇一八年上映。

在這個社會派和懸疑作品當道的年代，希望透過帶有不同元素的作品，給讀者接觸本格解謎的趣味。長篇小說還有結合愛情和甜品的《店長，我有戀愛煩惱》、帶有商業背景的《你想殺死老闆嗎？（我們做了！）》、和有女性生育議題的《輝夜姬計畫》。當中《逆向誘拐》、《你想殺死老闆嗎？（我們做了！）》和《輝夜姬計畫》已出版韓文版，而《逆向誘拐》更已出版日文版。另有短篇作品散見港、台雜誌和網路平台。

莫理斯

土生土長香港人，英國劍橋大學法律系畢業，以「一國兩制」爲論文題目進修博士學位期間，曾爲香港基本法諮詢委員會擔任法律研究及翻譯工作。留英講學多年後，於二〇〇一年回港轉投影視製作，亦在香港大學法律系兼任客席副教授之職。二〇一七年推出第一部短篇偵探小說集《神探福邇，字摩斯》，現正安排出版不同地區版本和續集，並希望把系列籌拍成劇集。

黑貓C

香港理工大學電子及資訊工程學系畢業。二〇一五年開始在網上連載科幻、奇幻小說，翌年以武俠小說《從等級1到武林盟主》系列出道。他涉獵多種類型寫作，同年以數學爲主題創作推理小說《歐幾里得空間的殺人魔》，並於二〇一七年獲得第五屆「金車．島田莊司推理小說獎」首獎。另著有奇幻輕小說《末日前，我把惡魔少女誘拐回家了！》系列。最新的推理小說《崩堤之夏》以反對《逃犯條例修訂草案》運動爲背景描寫香港人的故事。

望日

香港科技大學土木及結構工程學工學士、土木工程學哲學碩士。曾任職香港政府一級行政主任。輟筆多年後，仍對寫作念念不忘，爲實現以創作爲終身職業的夢想，遂毅然丟棄鐵飯碗全職寫作，集中於創作科幻及推理小說。

二〇一五年以科幻小說《黑色信封》出道；同年年底創辦「星夜出版」，繼續出版自己的作品外，同時期望與有理想、有潛質的作者攜手發展，並推廣香港作品。

其政治懸疑小說《有冇搞錯！我畀咗成千蚊人情去飲，竟然九道菜全部都係橙》[1]於二〇二一年獲香港劇團「劇場空間」改編爲讀劇公演。

另著有科幻小說《時間旅行社》、《深藍少年》、《粉紅少女》、《白色異

1 粵語翻譯：「怎麼搞的！我付了足足四千塊禮金去吃喜酒，竟然九道菜全部都是柳丁」。

境》、奇幻小說《等價交換店》、拳擊圖文小說《死角》（與曹志豪合著）等。

堅信夢想，勇於走出舒適區，不斷尋求挑戰。

冒業

九十年代出生。香港中文大學計算機科學系畢業，現職軟體工程師。二〇一八年以〈古典力學的象徵謀殺〉入圍第十六屆「台灣推理作家協會徵文獎」決選；二〇二〇年以〈所羅門的決斷〉入圍第十八屆「台灣推理作家協會徵文獎」決選；二〇二一年再以〈千年後的安魂曲〉獲得第十九屆「台灣推理作家協會徵文獎」首獎。

除了創作也從事評論活動。二〇一四年開設部落格「我思空間」發表作品評論。文章曾於U-ACG、01哲學、同人評論誌Platform、MPlus、Sample樣本、微批、明周文化、博客來OKAPI等刊登，並爲劉慈欣小說合集《流浪地球——劉慈欣中短篇科幻小說選》撰寫代序、譚劍科幻小說《黑夜旋律》撰寫解說、子謙推理小說《阿帕忒遊戲》撰寫解說及京極夏彥推理小說《姑獲鳥之夏》撰寫解說。最近在推廣推理小說評論普及。

筆名是「不務正業」的異變體。

疫下都市異聞・怪鄰

——陳浩基

Date: Tue, 15 Dec 2020 21:08:04 +0800
From: 陸安冬 <antonil319@outlook.com>
To: 梁秉賢博士 <bennyneo@protonmail.com>
Subject: 個案請教

梁教授您好：

冒昧來信，敬希見諒。也許梁教授您已忘記了我，但去年我們在大學校友聚餐碰過面，我便是那個跟您同桌、席間不小心打翻酒杯的男人，不曉得您有沒有印象。因爲您在閒談中說過「蒐集異常犯罪個案、用作社會學研究」是您的工作項目之一，我便想或許可以向您討教。不過我得坦白，我不確定這是否「犯罪個案」，只是我在日常生活中碰到一件我百思不得其解的怪事，然後又懷疑有可能演變成案件，所以再三思量後，還是決定來信，期望您能協助解惑。以下內容有點長，請勿見怪。

我家在土瓜灣，位處舊區，雖然大廈樓齡足有三十年，卻已是附近最「年輕」的建築，周遭都是高不過八層的老舊唐樓[1]，可謂一枝獨秀，鶴立雞群。樓面[2]不寬，一梯三伙[3]，每個單位實用面積僅約三百呎[4]，但對獨居的我來說已綽綽有餘，以今天香港而言更可謂豪宅。

自從疫症爆發，我的老闆便響應呼籲，讓同事們留家工作，每週只有一天或兩天回辦公室，減少彼此接觸。幸虧今天科技發達，互聯網便捷，家中辦公倒沒什麼不便，老闆更因省下不少電費、雜費支出，考慮他日疫情過後沿用制度，讓員工減少到辦公室上班……這等瑣事其實跟我要說的事情沒直接關係，純粹讓您了解一些背景。

上月十六號星期一我如常在家工作，不過這天我正等候一份重要文件，所以打開了電視，留意著大廈入口的閉路電視畫面——速遞公司在早上十點左右來電，說半小時內派件，但日更管理員正好每天十點多離開管理處巡樓，而大廈的訪客對講機故障待修，我無法在家遙控打開入口大門，心想萬一速遞員沒遇上剛好外出的住客，吃上閉門羹，我便趕緊下樓接文件。

就在等待期間，我聽到家門外傳來關門及用鑰匙上鎖的聲音。我住在十四樓C座，同層B座單位空置著，換言之，外出的一定是A座的住客。那單位住的也是一個獨身男人，以下我姑且以「A先生」來稱呼吧。我跟A先生不熟，除了從法團[5]主席口中聽過他的姓氏外，其餘個人情報一概不清楚，既不知道他的職業，也不曉得他的年紀——他看上去大約三、四十歲——我甚至沒和他說過話。管理員跟我閒聊過，他覺得A先生有點孤僻，平日也沒跟管理員打招呼。

本來A先生外出或留家跟我無關，我也無意打探他的底細，然而我當時察覺到異樣，勾起我的好奇心。

在閉路電視裡，我沒看到A先生出現。

我家大廈有兩個閉路電視鏡頭，一個安裝在大門入口，讓住客知道按對講機的訪客是誰，另一個設置在電梯內，純粹用作防盜紀錄。兩個鏡頭拍攝到的影片會實時透過大廈的公共天線顯示在各戶的電視數碼頻道上，而且兩段實況以畫面分割形式一左一右同步播放，住戶能同時看到大廈正門和電梯的情景。

然而那天我沒看到A先生在電梯或大門外現身。

當時我沒有特別在意，純粹是十五分鐘後再次聽到走廊傳來A先生的腳步聲和開門聲，我才反應過來。

我那時候閃過腦海的第一個念頭是「糟糕了，不只對講機故障，連閉路電視也壞掉」。我猜，電梯和大門的影片不是有嚴重的延誤（例如慢了一個鐘頭），就是管理

1 唐樓：在香港為中式外觀的建築。通常樓層不高，且沒有電梯。
2 樓面：建築術語，指樓房地上層的面積。
3 一梯三伙：一層有三個單位。
4 呎：平方呎的簡稱，香港計算土地面積常用單位。一呎約為0.028坪，三百呎約為8.4坪。
5 法團：即台灣的「法人」，此處指「業主立案法團」。

公司打小算盤，偷偷省下一筆維修費，重複播放舊片段來欺騙住戶，不過數分鐘後我卻發現兩者都不是事實——我看到送文件的速遞員出現在大門外，恰巧一位女性住客外出，他順利走進大堂。我在閉路電視畫面上看到他進出電梯，從他自畫面消失到按我家門鈴的時間差距，我確定閉路電視沒有故障，甚至沒有超過三秒的延遲。事實上，我連那位外出的女性搭電梯到大堂的過程也看得一清二楚，證明一切實時進行。

那麼，A先生剛才離家上哪裡去了？

坦白說，當時那疑惑一瞬即逝，雖然我沒想到答案，卻也沒深究，畢竟事不關己。眞正教我認眞思考起來的，是我在翌日早上發現相同的事情再度發生。

第二天早上十點多，我在玄關旁的貯物櫃找工作用的舊文件，碰巧聽到A先生外出的聲音。因爲想起前一天的怪事，我無意識地打開電視，調至閉路電視的頻道。他依舊沒在畫面上現身，而十數分鐘後，我再次聽到他回家。

這次我細心傾聽，更確認另一事實——我沒有聽到電梯開門、關門，卻聽到來回後樓梯的腳步聲。我家大廈的門板和牆壁很薄，就算不打開大門也能聽到走廊的聲音。

然後我發覺，A先生的這個神祕行爲，每天都會重複。一週七天，從不間斷。

因爲他沒有離開大廈——我家大廈沒有後門——所以我只能推想他是去了其他單位，而且是相差一至兩層的某戶，所以他才沒乘電梯。我猜他可能是替因疫情無法回港的鄰居照顧寵物或盆栽，每天餵飼料或澆水之類，所以只花十餘分鐘時間。

唯一令我摸不著頭腦的，是「孤僻」的A先生跟「替鄰居顧家」兩者有很大的違和感。

雖然感到不解，我倒沒有刨根究柢的動力，畢竟我不是偵探小說迷，平日也少看懸疑電影。可是，上月末發生一件小事，令我對A先生的行爲更在意。

那天我要回辦公室處理一些工作，大約十點多離家，當我穿好鞋子、戴上口罩後，聽到A先生開門的聲音。我心想或許正好瞧瞧他往樓上還是樓下走，甚至關心他替哪一戶顧家，問問要不要幫忙，盡一下睦鄰之誼，於是開門準備跟他打招呼，沒料到我走出走廊的刹那，卻聽到他關上家門。

也許他剛好想起事情，又或者因爲怕生怕尷尬，所以先等我搭電梯離開才出門，但那個「他不想讓旁人知道他每天到另一單位」的念頭總是揮之不去。

我跟同事們閒聊提起這怪事，他們都笑我太閒，說現在香港荒謬的新聞比比皆是，每天離家十數分鐘沒有什麼好在意的。有人贊同我那個替鄰人顧家的想法，也有人說可能是疫情下無法做運動，於是每天跑樓梯鍛鍊，甚至有人提出A先生可能擁有另一個單位放租，租客搬家了於是他每天都去開開窗通通風，確保單位不會發霉。

倒有一位同事的說法令我特別在意。

「可能是跟樓上樓下某戶主老婆偷情啦！」

當時其他人恥笑這位同事想法齷齪，也有人笑說十數分鐘便完事一定是「快槍手」，我卻因爲這說法想起早前從夜更管理員口中知悉的傳聞。

十六樓B座住了一對年輕夫婦，我稱他們爲B先生、B太太吧。我曾在業主大會上見過他們，從一些小動作可以看出他們很恩愛，像散會時B先生會跟太太手挽手離開，另外我也遇過他們在附近的餐廳約會，表現親暱。然而好景不常，管理員兩個月前告訴我，B先生和太太有一晚口角，幾乎大打出手，管理員不得不介入，差點還要報警（當晚我也聽到吵架聲，只是不知道是B先生夫婦）。據說，B先生夫婦近月關係變差，昔日的恩愛樣子不復見，和以前判若兩人。

我不知道他們家出了什麼問題，但今天的環境，家庭失和似乎不是異例，也許是政見不合，也許是經濟出問題，甚至很平常的，出現抗疫疲勞。我不知道B先生的職業是什麼，但目前九成行業都受疫情打擊，加上中產階級無法去旅行散心，壓力累積下來，在家裡爆發是尋常事。管理員還跟我抱怨，說出問題的不只B先生一家，以往住客們對管理員還客客氣氣，近月大家的態度卻越來越冷漠，連一句半句的寒暄問候也省下了。

我想整個香港社會都患上情緒病吧。

如果去年有人跟我說B太太對丈夫不忠，我一定笑說不可能，但現在我卻無法否定，即使對象是那個孤僻的A先生。我那天回家時，跟夜更管理員閒聊，問問他有沒有見過A先生和B太太走在一起之類，他答我沒留意，反而問我爲何有此一問。爲免成爲謠言源頭，我胡謅了一個理由，說某天好像看到A先生和B先生夫婦站在大廈門外談話，不知道是不是討論督促管理公司盡快維修對講機的事情，我也想摻一腳云云。

那之後我一直留意著A先生的動態，但除了每天早上離家十數分鐘，其餘時間沒有異常，他也有外出購物之類。上週有一天我在閉路電視看到他跟B先生一起搭電梯，心想搞不好會發生事端，二人卻沒有任何反應，只各自守在電梯的兩個角落，保持今天的標準社交距離。

本來爲了這等小事，我也不會寫信給梁教授您，問題是昨天我聽到一句話，令我十分擔心。

我說過我家大廈的門牆都很薄吧。昨天晚上我到朋友家作客，晚了歸家，回到土瓜灣已近凌晨一點。鬼使神差地我不小心按錯了電梯按鈕，步出電梯看到牆上那個「15」才發現錯誤。我走樓梯回到十四樓，經過A座大門時，聽到A先生在說話。我不知道他是在喃喃自語還是在講電話，但我想我聽到他說：

「……那傢伙死定了……死定了……」

因爲這句話，我緊張地回到後樓梯，擔心自己知道了不該知道的事，更怕A先生發現我聽到他的這句話。我待了好一會才回家，用鑰匙開門時更小心翼翼，盡量不發出聲響。

也許只是我多慮，但我今天一整天都無心工作，想著A先生的事，萬一我保持沉默而B先生遭遇不幸，那我就是幫凶。我想過到警局備案，但我怕小題大做，令警察以爲我別有所圖，畢竟今天的社會常常有理說不清。思前想後，我覺得向您請教意見最妥當，教授您閱歷豐富，一定能正確判斷我該不該報警，或是要不要暗中向B先生提醒警告。

期待您的回信。祝好。

從 Windows 10 的郵件傳送

--

□

Date: Sat, 19 Dec 2020 14:22:01 +0800

From: 陸安冬 <antonil319@outlook.com>

To: 梁秉賢博士 <bennyneo@protonmail.com>

Subject: Re: 個案請教

梁教授您好：

十分感激您迅速回信，想到教授您工作繁忙，不一定有空理會我這等閒人的妄想，所以昨天在信箱收到回音，我實在喜出望外。

我很認同您說資料太少，難以判斷是否涉及犯罪的說法，畢竟我也有自知之明，寄信給您後也覺得可能只是我太多疑了。最關鍵的那句「死定了」有很多種解讀，說不定那不是指實質的生死，甚或可能我一時聽錯。您指A先生與B太太有染的看法過於武斷，我亦覺得有道理，因爲即使A先生眞的跟某女戶主搞婚外情，對象也不一定是B太太。

只是不怕一萬，就怕萬一。我這幾天姑且做了一點小實驗，另外也聽到新情報。

我知道難以跟蹤A先生，找出他每天到哪個單位，但我還是想出方法縮小範圍。我前天早上九點在後樓梯地上偷偷撒了一些爽身粉，只要有人經過便會留下鞋印，雖然粉末在幾步之後便消失，但至少可以確認他往樓上還是樓下。一般人應該不會察覺那些粉末的用途，只會當成丟棄垃圾時不小心潑灑的污跡。

十一點多我到後樓梯檢視實驗成果，卻看到令我疑惑的場面——除了通往走廊顯示A先生回家的一道鞋印外，往上和往下的階梯上都有鞋印。我想A先生是不是一如某同事所說，藉跑樓梯強身健體，但我看出兩邊鞋印大小、紋理不同，往樓上和樓下的是不同人。我好一會才想到那個簡單的答案，往下走的是巡樓的日更管理員，他每天搭電梯先往頂樓十七樓，再逐層拾級而下，看看各樓層有沒有出問題、有沒有可疑人物試圖闖空門之類。換言之，假如A先生往樓下走，我該看到兩道向下的鞋印，如今一上一下，便說明他是往樓上去了。

我樓上只有三層共九個單位，大概只要多打聽，不出幾天我便能確認A先生每天前往的是哪一戶——然則我已探聽到，他盯上的很可能是十七樓C座。

昨晚我到後樓梯倒垃圾，因爲我家大廈有辦廢物回收，每層都弄了一個什麼「黃鋁罐、啡膠樽」[6]的小型分類回收箱，所以連倒垃圾也得花上一番工夫——膠樽回收箱老是塞得滿滿的，一個一個放進去實在花時間。不過就是因爲這緣故，讓我碰巧遇上巡樓的夜更管理員，結果聽到不得了的消息。先打開話匣子的是對方，他探頭往走廊瞧了瞧，再將一向懶得關上的防煙門帶上，壓下聲音問我對A先生有什麼印象。

原來兩天前A先生和十七樓C座的戶主C先生有過小爭執。十七樓C座住了一對父子，七十多歲的老先生上月仙遊，如今只有C先生獨居。管理員說老先生是心臟衰竭離世，因爲死者生前有感冒癥狀，當時還一度以爲是肺炎疫症，後來醫院說檢測呈陰性才釋除疑慮，不用全幢大廈消毒。據說，C先生父親是個隱形富翁，手上有幾個唐樓劏房[7]單位收租，身家雄厚，他一去世，C先生的兄長便跟弟弟爭家產，對方曾上門跟C先生談判，但雙方劍拔弩張，不歡而散。

而A先生如何跟這事扯上關係，是因爲兩天前早上，休假中的C先生發現A先生在十七樓鬼鬼祟祟的，以爲是小偷，連忙喝住對方質問。A先生說大廈走廊是公共空間，他身爲住戶不用解釋身處十七樓的理由，而C先生好像對A先生看不順眼，一口咬定對方心懷不軌，最後是日更管理員幫忙調停才了事。日更管理員之後告訴了夜更的，叮囑他留意一下，怕二人再生爭執。

雖然我和夜更管理員熟稔，平日無所不談（他連日更管理員患皮疹，害他每天上班都先用酒精替座椅消毒才敢坐這等小事都跟我分享），但我沒向他坦白說出A先生平日的異常舉動，因爲我想先聽聽教授您的意見。我猜，A先生可能認識C先生的兄長，二人企圖謀害C先生，以獲得遺產。C先生能禁止兄長闖進大廈這私人地方，卻無法防止身爲住戶的A先生接近。A先生可能不是每天到某單位，而是每天更換電池——我認爲他在十七樓走廊安裝了隱蔽攝影機，監視偷聽著C先生的一舉一動。至於他們純粹想抓把柄，威脅對方放棄部分財產，還是準備謀殺對方，我便不清楚。

我是個犯罪研究的門外漢，不曉得這種推理思維是否太過跳躍，就看教授您指

6 黃鋁罐、啡膠樽：膠樽，即台灣的「寶特瓶」。黃鋁罐、啡膠樽，指香港的垃圾分類策略，放置廢紙類的垃圾箱爲藍色，放置鋁罐的垃圾箱爲黃色，放置膠樽的垃圾箱則是咖啡色。

7 劏房：劏，指切開。劏房，指業主或二房東把一個住宅單位隔間成窄小的獨立住宅單位。

示，看看我該不該警告B先生或C先生，又或是樓上某位D先生或E小姐，抑或一切只是我的空想，根本不用在意。

再次感謝您撥冗回信。祝好。

從 Windows 10 的郵件傳送

--

□

Date: Mon, 21 Dec 2020 15:12:34 +0800
From: 陸安冬 <antonil319@outlook.com>
To: 梁秉賢博士 <bennyneo@protonmail.com>
Subject: Re: 個案請教

您好：

梁教授，我實在太感謝您了。我沒想到眞相一如您的推測，您著我聯絡的那位柯

Sir也幫上大忙。我剛離開九龍城警署，現在仍禁不住顫抖，心想必須第一時間跟您報告，所以在附近找了一間茶餐廳，用手機給您寫這封信。

老實說，前天我寄信給您後，您不用半天便回信，語氣又如此緊張，乍看下內容還有點荒謬，想法比我更跳躍，讓我有點猶豫。但因爲我相信您的經驗和判斷，於是打電話給柯Sir，沒料到您已早一步代我通知他，昨天早上他到訪，跟我部署行動，先到目的地點等候A先生犯案。

如您所料，A先生不是跟十六樓的B太太偷情，也不是弄攝影機監視十七樓的C宅，而是到天台進行那可怕的陰謀。我從沒想過，世上眞的有披著人皮的惡魔——我和柯Sir親眼目擊A先生躡手躡腳爬上天台水箱，打開蓋子，將手上膠袋的粉末倒進水箱裡。

柯Sir待對方完事後才行動，他擋住A先生的去路時，我看到那傢伙臉上頓失血色。A先生試圖砌詞狡辯，可是當我拿出手機，向他展示剛拍攝到他在水箱下毒的影片，他就像條戰敗的狗，束手就擒。

就和教授您的推論一樣，A先生每天早上等管理員巡樓，經過我們居住的十四樓後，他便到天台的食水箱中投毒。剛才我在警署聽化驗師說，A先生所用的，正是您在信中列舉的化學品名單中的第一位：二氧化硒。那歹毒的傢伙，每天在大廈水箱施放毒藥，讓居民慢性中毒。

化驗師向我解釋硒中毒的病徵，我越聽越心寒，但同時我亦慶幸您從我在信件中無意間提及的細節，察覺眞相。慢性硒中毒會令人脫髮、皮膚出疹、口臭、噁心，甚至影響心理狀況，產生暴躁或抑鬱等情緒，化驗師一說，我才理解B先生夫婦不和、管理員說住戶態度丕變、日更管理員患上皮疹等等，均來自同一原因。我甚至懷疑C先生的父親是中毒身亡，畢竟他去世前的癥狀和慢性硒中毒致死的完全吻合，可是老先生遺體早已火化，無法證實。

在警署跟柯Sir討論案件時，我才發現爲什麼那個膠樽回收箱老被塞滿——A先生在水箱下毒，自己當然不會喝自來水或用來煮食，回收箱裡的便是他從超市買的蒸餾水飲用後的空膠樽。想到這一點更令我寒慄，因爲我記得回收箱開始變滿的日子，大約是半年前。換言之，這魔鬼的邪惡計畫早在半年前已開始執行，而大廈的所有住客渾然不知，每天喝著有毒的水，讓毒素緩慢地在身體累積，就像死神以鐮刀逐吋逐吋地割破我們的喉嚨。

不過，教授您的回信中有一點說錯了。

您猜他是個愉快犯，或是個反社會人格，無差別地殘害大廈居民，柯Sir卻找到不一樣的原因。

A先生在水箱下毒的目的，似乎只是爲了殺一個人。

我。

警察在A先生的家裡找到一本筆記簿，裡面寫上了我的個人資料，不知道是他向旁人打探，還是偷偷翻垃圾桶，蒐集我的情報。他還記錄了我一些外出回家的時間。A先生沒有對警察招認（柯Sir說那傢伙似乎有點精神異常，獨個兒在羈留室裡一直自言自語，面對盤問卻保持緘默），但他一看到警察出示那筆記簿，神情明顯有所動搖。

他為了殺我，不惜讓整幢大廈接近五十戶居民陪葬。

在這一點上，或許教授您沒完全說錯，他絕對有反社會人格。

柯Sir告知我這事實時，我震驚得幾乎無法呼吸，而世事很諷刺，跟化驗師談過後，我發現我沒有中毒的疑慮。因為大廈管理公司一向吝嗇，水管三十年來從沒翻新更換，我數年前已自行安裝了濾水器，當時被推銷員哄說，鬼迷心竅買了一個豪華的三濾芯型號，其中一支濾芯是用來除氟的活性氧化鋁，化驗師說這東西也能有效去除大部分硒元素。所以，假如我們沒有揭發A先生，他的目的也永遠不會達成……但連帶遇害的無辜者卻會每天增加。

我不知道他為什麼要殺我，畢竟我跟他當了多年鄰居，河水不犯井水，我自問也沒有做過什麼令他懷恨的事情。柯Sir倒有一套想法，雖然我極不希望這是事實。

「那傢伙八成是個種族主義者，不喜歡有個東南亞人鄰居吧。」

就算我在香港出生，受過高等教育，甚至有四分之一華裔血統，我卻總是因為膚色被當成外來者。我知道很多本地人很友善，像夜更管理員或柯Sir，但也有不少人認定這城市只有黑頭髮黃皮膚的才能當家作主。或許我在A先生眼中就是這種異常的存在，他對我的不滿就像水中的毒素，經年累月地堆疊起來，然後在某個生活不順遂的日子，化成實質的殺意。

梁教授，您是曾在香港居住工作的新加坡人，我想您很了解我的意思吧。我也有點意興闌珊，這幾年間我越來越覺得這城市不再歡迎我們了，縱使我們有分建設這家園。事實上，我已準備回到父母的祖國，早陣子雅加達一家大企業邀我跳槽，即使沒發生A先生這事件，我也準備來年離開——一個只重視利益、失去多元化特質的香港，還有什麼優勝得過其他亞洲城市？

教授您現在身處新加坡嗎？或許來年的校友聚會，我們可以省去「海外」二字，在新加坡母校附近舉辦了。再次感謝您，保重身體。祝好。

--

Antoni Loekito

Sent from my iPhone

〈疫下都市異聞・怪鄰〉完

東方之珠謀殺案

冒業

1

今次又要幾點才收工？

林志傑吃力地爬上狹窄的樓梯，在腦內抱怨道。

晚上七點左右，林志傑連同其他身穿全身防護衣的工作人員，以及只戴著外科口罩的警察展開行動，再次「突襲」佐敦的浩軒樓。

香港政府爲防止簡稱COVID-19的「新型冠狀病毒」引致的肺炎瘟疫繼續擴散，在上個月二十六日開始，幾乎每天晚上都會封鎖一、兩個疑似出現社區爆發的區域，強迫封鎖範圍內所有人接受病毒檢測，一旦出現陽性結果就會馬上隔離。

這項政策爭議非常大，有人批評成效低、嚴重擾民且侵犯私隱。但高官不斷強調措施十分有效，完全不打算停下來。

於是，林志傑及一眾食物及衛生局人員就要連續好幾天晚上，輪流在警員拉起封鎖線內的大廈運送物資、上樓敲門通知住戶接受檢測，並留守至第二天早上。

這工作十分累人，除了通宵勞動，還得想辦法安撫滿肚子怨言的居民，接受這些人用粗言穢語招呼。當被問及封到哪裡、何時解封時，他們有時也答不上來。政府第一次「封區」前走漏風聲，導致佐敦居民幾乎跑光，只剩下一些消息不算靈通的南亞人。汲取過教訓的政府高層後來將每天會封鎖的地區盡量保密到家，直到展開行動前一刻才通知林志傑等前線人員。於是有時他們自己都不知道每晚會在哪條街過夜。

林志傑正與屋苑管理處的管理員李海華並肩前行。李海華年紀和他差不多，但頭髮比他更稀疏，有些中年發福，看起來懶洋洋，因此碰著封區這種麻煩事，心情自然比他更差，藏在口罩後面的臉色一點也不好看。

更何況，事情接下來的發展很可能會加劇管理處與住戶的矛盾。

由於封鎖區域經常有人在檢測人員上門時假裝不在家，政府已警告如有必要，會向法庭申請手令破門而入，更揚言破門造成的任何損壞都要由住戶自行維修。

林志傑手上的個案，將會是全港第一位因沒應門而遭破門的犧牲者。

該住戶是一名年輕女孩，李海華表示她早在封區前三小時就已經回到單位內，證據確鑿。這大廈甚少發生爆竊[1]案，而女孩具有維修家門的經濟能力。於是上頭決定以她為殺雞儆猴的響頭炮。

涉事單位門前除了林志傑和李海華，還有林志傑的兩名同事阿Mike和Paul、一名沒見過的民政署女職員，以及四名警員。其中一名警察身穿防護衣物，揹著巨大的背包，裡面裝著破門工具套裝。這副裝束令林志傑頓時覺得自己正身處荷里活反恐電影之中。

一切準備就緒。

其中一名身穿黑色背心的警員向著單位高聲放話：

「陳麗珠女士，我們是西九龍重案組，我們已獲得從西九龍裁判法院簽發的搜查令。如果妳不合作，我們將會破門並進入單位內搜查，並以涉嫌違反香港法例第五九九J章《預防及控制疾病（對若干人士強制檢測）規例》第十三條將妳拘捕，以及根據第十四條對妳作出強制檢測令，送往指定地方接受檢測。」

過了半分鐘，裡面沒有人回應。

「動手！」

黑色背心警員向背包警員說道，下屬點頭，卸下背包，從裡面抽出鐵撬。

「全部人退後！」

背心警員嘶喊道，所有人乖乖照做。

破門專員上前撕走民政署先前貼在門前的膠條和告示，以鐵撬撬開鐵閘，再舉起雙手抬起破門錘，猛力撞向木門門鎖。木門十分陳舊，鎖舌只被破門錘撞了一下就斷掉，門吸收剩餘的衝力，自己慢慢地打開了。

四名警員隨即魚貫地衝入單位裡面。

「哇！不是吧！」

1 爆竊：即台灣的「入屋行竊」。

可是不消幾秒，林志傑就聽到進內的其中一人錯愕地大喊，更有人說出粗口單字。他不禁伸長脖子查看單位內部。

一名女子毫無生氣地趴倒在客飯廳地板，凌亂的長髮遮住了臉，後腦隆起並有血液流出。

「報告中心！浩軒樓五樓一號單位內女事主疑似昏迷，請立即call白車[2]及增援，over！」其中一名警員向著對講機說道。

林志傑覺得女子已經沒得救，事後證明他完全正確。

2

作家M瞇起眼，仔細端詳眼前的不速之客。

前一晚他為了完成《偵探冰室》第三部的短篇小說通宵趕稿，直到早上八點終於爬上床休息，豈料才入睡不到一小時就有人按門鈴。他以為是上星期在博客來訂購的幾本推理小說已經送達，於是辛辛苦苦起床應門，沒想到門前站著一個怪人。

來訪男子看似四十歲左右，體格十分健壯，戴著粗框眼鏡，底下有一面白色外科口罩。他戴著帽子，穿著黑色的西褲和白色恤衫[3]，外面披著一件很長的黑色西裝外套，看起來溫文有禮但城府很深。

「您好，我有事相求。」

他以銳利的目光瞪著作家M。

「可以先報上名來嗎？我不認識你。」

作家M抓住分隔兩人的鐵閘，以防對方用暴力闖進來。

「很抱歉做不到，我的工作性質不容許。不過如果沒有稱呼的話確實不大方便呢……」男人若有所思地說，「就叫我K先生吧，推理作家M老師。」

香港人很少會尊稱流行小說作家為「老師」，多數叫他「M生」或者「M Sir」。

這個自稱K的男人如此恭恭敬敬，反倒令他很不自在。

男人為自己起名K，很卡夫卡風格的名字。

雖然男人極之可疑，可是M又很好奇他的葫蘆裡賣什麼藥。考慮了一會，他毅然拉開鐵閘讓男人進內。

「打擾了。」

K彬彬有禮地說。他脫掉皮鞋置於外面，穿著襪子踏上室內地板。

---

2 白車：即台灣的「救護車」。

3 恤衫：即台灣的「襯衫」。

「請坐。」

作家M讓K在梳化[4]坐下，自己則拉了飯桌其中一張椅子坐下來，與對方四目相對。即使已經在室內，K也沒有脫下帽子，口罩也仍舊貼在臉上。M根本看不清他的容貌。

神祕男子開口道：「不知道老師看新聞了沒？」

「哪一單？」

「這單。」

K拿出iPad遞向M，上面播放著日月報網絡版的報導，標題寫著「【封區檢測】強制檢測破門首例　警方於單位內發現屍體」。那是M正忙於趕稿時刊登的報導，他還沒看過。

「嗯……看來政府高層們要開始吃頭痛藥了。」M一邊細閱報導一邊說，「封區政策原本已很不討喜，先前還強硬地警告會破門而入，結果第一個目標居然陳屍在單位內。這簡直是『公關災難』四字的完美寫照。」

「所言甚是。」K苦笑點頭，「網絡上已經一面倒在罵，認爲封區正是女事主失救致死的成因，甚至有人覺得是政府人員殺死女事主。但部分支持政府的立法會議員反而認爲假若沒封區和破門，屍體根本不會這麼快就被發現。目前反對和支持的陣營各執一詞。」

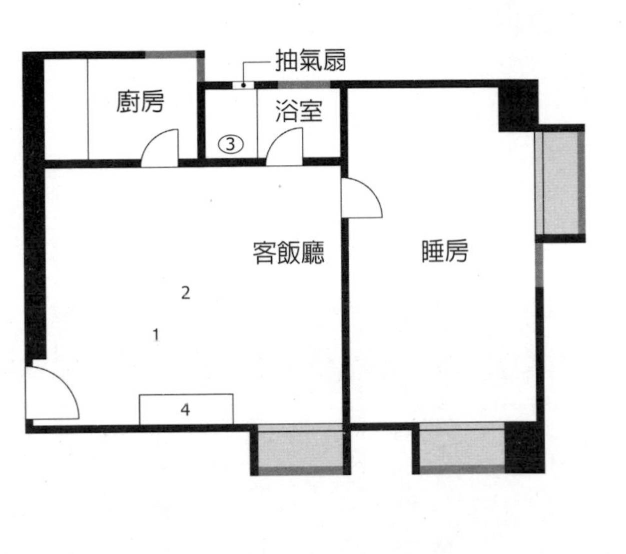

「這案件和你前來寒舍有何關係？」睡眼惺忪的M恨不得趕快進入重點。

「我想問問您對這案件的意見。」

「沒什麼意見，我對案件所知的和普通人差不多。」

「如果有更多資訊呢？」K指向M手上的平板電腦，「您可以打開另一個程式的文件夾。」

M有預感，一旦他打開了檔案就不能回頭。可是他無法抗拒好奇心，手指不由自主地按了下去。

畫面出現一幅平面圖（見上圖）和一些筆記，本來還在打呵欠的M頓時精神奕奕。

死者陳麗珠在晚上十點被發現倒臥於單位內，送往伊利沙伯醫院後於十點半證實死亡。民政專員黃穎兒曾經在晚上八點於浩軒樓五樓一號單位外按下門鈴和敲門，可是沒有人應門，她在鐵閘貼上警告有可能破門的告示，以及圍上紅白雙紋膠條之後離去。兩小時後西九龍裁判法院發出搜查令，四名警員在三名食物及衛生局職員、黃穎兒與樓下管理員李海華的見證下破門而入，發現屍體。

現場環境並不尋常，屍體倒臥的客飯廳氣溫非常低，冷氣機被調至最大馬力，只有攝氏十六度。吹風位向著屍體位置，屍體溫度因而變得很低。這導致死亡時間的評估變得很困難，可是根據管理員李海華的證詞，死者在下午四點，即「封區」前三小時就已經回家。因此她的死亡時間可以確定是在四點至十點之間。

凶器是一塊石頭，遺留在客飯廳的地板。陳麗珠後腦有硬物敲擊過的痕跡，傷口沾有碎石。石頭估計是凶手從外面帶來，可能在郊野公園撿獲，需要進一步化驗。

M將iPad還給K。這些是調查資料，絕非普通人能取得。看來K身分十分特殊，M依然摸不透他的底細。

「長話短說，我希望老師可以爲此案下一個總結。」K接過平板電腦說道。

「總結？我只是推理作家，不是偵探或重案組，刑偵知識只屬紙上談兵，實戰方面完全是外行人。你應該去找翁靜晶[5]或者重案組黃Sir[6]。」

「老師太謙虛了，您可是香港推理小說第一KOL啊。三年前港鐵車廠屍體發現案[7]、兩年前康宜花園墜樓案[8]等等，老師不也發布YouTube影片對案情進行詳盡地分析嗎？」K用力地說，「我是您的忠實觀眾呢。」

在社交網絡盛行的世代，年輕人已不大看書，只透過文字推廣推理故事的成效已經越來越低。因此，除了創作推理小說之外，M亦以筆名「作家M」開設了YouTube頻道及Patreon，以影片形式分享內容。現在Netflix和日劇等推理影視作品於香港日漸普及，作家M的知名度也隨之增加，總訂閱者已達五位數。

只是K顯然並非普通的觀眾或者推理迷。

「過獎了，後來警方判斷兩宗案件分別是意外，以及自殺，我兩次都沒說中。」

「眞的嗎？老師相信警方的判斷就必定爲眞？」

「我不爭論這形而上問題。」

「別這麼說嘛。老師看完資料後，對這個三重密室謀殺案有什麼看法嗎？」

---

4 梳化：即台灣的「沙發」。

5 翁靜晶（1964-）：香港知名律師兼電台主持人，著有以眞人眞事奇案爲主題的「危險人物」系列小說。

6 重案組黃sir：香港知名奇案作家，本名王子輝，以「重案組黃sir」爲筆名，發表過許多熱門作品。

7 作者按：詳見〈來自地下〉，收錄於《偵探冰室》。

8 作者按：詳見〈女兒之死（外傳）〉，收錄於《偵探冰室・靈》。

「三重密室？」M揚起眉毛。

「現場單位的門口被民政署的封條擋住，住宅大堂有警員看守，外圍則是政府指定的『留在原處所檢測令』範圍。換言之，兇手行兇過後必須穿過三層壁壘才能脫身。這不是三重密室是什麼？」

M知道男人故意用推理小說術語挑起他的興趣，但職業病使他忍不住馬上反駁：

「首先，目前沒有證據證明陳麗珠是在門口被封上封條的時間內被殺，那封條根本擋不住人們彎腰越過，也無法證明她是在『封區』期間死亡。就算眞是如此，穿越大樓和『封區』範圍也並非不可能，甚至很簡單。」

「願聞其詳。」

K坐直身子，擺出專心傾聽的姿態。

「兇手身穿和政府人員一樣的全身保護衣，在用石頭砸死陳麗珠之後，走到淋浴間用水沖洗保護衣身上的血跡，用毛巾拭乾表面防水的衣服後離去。因爲看起來和其他政府人員的打扮沒兩樣，也不能清楚看到臉，擦身而過都不會起疑心，兇手可以直接離開『封區』範圍。當然，說不定兇手根本就是政府中人。」

「老師……」

K一臉驚訝地說：

「我果然沒有找錯人，您絕對是處理這案件的最佳人選。」

「這就是我的總結。滿意就請離開吧。」

M滿心期待他突發奇想的推論可以打發這名可疑男子，令自己得以重返夢鄉。

「不過很遺憾，這推理並不符合標準。」

「什麼標準？」

「剛才沒機會說，總結必須符合兩個條件，或者說法則也可以。」

K豎起兩根手指：

「第一，凶手不能是政府人員。」

「第二，事發經過不能與『封區』措施有關。」

「原來如此。」

M終於明白對方為何要找推理作家幫忙。這人需要的不是偵查的專業，而是另一種專業。

「你想我為事件創作一個解答？」

「當然不是。只是老師的推論不用符合眞相，只要具足夠說服力，並符合以上兩條法則即可。要令大眾信服的從來不是眞相，而是完整而吸引的故事。我們缺乏具有寫故事技能的人手，因此才需要藉助老師的專業。」

「原來是工作委託，那就早點說啦。」

「很抱歉，是我考慮不周。」K苦笑道，「老師意下如何？」

M站起身。

「我覺得還有第三法則：解答不得與已公開資訊矛盾。否則以大眾目前對政府極低的信任度，很容易找到地方挑剔。」

「眞不愧是老師，我同意要加上這條第三法則。」K也一同站起來，「解答只須要發表在老師的YouTube頻道就可以，內容的版權亦在老師手上，可以隨意使用。畢竟我們的目標只在於『讓老師發表內容』這一點而已。至於報酬方面不成問題，詳細我之後會再跟您商討。但須要您簽一份聲明，表示影片的內容只屬於您個人意見，沒有受到任何人干涉，與任何既存機構亦毫無關係。」

「即是還有第四法則：不得將四條法則的存在告知你我以外的人。是吧？」

「老師眞是明察秋毫。」

「隨你喜歡吧。」

「非常好。那就拜託老師了。」

K伸出戴著手套的手，M一邊想著男人的準備眞是滴水不漏，一邊握了上去。

「最後我想請教一個問題。」M說，「你是不是維景酒店的職員？」

K聞言，「哈」一聲地笑出來，眼眸展露出別有深意的神色。

「無可奉告。」

3

在作家M接下委託的同日，事件就隨即往意想不到的方向急速推進。

一名自稱是陳麗珠朋友的女子Kristen Ho同時在Facebook和Instagram公開發布了一段影片：

（鏡頭向著木門，畫面有些許搖晃。）

——砰砰砰。

（畫面搖晃得更厲害，但鏡頭依然向著木門。）

——叮咚。

——（一道女聲）我們是民政署，這棟大廈已被香港政府列入「留在原處所檢測令」範圍，我們在此引用香港法例第五九九J章要求所有住客強制檢測。請開門！

（傳出急速的呼吸聲。）

——（一道女聲）如果不開門，我們有可能會向法庭申請搜查令破門而入！

（約十五秒的寧靜，影片結束。）

Kristen Ho的貼文還附上留言：

【請廣傳】我是陳麗珠Yoyo的U mate[9]，昨晚九點她在ＩＧ發布了這一條影片，顯示封區時她仍然活著，凶手是在封區期間下手！這個放生凶手的殺人政權！大家快backup，以防此po被port死！

影片隨即被大量媒體報導，原片光是在Facebook短短一小時內就被分享超過一萬次。有網媒記者立即向警察公共關係科查詢，但沒有任何回應。

雖然案情有新進展，可是對M來說，突如其來的線索將令他的工作變得棘手。陳麗珠的具體死亡時間是關鍵所在，但假如Kristen Ho的影片屬實，那陳麗珠就確實是在民政專員黃穎兒於門前封上膠條之後才身亡。換言之，凶手當時應該在單位內，而該大廈行凶前後都仍然被封鎖。那麼，為什麼警方至今仍未能鎖定可疑人士？難道他們包庇凶手？甚至根本是凶手？

已潑出去的水不能收回，這段影片已是M與K先生訂立的第三法則（不能與已公開資訊衝突）的保護對象。如此一來，M就難以找出一個足以符合第二法則（不能與「封區」措施有關），甚至第一法則（凶手不能是政府人員）的「案情總結」了。況且解答不僅要遵守三條法則，還得足以說服大眾，否則就沒有任何意義。

但無論如何，M仍然要硬著頭皮調查下去。

他盯著螢幕思考片刻，移動滑鼠打開Facebook Messenger，開始敲打鍵盤，以「作家M」的帳號聯絡Kristen Ho：

Mr. M：妳好，我是推理作家M，目前正在調查陳麗珠的案件，希望找出她死亡的眞相。

因爲那段轟動的影片，Kristen Ho目前是個當紅的Facebook帳號，其Messenger大概已經被媒體的查詢、支持者和滋擾者的訊息塞爆了。沒想到Kristen Ho很快就有回覆：

Kristen Ho：M sir你好，我一直有追看你的YouTube。有推理作家參與簡直如虎添翼，我們一起爲Yoyo平反吧！

9 U mate：專指大學同學。因只是就讀同一所大學，未必是在同一學系，或一起上課，故一般不稱「classmate」，而是更廣泛的「U mate」。

事情比想像中還順利，原來當YouTuber不只能賺點擊率和月費，更能建立聲望和人脈。M暗暗慶幸一直以來發布的內容主要是以非政治性的本格推理小說、外國推理影視作品評論，以及定位爲「fact-checking」的案件分析爲主，從未表明其政治立場，得以同時食兩家茶禮。

M抓緊機會繼續說：

Mr. M：首先我想知道妳朋友的背景，從而找出有誰想殺害她。

Kristen Ho：我想有殺人動機的人非常多。Yoyo是在廣華醫院工作的護士。還記得去年初醫護界有人發起罷工要求政府「封關」，阻截肺炎的輸入源頭嗎？Yoyo是罷工參與者，被一些所謂愛國人士起底，將個人資料放上網絡的「反中亂港」資料庫任人存取，更被標籤爲「逃兵」、「黑護」、「口罩小偷」等等。過去一年她不時收到滋擾電話。雖然換了號碼之後就再也沒有類似來電，但她沒有改地址，繼續住在浩軒樓，畢竟香港想找到好租盤實在太難了。

只要不是公務員，凶手是「愛國人士」應該沒有違反第一法則吧？何況「元朗七二一事件」的白衣人中已經有幾人被控告暴動罪；在將軍澳行人隧道連儂牆斬傷三人的男人雖然受法官稱讚其情操高尚，但仍正被控三項傷人罪並還押中。適當地懲治這些人反倒能彰顯香港仍有法治。

Mr. M：這是非常有用的線索呢！話說回來，妳昨天有跟Yoyo聯絡嗎？

Kristen Ho：就是有！所以我才覺得不對勁！

Mr. M：妳們談了什麼？

Kristen Ho：我下午在網上看到消息指佐敦會封區。於是我把消息連結message給Yoyo，說如果有必要可以到我家暫避。可是Yoyo回覆說沒問題，萬一真的封區她也有辦法。

Mr. M：真的？那是幾點的事？

Kristen Ho：等等，我截圖給你看。

Kristen傳送了圖片檔案給M，那是她和一個名叫Yoyo Chan的帳號的WhatsApp訊息紀錄，從14:20開始至14:24結束，是下午兩點半左右。

Mr. M：所以，Yoyo明知會封區也執意回家？的確不尋常。

Kristen Ho：是呀，十分可疑！

M雙手移離鍵盤，陷入沉思。

剛才的對話提供了兩個重要線索。第一，「封區」早於幾小時前就走漏風聲。第二，陳麗珠下午兩點的時候知情，但仍堅持回家。

「不對，不是線索，是素材。」

M不斷提醒自己要跳脫目前是在「偵查」的思考框架。

昨天兩點就傳出「封區」消息是第三法則的保護對象，M的總結必須要建基在這之上，否則就無法成立。

Mr. M：Kristen，我有一個不情之請。

Kristen Ho：？

Mr. M：今天稍後我會到浩軒樓調查，不知道妳能否與我同行。妳應該認識那裡的管理員？應該比較好說話。

Kristen Ho：沒想到M先生正和我有同樣的打算！當然沒問題！

Mr. M：謝謝妳，那下午四點見吧。

Kristen Ho：Okay～

M從未想到「推理作家」的名銜可以如此好用。除了有Kristen的協助會比較輕鬆之外，M也想盡量將Kristen所知的一切都問出來，故此共同行動是最好的方法。畢竟他無法控制Kristen往後會公開哪些資訊，只能假定Kristen所有發言都會受第三法則保護。況且，在M公布他的「解答」之後，與陳麗珠關係密切的Kristen是最有可能作出否證的人。

距離和Kristen在浩軒樓會合還有一段時間，M決定先拿出筆記本整理事件時序：

下午兩點：Kristen聯絡陳麗珠，通知她住所的區域將會「封區」
下午四點：管理員李海華目擊陳麗珠返家
晚上七點：佐敦開始封區
晚上八點：民政專員黃穎兒在五樓一號單位叫人，沒人應門
晚上九點：陳麗珠Instagram發布影片
晚上十點：破門而入，發現陳麗珠陳屍單位內

「……爲什麼不用直播功能，而且晚了一小時才發布影片？」

M瞪著筆記本自言自語。

素材仍太少，暫時整理不出半個「解答」。

4

作家M比預定早了一個小時來到浩軒樓，結果對方比他更早到達。看來Kristen與陳麗珠的友誼相當深厚。

「好厲害！是作家本人！」

從Facebook的照片看不出來，Kristen是一名非常矮小的女生，還戴著明顯是兒童的醫用口罩，若不是衣著打扮十分時髦並化了淡妝，說她是中學生恐怕也有人相信。

「可以和我合照一張嗎？」

她興奮地問M。他點點頭。戴著口罩的兩人向Kristen高舉的iPhone前置鏡頭用眼神微笑了約五秒鐘。

「那我們出發吧。」

「好！」

兩人走到大廈閘門前，Kristen隨即向裡面高聲呼喊：

「華叔！是我呀！」

不消一會，一名發福男子以緩慢的腳步走出來。他應該就是昨天和一眾政府人員發現陳麗珠屍體的李海華。

「啊啊，是阿敏。」

他友善地說，殷勤地拉開閘門。看來Kristen已經多次出入這裡拜訪陳麗珠，連管理員都可以聊上幾句。

在進內之前M瞄了閘門一眼，它唯一的保安就是電子密碼鎖。

「嗯，我又來囉。」接著Kristen換上嚴肅的語氣，「華叔，我是來調查阿珠的死的。」

「我就知道。」管理員點點頭，「我也想事件盡快水落石出，如果有什麼想知道的儘管問。」

「這位先生是推理偵探小說作家，案件偵查方面的專家。」

Kristen向李海華介紹身邊的M。

「推……理偵探小說？是衛斯理那種小說嗎？」

「差不多是這樣，但我和我筆下的角色都沒受過嚴格的中國武術訓練。」

M明白日本風格的本格推理小說在香港仍未「入屋」[10]，因此沒打算認眞糾正小時候主要閱讀倪匡作品的世代對這類小說的印象。

10 入屋：指推廣到人盡皆知。

「事不宜遲，李生，我有個頗爲失禮的問題：如果要指出這棟大廈有任何保安漏洞的話，你覺得是什麼？」

「漏洞……」

李海華陷入沉思。

「突然問這個我也不知道啊。」

「譬如管理員換班時大堂會短暫無人看管之類。」

「嗯……我每晚九點換班，下一個通常是通宵更的駱仔，但據說他有時接更不久就會上廁所大號，或者食菸偷懶。那裡大概有幾分鐘的時間沒有人在崗位。」

「晚上九點……可是昨晚約七點就已經封區吧？」

「是呀，所以我不單要接受強制檢測，還被迫幫駱仔頂了一晚通宵更。又因爲有人死了，我還得到西九龍警署錄口供。所以今早我實在太累，要找人頂更，睡了幾小時才回來重新上班。」李海華沒好氣地說，「唉，總之極不走運。」

「除了這空白時間之外，有沒有別的可能？」

「我想很難。昨晚警察老是在詢問從天台潛入的可能。但這棟大廈兩旁的樓宇都比它高太多，它們向著我們天台的那面牆壁又沒有窗戶，普通人難靠此出入。」

除非是懂得使用繩降的特種部隊，否則的確很難。可是區區一介護士又不大可能惹來有如恐怖分子拉登[11]級別的殺身之禍。何況飛虎隊是公職人員，第一法則確保他們不可以是凶手。

「李生，你的資訊眞的很有用，非常感激。」M彬彬有禮地說，「我和阿敏想上樓查看。」

「可以是可以，但阿珠住的單位目前被警方封鎖，上去也沒什麼可看。」

「沒關係，百聞不如一見。」

M眞正想調查的反而是單位周遭的環境。至於關於事發單位內的資料，他只要問K拿就可以了。

「好。你們登記了就可以上去。」

5

浩軒樓層數很少，沒有升降機，住戶上落只能靠樓梯。室內活動派的M稱不上好體力，當抵達五樓時，他早已上氣不接下氣。反而Kristen仍舊游刃有餘，看來因爲要頻繁拜訪陳麗珠這位閨密，她不知不覺間已鍛鍊出好腳力。

---

11 拉登：即賓．拉登。

「M sir你還好吧？」她居高臨下地問道。

「沒事……話說回來，Kristen，妳跟Yoyo是在大學認識的？」

「嗯，因為就讀不同學系，我們是在大O認識。」

大學年代離M已有點遠，但他勉強記得「大O」是指由書院舉辦的新生迎新營。

Kristen繼續說：

「我因為宿分[12]不夠高而沒分配到宿位，Yoyo就讓我去她的宿舍『屈蛇』[13]。我們因此『同居』了四年，那段時間幾乎無所不談。例如哪一科爛grade[14]啦，系裡哪個男生長得帥啦，戀愛煩惱啦，還經常一起煮食……就算現在已經畢業，各自都找到工作，我也經常來拜訪她。她的當值時間總是很不固定，幾乎沒時間好好吃飯和打掃，於是我不時就來送湯水，順便清潔一下……」

Kristen的聲音越來越小，更隱約發出哽咽的聲音。

「所以……一想到有個人渣殺了她，我絕對不會原諒那傢伙！」

Kristen一邊用衣袖拭擦雙眼，一邊激動地說。

「M sir……當我知道你也在調查Yoyo的死時……老實說我鬆一口氣。我頭腦不大好，對如何解決殺人事件亦毫無概念，除了將Yoyo生前拍下的那段影片公布之外就想不到別的辦法。隨之而來的還有一大堆惡意訊息，其實我相當無助。有你幫忙實在太好了……」

她拿出一包紙巾，抽出一張按在臉上。

「謝謝你……」

「妳放心，我會盡力而爲。」

除了這句話，M想不出任何話語回應。

如果，女子最終發現他的出現原來根本不是想尋找眞相，不知會露出怎樣的表情？

M調整好呼吸，走完剩下的梯級，抬頭掃視五樓的環境。

浩軒樓每層只有兩個單位，門口分別在樓梯的左邊和右邊，一打開門就能夠直接看到對面單位的門口。左邊正是陳麗珠生前居住的一號單位，目前被警察拉起的膠條封鎖。

12 宿分：香港的大學會根據申請者條件（如：申請者住址離學校遠近、所屬學系是否需長期留校、是否參加學會活動、是否曾入住過宿舍），爲學生評分，分數較高者能優先獲分宿位，此分數便是「宿分」。

13 屈蛇：指偷偷在宿舍過夜。

14 爛grade：指成績、表現差強人意。

至於右邊的二號單位，可以看到鐵閘滿布灰塵和鐵鏽，木門和鐵閘之間的空隙塞滿紙張。M注意到木門並沒有完全掩上，處於稍微開著的狀態。

「這裡沒人住嗎？」M指向二號單位問道。

「好像已經許久沒有人入住，在Yoyo搬進來時已經是這樣子。我之前因爲好奇問過華叔，他說業主幾年前失蹤，單位沒有人接手，於是一直空置。」

「難道就沒人想過要『逆權侵佔』，潛進去住嗎？」

「這我就不清楚了……」Kristen皺起眉頭說，「可是門和鐵閘都日久失修，應該從來都沒有人住吧。如果是我住的話絕對無法接受又髒又醜的門口。」

M沒有說話，看著又髒又醜的門口，露出在思考的模樣。

「M sir怎麼了？須要潛進去調查嗎？」

Kristen走近二號單位，欲舉起手拉動鐵閘。

「不，暫時不用。」M舉手制止了她，「……一號單位裡面有警員，總不能被他們看到我們非法闖入。」

「這倒也是。」雖然一臉疑惑，但Kristen仍然乖乖將手放下。

這只是M臨時想到的藉口。基於第四法則，他不能夠告知Kristen自己的眞正盤算，只好另找理由叫停她的開門動作。

如果二號單位目前能保持無人調查過的狀態，對他而言是再好不過。裡面會變成未被觀測到的「薛丁格的盒子」，脫離第三法則的掌控。

「我們先回去吧。」

對於此案該如何「總結」，M心目中已經有個梗概。

6

「老師果然不會令我失望！才過了一天就已經有成果！」

儘管K仍舊戴著口罩，也難掩他的興奮。

在M完成了打算上傳到YouTube的「案情總結」影片的剪輯工作後，他透過K先前留下的聯絡電話找到這個神祕人，請他再度往自己家現身，事先審核成品。

M透過AirPlay將蘋果電腦的畫面輸出到大電視，點擊資料夾「【離奇案件】佐敦封區陳屍疑雲詳細拆解」裡面的影片。如M一貫的YouTube影片風格，他本人不會出現在畫面裡，只以旁白的方式出現：

兩日前，即二〇二一年二月十九日，佐敦浩軒樓封區強制檢測首次出現警方破門而入的場面，卻令香港政府大禍臨頭。單位女事主陳麗珠居然已經死亡！

事發第二天，網上流傳疑似是陳麗珠本人拍攝、民政署上門的片段，說明她是在封區期間死亡！

究竟誰殺了她？是政府中人嗎？當中又有沒有巨大陰謀？爲了尋找眞相，我親身到過浩軒樓事發單位調查，並問過當值管理員和死者友人，獲得了重要線索。

這段影片將會整理我的調查結果，並做出一些個人推論。雖然是推論，但我相信今次它離眞相非常之近。

大家好，我是推理作家M，本片將會全面折解陳麗珠之死的謎團！如果你是第一次觀看我的影片，記得subscribe、like和share！

（播放開場音樂。）

（畫面出現Mr. M頻道的動畫標誌。）

首先我們要爲此案定性。

此案顯然是謀殺，死者是被人從後用硬物擊中頭部死亡，該硬物是一塊石頭。一個人很難襲擊自己的後腦，這不符合人體結構。雖然有方法如自製投石機等將自殺僞裝成謀殺，可是找不出死者會這樣做的動機。因此，謀殺是目前機率最大的可能性。

既然是謀殺，自然就有三大問題須要回答：Whodunit、Whydunit和Howdunit[15]。

關於謎團的三部分，詳細可以參考我之前的解說影片。

由於前兩部分有緊密關係，我會將它們合併爲第一節，第二節則會處理Howdunit，也是本影片最長、最重要的一節。

事不宜遲，我們開始吧！

（畫面變黑，播放懸疑背景音樂。）

（正中間出現標題「Part 1: Whodunit and Whydunit」。）

（陳麗珠的照片。）

死者陳麗珠是廣華醫院護士，畢業於香港文化大學。原本是再平凡不過的女孩子，可是去年因爲一個事件，令她的生活一時之間陷入泥沼。

二〇二〇年二月，新冠肺炎席捲香港，確診個案不斷增加，不少人質疑香港政府基於政治考慮，沒有「封關」以遏制疫情，於是有醫護人員發起工業行動企圖施壓。

15 Whodunit、Whydunit、Howdunit：分別是「犯罪者身分」、「犯案動機」和「犯案手法」的縮語。

這些參與罷工的醫護隨即被不少自稱親政府的團體狙擊，部分人更被「點相」，將他們的個人資料放上網任人存取。很不幸，陳麗珠亦是其中一人。

（網站「香港黑護紀錄」記載陳麗珠個人資料的頁面截圖，部分敏感資料被劃去。）

講到這裡，也許有人會質疑我是不是「黃作家」，企圖對特定政治立場的人士進行抹黑。

可是經過過去兩年，相信大家都已經深刻地明白，不論黃藍陣營，都曾出現因爲政見不同而傷害對方的情況，比如馬鞍山燒人事件、將軍澳斬人案、荃灣斬人案、元朗七二一事件、黃大仙摩士公園命案[16]等等。

（相關案件的剪報圖片逐一顯示。）

在如此的社會氛圍底下，我們已可以合理地懷疑，「政見」絕有可能是殺人動機。這就是我對Whydunit和Whodunit的總結。

很遺憾地，我未能鎖定特定人士，只能舉出當中最有可能犯案的一群人。始終現實沒推理小說那麼方便，凶手嫌疑人只有寥寥數人，並且全都在事件發生前就已經公開露面。

（畫面變黑，播放懸疑背景音樂。）

（正中間出現標題「Part 2: Howdunit」。）

陳麗珠是如何被殺害？或者應該問，凶手在殺害她前做了什麼，之後又做了什麼，令案件變得如此撲朔迷離？

接下來的分析將會是本片的最最最重點。大家記得細心觀看啦！

首先，我們要列清楚事件發生的時序，才能掌握來龍去脈：

（列出事件時序。）

下午兩點：佐敦會被封區的消息傳出

下午四點：管理員目擊陳麗珠返家

晚上七點：佐敦開始封區

晚上八點：民政專員在五樓一號單位外叫人，沒人回應

晚上十點：警方破門而入，發現陳麗珠陳屍單位內

---

16 作者按：詳見《崩堤之夏》。

從以上可見，陳麗珠的死亡時間可以估計是在下午四點至晚上十點之間。鑒於浩軒樓在封區後無法自由出入，還得登記個人資料，從常理去推斷，凶手應該會在四點至七點之間下手吧。

問題來了。

有人發現陳麗珠於前晚，亦即二月十九日的九點左右在Instagram上傳一段影片，畫面拍攝著門口，而且清清楚楚地錄下了民政專員於八點「洗樓」[17]的聲音。以防有人從未看過，接下來將會是影片的完整內容：

（鏡頭向著木門，畫面有些許搖晃。）

——砰砰砰。

（畫面搖晃得更厲害，但鏡頭依然向著木門。）

——叮咚。

——（一道女聲）我們是民政署，這棟大廈已被香港政府列入「留在原處所檢測令」範圍，我們在此引用香港法例第五九九J章要求所有住客強制檢測。請開門！

（傳出急速的呼吸聲。）

——（一道女聲）如果不開門，我們有可能會向法庭申請搜查令破門而入！

（約十五秒的寧靜，影片結束。）

（激昂的音樂。）

如此一來，案情就出現翻天覆地的逆轉。

影片是在九點上傳到Instagram，換言之，陳麗珠在八點至九點之間仍活著。她是九點至十點之間才被殺！

難道眞的如網上流傳的陰謀論那般，陳麗珠是被可以在封鎖區域內自由出入的政府人員殺死的嗎!?

（激昂配樂忽然停下。）

慢著，我們先深呼吸，冷靜下來。

無可否認，在社會如此撕裂的環境底下，極不信任香港政府的普通市民難免會有這方面的聯想。

可是，如果回想剛剛的片段，就會發現有兩個極不自然的地方。

17 洗樓：指逐層逐户拜訪。

（影片截圖。）

第一：影片沒有見到陳麗珠。

第二：影片沒有聽到陳麗珠的聲音，只有一些呼吸聲。

此外，還有最最最最不自然的地方：

爲什麼八點拍下的影片要在九點才上傳到Instagram？爲什麼不直接使用直播功能？

影片眞的是由陳麗珠本人拍下的嗎？它眞的沒有進行任何後製加工嗎？

我的推理是，兩者皆非。

影片是凶手拍下的，並且有經過加工，經陳麗珠的智能手機上傳至Instagram，從而進行誤導。

（畫面變黑，播放懸疑背景音樂。）

接下來的部分，我將要整合線索，重組凶手的行凶過程。

我到過浩軒樓視察後，有兩個重大得著。

（浩軒樓五樓二號單位門前的照片。）

第一是浩軒樓每層只有兩個單位，兩者門口在彼此的正對面，距離很近。而五樓的一號單位是陳麗珠居住的事發單位，二號則是丟空[18]了許久的單位。據說是業主下落不明，一直沒有人處理。

（浩軒樓入口閘門的照片。）

第二是浩軒樓樓下大堂的保安偶爾會出現無人看管的空白時分。每晚九點交更時，夜班的管理員有時候不會立即開工，而是會偷懶數分鐘。

在得悉這兩個線索後，我就建立了以下假設：

凶手知道以上兩點，經過漫長的時間準備殺害陳麗珠的計畫。他利用望遠鏡從對街偷看到大廈入口鐵閘的電子鎖密碼，並利用每晚九點的空白時分潛入浩軒樓，躲進空置的五樓二號單位，監視對面單位的一舉一動，等待下手的時機。

（浩軒樓五樓平面圖，在二號單位加上一個圓點，標記「凶手」。）

凶手埋伏的時間我無法準確估計，有可能是前一天的二月十八日就已經在，甚至是更早。

可是，就在這個時候，發生了凶手無法預計的事件。

沒錯，就是政府即將要封鎖包括浩軒樓在內的區域，要居民接受強制檢測！

這下麻煩了。他隨時會因爲被發現非法潛入而被捕，甚至會被控意圖謀殺。

況且，原本浩軒樓的保安空白時分是晚上九點的數分鐘，他行凶之後就只可以

18 丟空：即台灣的「閒置」或「廢棄」。

在這個時間偷偷離開。可是政府的封區措施往往是從晚上七點開始，持續十二小時以上。因此當晚管理員不會交更，這個空白時分因此不會出現，就算僥倖離開大廈，他也無法突破封鎖區域外圍。

凶手在下午約兩點左右收到封區的消息，隨即亂了陣腳。他必須在封區之前離開浩軒樓以至佐敦，否則後果不堪設想！

結果他仍舊決定要殺人。下午四點左右，陳麗珠回到一號單位。他假裝是鄰居有事請求，希望陳麗珠讓他進內。可能是說自己的馬桶堵塞，想借她的洗手間一用之類。

總之，陳麗珠開了門讓他進去。沒想到他從懷裡取出預先準備好的石頭，從後揮向陳麗珠的頭部！

（從網上隨便找到的血液飛濺圖片。）

陳麗珠當場斃命。

目的總算達到了，凶手原本想在殺了陳麗珠之後，盡量在不被管理員認出的情況下速速離去。可是在他檢查現場——即陳麗珠的住所時，一個物件令他改變主意：

一套和政府人員同一款式的全身保護衣！

（全身保護衣的照片。）

根據陳麗珠友人的講法，她在下午兩點左右曾經將封區消息發送給陳麗珠，勸她盡快離開，沒想到陳麗珠卻回覆說她有辦法應對。

（Yoyo Chan與Kristen Ho的對話截圖，姓名部分被劃去。）

這個方法就是她買了一套可以冒充政府人員的全身保護衣，使得她即使封了區也一樣可以來去自如。

看到保護衣的凶手心生一計，決定留在浩軒樓製造更多誤導證據。凶手啓動冷氣並將溫度調至最低，還特地調整風口向著屍體，令人難以利用體溫判斷死亡時間。

接著他在血跡斑斑的衣服外面穿上全身保護衣，把一條抹身毛巾放進盛滿水的膠盤內，令人以爲凶手是在身穿全身保護衣的情況下行凶，用花灑沖走衣上的血跡後再用毛巾拭乾。

這兩個處理都是爲了令人以爲行凶是在封區期間發生，順利的話更可以嫁禍給政府人員。如果凶手眞的是藍絲[19]的話，也眞的是個頗自私的藍絲呢，居然要政府幫他食死貓[20]！當然，其實不論黃藍，自私的人始終是自私的。

19 藍絲：藍絲帶的簡稱。指二〇一四年時，在香港雨傘革命（Umbrella Revolution）期間反對佔領中環運動，支持香港政府與建制派者。相反立場者則稱爲「黃絲」。

20 食死貓：即台灣的「揹黑鍋」。

最後，我們終於要提到最關鍵的影片製作過程。

在凶手殺死陳麗珠時，她碰巧在玩手機。於是她就在手機處於解鎖狀態的情況下死去，凶手隨即取消手機自動上鎖的閒置時限，令自己可以繼續使用。

凶手舉起陳麗珠的手機，拍下了向著木門數分鐘的畫面。

然後凶手就做了一個相當大膽的舉動：他離開了一號單位，躲進二號單位，等候足足幾小時，直至封區開始、負責洗樓的民政署職員現身爲止。當職員在一號單位門外呼喊同時，位於二號單位內的凶手就趁機錄下她的聲音！

之後，凶手就將錄音和影片合成爲同一個檔案，上傳到陳麗珠的Instagram帳號！

一切大功告成，凶手就以全身保護衣的打扮，大刺刺地離開了浩軒樓以至封鎖區域。期間完全沒有人發現，一個保護衣裡面全身上下都血淋淋的殺人犯正在自己眼前走動！

以上就是我綜合各種線索後建立的完整假說。雖然還是沒辦法鎖定凶手，但循著這個推理調查下去，也許就能找到可以收窄嫌疑犯範圍的關鍵證據。

希望各位將這條影片分享開去，令更多人關注陳麗珠的死。

我是推理作家M，謝謝大家！

影片結束，M關掉了AirPlay，抬頭望向由始至終都不發一語、專心觀看的K先生，問道：

「如何？」

「……這，很好，非常好，我很滿意！」

K用力地拍手。

「果然我沒有看錯人。」

他站起身，朝M伸出戴著手套的右手。

「非常感謝老師的協助。」

「這不是協助，只是工作。」M握著他的手，「話說回來，你有聽從我的建議將浩軒樓五樓二號單位封鎖嗎？」

「我完全聽不懂老師在講什麼。不過假如、假如那單位眞的重見天日的話，老師希望會在裡面見到什麼？」

「根據我的『總結』，凶手在裡面埋伏了至少一天。那麼，裡面至少要比較有『生活感』，放多些廢棄的食品罐頭、加上腳印和躺臥的痕跡之類。另外，陳麗珠的手機最好也在裡面。」

「原來如此。」

「話說回來，讓我主張凶手是藍絲眞的沒問題嗎？」

「有什麼問題？香港是法治社會，定罪是依照法律，無關政治立場。任何人犯了罪都須要付出代價，這是一直以來保持香港社會繁榮穩定的基石。」K不假思索地回答。

「這倒也是。」M說道，「我的『總結』並沒有指定任何人有嫌疑，對你們來說也比較方便吧。畢竟這個人也許根本不存在於世上，只要永遠無法將其逮捕歸案，就不可能否證我的『總結』。」

「既有說服力，又能保持一定的『開放性』，老師的『總結』實在恰到好處呢。」

「你那麼滿意，那能容許我追加條件嗎？」M問。

「仍未知道內容我很難保證，您說吧。」

「假設，萬一你們眞的須要指定一人是凶手，希望那個人不會是陳麗珠的朋友Kristen Ho。」

K睜大雙眼，顯得很驚訝。

「沒想到老師會提出這樣的條件。」

他想了一會。

「好吧，既然老師這麼說，我同意爲此案加上第五法則：何敏兒不能是凶手。事實上，以那女孩子的身高，她其實很難用石頭從後襲擊陳麗珠的後腦。」

K若無其事地說出Kristen的中文全名，更對她的矮小身形瞭若指掌。

7

K先生離去後，M重新坐到電腦前面，打開網頁版YouTube Studio準備上載影片。他在檔案選擇視窗裡點擊資料夾「【離奇案件】佐敦封區陳屍疑雲詳細拆解」，然而這次資料夾裡面的影片檔案卻不是只有一個，而是兩個。

第一個叫「version_a」，另一個叫「version_b」。前者是他出示給K的版本，至於後者……

M瞪著視窗思考了幾秒，決定打開「version_b」播放。影片的前半部分和「version_a」一模一樣，他將影片進度往後拉，直至只剩下數分鐘的地方停下：

之後，凶手就將錄音和影片合成爲同一個檔案，上傳到陳麗珠的Instagram帳號！一切大功告成，凶手就以全身保護衣的打扮，大剌剌地離開了浩軒樓以至封鎖區域。期間完全沒有人發現，一個保護衣裡面全身上下都血淋淋的殺人犯正在自己眼前走動！

（畫面變黑，播放懸疑背景音樂。）

（正中間出現標題「Part 3: 另一種可能性」。）

（M本人現身，一臉凝重。）

——有件事我需要跟大家交代。剛剛展示給大家的推理，其實並非推理，而是一次創作。

——事實上，這段影片存在著一名贊助商，他在陳麗珠死去的第二天早上在我家門前現身，請求我幫他以影片形式為案件創作一個解答。

（播放M家中防盜攝影機拍下的錄像，K首次拜訪M時的畫面。）

——他自稱「K」，沒有說明自己來歷，只希望我為此案提供一個與政府人員完全無關的「真相」。

——言歸正傳，大家覺得剛才的解答怎麼樣？是不是除了Whodunit仍未完全解決，就已經很有解釋力呢？

——其實，只要換個角度，我們可以得出完全相反的推理。

——上一個解答有兩個絕不能打破的前提：民政署職員上門的影片有經過加工，以及陳麗珠家中有一套全身保護衣。

——可是，兩者都沒有確鑿證據。

——比如那段影片，因為畫面內從未見到陳麗珠本人，也聽不到她的聲音，於是就有作假的嫌疑。

——可是，我們眞的肯定這種「看起來很假」的感覺不是刻意爲之嗎？

——難道就沒有影片內容完全眞確、從未經過加工的可能性嗎？甚至乎，影片其實眞的是陳麗珠本人拍下，只是凶手看到片中她既沒有入鏡，又沒有說話，於是臨時起意去利用？

——至於那套全身保護衣，搞不好它根本不存在，單純是我們的想像。陳麗珠究竟有什麼應對封區措施的辦法，在她已經去世的情況下，我們無從肯定。全身保護衣只是衆多可能的解釋之一。

——如果兩個前提都錯的話，那陳麗珠的死亡就很可能是開始封區之後才發生。

——陳麗珠本人沒有現身的影片、浸水的抹身毛巾、將溫度調至最低的冷氣機，三者都是令人以爲凶手想製造她是在封區期間死去的假象，但其實她可能眞的在這段時間被殺，這是「誤導的誤導」。

——至於凶手是何許人也，我也無法下定論。只是根據這個解答，我們就不能完全排除凶手是有參與封區的政府人員的可能。

——再加上這個叫K的男人的奇怪委託，實在很難不令人聯想到案件背後有更多複雜的角力與各種盤算。

——恕我目前只能說這麼多，我之所以全盤托出，一方面是不希望眞相遭到埋沒，二來也想保護自己。我不知道那個K會不會找我算帳、會以什麼方式算帳，只能聽天由命。

——我是推理作家M，謝謝大家。

影片結束。

這個版本幾乎違反了K提出的所有法則。一想到這，M就莫名地感到不安。對於K的身分，M想到兩種可能性：政府某「神祕組」的公關部，或者成員包括了公務員的大型隱密犯罪集團。

陳麗珠的手機其實是M故意設下的測試。M推斷它應該仍在陳麗珠生前居住的一號單位內，如果最後它眞的出現在空置的二號單位，就代表K擁有對香港執法機關發號施令的巨大權力，足以判定K是哪一種人。

不過仔細想想，不論是哪一種，與其作對都沒有好下場。因此其實沒有太大差別。M的目光重新落到電腦螢幕上，「version_a」和「version_b」兩個檔案呈現在他眼前，彷彿在催促他趕快二選一。

「不能排除任何證據是凶手爲了操縱調查方向而故意留下的可能……我面對的正是晚期艾勒里・昆恩[21]的苦惱嗎？……不對，現在我的處境，應該更像列車上的赫爾克里・波羅[22]……吧？」M喃喃自語。

他想來想去都得不出結論，乾脆交給上帝擲骰子。

作家M閉上雙眼，以右手食指和中指高速來回敲打鍵盤上的左鍵和右鍵。

最後，他隆重地按下回車鍵[23]，將被選中的檔案丟上廣闊的網絡。

〈東方之珠謀殺案〉完

20 艾勒里・昆恩（Ellery Queen）：美國推理小說家，實際上是個雙人組合，由佛列德瑞克・丹奈（Frederic Dannay）與曼佛瑞・李（Manfred Lee）組成。此處指的是他們筆下的同名偵探角色。

21 赫爾克里・波羅：台灣慣譯爲「赫丘勒・白羅」，爲英國知名推理小說家阿嘉莎・克莉絲蒂筆下的偵探角色。

22 回車鍵：即台灣的「enter鍵」。

樂景灣的鱷魚——譚劍

1

疫情下，很多人變得勇於嘗試，去做以前沒做過的事。好些從來沒入過廚房的男人第一次戰戰兢兢拿起鑊鏟，一向把家事推給太太的男人苦惱吸塵機把襪子吸進去後怎樣處理，有些向來專注在辦公室拚搏的男人鼓起勇氣去逛迷宮般的超市，臉上露出很迷惘的表情。

阿仁在這晚凌晨一點五十五分，和同伴瑟縮在布滿菸頭、安全套和蟲屍的暗角裡，準備進行三十二年人生的第一次入屋爆竊。

天上繁星點點，在城市裡長大的他從來沒見過這麼多，但沒有興趣欣賞。星星太遠，和自己生活無關。他只關心那個屋子裡有多少錢。如果沒有的話，就當是一次冒險；如果有的話，希望錢多到讓他在看不到盡頭的疫情期間安安穩穩過上好幾年，而不是只能在家自肅。

在肺炎肆虐下，他的導遊工作完全停擺。以往他年收入連花紅和打賞夠他過頗為優渥的生活，疫情至今卻一團也開不了。幸好靠年頭炒賣口罩和搓手液狠狠賺了一大筆，勉強夠他生活一整年。所有炒賣都講究時機，吃了頭啖湯[1]後就不要貪心追貨想再賺一筆，否則等到各種醫療物資供應正常，已經沒有炒賣價值。有些朋友賣不完，結果賺頭蝕尾，急於用蝕本價散貨離場，否則連倉租也付不出。

他和行家呼籲政府早日推行全民檢測、健康碼，或者其他有效的措施，希望盡快通關，不管用什麼手段，不要理其他人反對，通關與否關乎旅遊、零售和航空三個行業數以十萬計從業員的生計。保就業比什麼都重要，不能為了防疫而令大量市民失業。沒有完善的失業保障，手停就口停。可是，病毒殺之不盡，令疫情如潮水般一波又一波沒完沒了。不少同事早就轉行做外賣速遞員，反正做導遊也是到處跑，腳骨力不錯，如果有電單車、機動能力強的就更吃香。

前同事馬仔在幾年前就想開餐廳，但香港租金高昂，他也不懂管理，只好打消念頭，希望儲幾年錢後用投資移民方式去台灣開餐廳。現在各區租金下調，他就索性和太太Melody逆市在花園街頂手一間前身是找換店[2]的舖位開外賣店，主打兩餸飯[3]。阿仁特地過去探望馬仔，給他打氣。小店生意不俗，只是兩公婆滿身大汗，從早到晚一直留在店裡忙個不停，讀小學的女兒坐在店後面的凳仔上做功課，可憐的眼神像問父母要忙到什麼時候。

那種默默耕耘的賺錢方式在本城根本黐居[4]。只要業主加租，機會率是百分之二百——馬仔兩夫婦的心血就會化為烏有。

所以，當中學同學兼老友，現職地產經紀的林山打電話問阿仁有沒有興趣發橫財運時，他想也不用想就反問：

「是怎樣的橫財運？」

「你要答應我會參加，我才能告訴你。」林山神祕兮兮地道。

阿仁太熟悉林山的個性，只要能賺錢，他不會多加考慮，追問：「合法的？」

「當然不是。被抓到的話，會判入獄三至五年。不過，這事的風險在可控制範圍內，只要你聽我的話，我保證失敗的機會率是零。這種機會，人生沒有多少次。陳原剛答應。你有興趣的話，就明天下午四點在青衣[5]地鐵站碰面。如果我和陳原賺大錢，別怪我沒有算你的份，是你沒興趣。」

阿仁不想後悔，忙問：「下午四點？」

「對。記得穿灰色或黑色的衣服和褲子，鞋子和背囊也一樣。明天晚上就行動。」林山頓了一頓，又道：「縮沙正契弟[6]。」

1 頭啖湯：粵語俗語，指爭著當賺取某利益的第一人。
2 找換店：指在香港兌換外幣的店。
3 兩餸飯：餸，即台灣的「菜」；兩餸飯則指搭配有兩種菜色的飯。
4 蠔居：在粵語中有罵人蠢笨的意思。
5 青衣：位於大嶼山和九龍之間的小島，島上有大型私人屋苑，社區發展和配套非常成熟。
6 縮沙正契弟：即台灣的「臨時反悔是俗辣」。縮沙，指臨陣退縮；正，正是；契弟，在粵語中有罵人的意思，指混蛋。

2

阿仁抵達青衣站時，林山和陳原已經在聊天。林山即使穿西裝打領帶，阿仁仍然記得他穿校服的靦腆模樣，和女同學講話會口吃。陳原幾年前身形就開始膨脹，現在又回復到中等身材，體重長期處於鐘擺狀態。他中學畢業後就直接投身社會工作，哪個行業需求最大，他就轉過去，一度做過搬運奶粉過關的螞蟻，後來去藥房做售貨員，等摸熟入貨門路和選址竅門後，不用十年就在上水擁有自己的藥房。阿仁特地去上水看過，到處都是拖行李箱的水貨客，講的不是普通話就是其他中國方言，除了兵荒馬亂外想不到其他形容詞，但陳原說租金蠶食大部分收入，加上不可不交的保護費，沒有外人想像那麼多肉食。

他們三人以前住在禮義邨時已經見識過黑幫的橫行無忌[7]，幸好身形高大，黑幫沒打過他們主意。不過，那些黑幫教會他們，只有心狠手辣，才能在禮義邨這種兵家必爭之地立足。他們中學時是校隊成員，奪過校際足球賽季軍，年少氣盛時誇下海口說要代表香港隊或中國隊出戰世界盃，狠狠教訓日本隊甚至巴西隊，但參加青訓時每場的車馬費只有五十元（聽說十多年後一元也沒有增加），真的只夠應付來回交通費加一個便當，要再買多一個特價的漢堡包也不夠。等熱情退燒和手頭鬆動後，他們更有興趣交換「賽後報告」，或組團北上考察[8]，和各省的菁英運動員進行友誼賽好好切磋。

這次同行還有一個黑黑實實、非常高大有個小肚腩的男人，貌似做體力勞動的工作。林山介紹說他是韓森，沒有提及背景。雖然戴上口罩，但那雙眼神非常銳利，而且身上散發濃烈的菸味，老菸槍的體味。

阿仁做導遊超過十年，每星期帶至少兩團，一團至少三十人，團友來自中國、台灣和東南亞，每年接待過的團友超過二千人，閱人無數。他的經驗告訴他，韓森跟他們禮義邨校隊成員並不是同一類人。

限聚令是四人，但青衣城裡仍然人頭湧湧。韓森顯然熟悉青衣站周邊的環境，帶他們去長安邨一間門庭冷落，叫「安齋拉麵」的文青餐廳。年輕女店員戴上透明口罩，用很溫柔的語氣說希望他們坐在近門口的位置，但韓森拒絕，直接走進最裡面的角落坐下。他們快速點了飲料後，韓森更用冷酷的語氣吩咐她不要打擾他們談論公事。她連聲說好，但那個牽強的笑容讓阿仁覺得這個名字牌寫上「Rion」的女店員是

7 作者按：詳見〈禮義邨的黑貓〉，收錄於《偵探冰室・靈》。

8 北上考察：指北上嫖妓。

含著一團怒火離去。

阿仁覺得她和很多人都聽不出放得很小聲的背景音樂除了一些抒情歌外，其實夾雜了黃明志的〈不小心〉，另外一首是〈Ebisu Animal Anthem〉。很多香港人以爲幾十個女孩子唱歌就一定是AKB48，不知道日本有很多類型的女子組合。

大家脫下口罩後，阿仁首先注視的就是韓森。他愈看愈像是出來混的蠱惑仔，但人不可貌相。

「如果有人每月交租都用現金，你們覺得奇怪嗎？我說的不是兩、三萬，而是十萬。」

林山等飲料送來後才入正題。他目前在樂景灣一間大型連鎖地產公司任分行經理。樂景灣是位於大嶼山北部的大型屋苑，佔地廣闊，提供高樓大廈、低層洋房（low rise，五層以下的分層單位）、排屋和獨立洋房等四種戶型，在香港並不常見。由於綠化比率甚高，成爲外國人聚居的地方，特別是航空業人員。外國人和本地人的比例是六比四，遠高於香港其他地區。

樂景灣按照落成的期數劃成很多小區，從南至北徒步需要兩個多小時。居民在屋苑內代步的除了收費高昂的屋苑巴士和出租車外，就是哥爾夫球車（由於供不應求，牌照炒至二百萬一個，月租過萬）和各種非法的電動移動工具，像電動滑板車和電動單車。

「我以前在樂景灣另一間地產公司工作。有些業主在外國居住，找我們地產公司負責『租務管理服務』，除了代收租和追租，也會處理租務上的大小繁瑣事務，報酬是每月5%租金。如果不是遇到麻煩的租客，這部分收益所需投入的成本很低，基本上和銀行賣旅遊保險一樣是幾乎躺著就能領錢，是easy money。那時有個叫Yves的租客，法國人，四十二歲，每個月底他都會上來分行，拿出一個公文袋，倒出厚厚一疊千元大鈔紙幣，總共十萬現金。我要帶他進分行的會客室，在他面前用點鈔機數一次，然後馬上拿去銀行存入業主的銀行戶口。」

阿仁想像那個很暴發的畫面，沒想到外國人也來這套。「爲什麼他不自己存進銀行？」

「這就是問題了。他說自己不用香港的銀行，錢是放在瑞士銀行的戶口裡，他甚至不踏足銀行……藉口一大堆，非常可疑。不過，分行經理和分區經理都覺得沒有問題。幾年前有不少人付過千萬現鈔買樓，銀行有專門的團隊配合去數鈔票，按百分比收手續費。」

在先敬羅衣後敬人、有錢能使鬼推磨的香港社會，沒有錢無法解決的問題，而「錢怎樣來？」這個問題，從來不是問題。

「屋主不覺得很怪嗎？」

「那間屋本來只能租八萬五，頂多九萬，Yves多付10%，而且是現金。Cash is

king，沒人能拒絕，何況那屋主根本不住在香港，和他沒見過面，更重要的一點，Yves交租非常準時，一天也不會遲。就算業主加租，他也不會討價還價，是個很好的租客。」

林山喝了口咖啡，瞟了一眼女店員窈窕的背影後繼續道：

「我去年才轉到目前任職的地產公司，但和前同事仍然保持聯絡。其實樂景灣的經紀一直都是在不同的地產公司之間轉來轉去，平日也會向其他地產公司借業主的鎖匙，當然是業主同意，所以關係非常良好。上星期Yves告訴我前同事，他被困在外國，希望我們轉告業主，要求暫緩交租一個月，他可以多付半個月租金作補償。業主向地產公司索取意見，我前同事就問我，我說這租客紀錄良好，不像會有大問題。自從疫症爆發，不管私人住宅和辦公室的租金都下調，這租客付的是遠高於市值的租金。把他趕走，下手租客的租金可能下調到九萬左右，很不划算。樂景灣自去年起，已陸續換過另一批住客。這裡很多外國人不是自己做生意，就是高薪的專業人士，或者在跨國企業任職高層，特別是住排屋、坐哥爾夫球車那些人，他們過的是和大部分香港人不一樣的生活，不喜歡戴口罩，送兒女上國際學校，自己去會所裡游泳、打網球、跳健康舞，把航拍機升高到三十幾層樓的高度，但樂景灣是位於飛機航道範圍裡。那個自稱——記著，是『自稱』——是外媒攝影師的人在臉書的群組裡說他有自由這樣做，其他外國人也在Facebook群組裡應和，說你們香港人太習慣守規矩，他們外國人不來這套，追求自由奔放，口罩令、限聚令、六點後禁堂食，在樂景灣全部形同虛設。去年香港出現社會運動時，同一批人批評香港人盲目爭取自由，阻撓香港發展，阻撓他們來香港這個金融中心賺錢，只要他們走掉，香港就成爲空殼。這些高高在上的人有事稍微看不順眼就投訴，像會所員工講的英文有口音、屋苑巴士早一分鐘開走、屋外有很多狗屎。嘿，那是因爲你們遛狗時自己走在前面，讓狗在後面追隨，從來不回頭清理狗屎，反而工人姐姐一定會。這些高等外國人不學廣東話，活動範圍只限於自己工作的地區、中環和尖沙咀，說依依不捨離開香港，其實只是捨不得自己在這城市裡高人一等的待遇和特權，也就是白人優越感。」

阿仁覺得林山像火山爆發般，把埋藏心中多時的怨氣在短時間內爆發出來，沒有阻止他說下去，望向蠱惑仔韓森，他看來很煩惱，也許想叫林山少說廢話，但說不出口。

陳原像知道大家心裡在想什麼。「不好意思，可不可以先說重點？」有些話老朋友講比較方便。

「我一直懷疑他做的是非法生意，在家裡存放大量現金。」林山的眼光掃過其他人，「我想爆進他家裡。」

「就算有錢，也可能放在保險箱裡。我們藥房就有個。」陳原用手比出大小，「長闊高都是四呎，防火防水。一百四十公斤重，有定時器。除非出動鑽挖機，否則根本無法打開。」

「不要以爲保險箱要核彈才能炸開，只要從兩層樓的高度丟下來，大部分保險箱都會裂開。」

韓森說得很有自信。阿仁很想問他是否經驗豐富，但想到他剛才對女店員的態度就打消這念頭。

「到底有沒有保險箱，其實是未知之數，可能根本沒有，只是把錢放在暗格。」林山道：「這計畫我已經準備多時。我有個單位在樂景灣，我不只熟悉環境，也曾經代理這屋子，帶過十幾組客人看房子，手機裡還有它內籠的照片。」

他抽出長到突兀的6.4吋特大手機開始講解。這次目標的屋子是間排屋，位於小山坡上的樂山路四十二號。屋子兩層，一共二千五百呎，含兩間套房和四間客房，另加八百呎天台。屋後有個三百呎的小花園，圍牆高到上二樓，私隱度很高。

阿仁覺得不管這間屋賣多少錢，自己一輩子也買不起。他喝完咖啡，再點了杯香蕉芒果汁。韓森本來也想點果汁，但最後要了個宇都宮朱古力奶昔，非常heavy。

「有後門讓我們進去嗎？」韓森問。

「推開後門會馬上響警鐘，把山上所有人吵醒。除非逃走，否則不會考慮。其實我去年還在舊東家工作時，已經備份了四十二號屋的鎖匙。事隔十二個月，警方未必會懷疑是我幹的，但這屋裡有個防盜系統，跟汽車一樣，如果你沒有先關掉防盜器就開門，雖然不會響，但會發出警報通知管理處。」

「跟我們藥房差不多。你有辦法關掉防盜器？」陳原問。

「沒有辦法，但這部分我打點好了。」

身爲地產經紀，林山深明「政通人和」的道理，和各屋苑的管理員都打好關係，包括堅叔。他在樂山路的小社區出任夜更管理員，並爲這次爆竊行動提供協助，但不會特意在附近幫忙睇水（把風），只會在管理處提供極重要的後勤支援。沒有他參與，今晚的行動不會成事，所以堅叔也會分一份。

「雖然堅叔可以幫我們忙，但左鄰右里不會。那幾間屋子的住客都互相認識。由於以前有賊假扮裝修師傅入屋爆竊，所以不排除他們如果裝修或離開香港，就會通知左鄰右里幫眼。我們不能大白天大模斯樣走進去，一定要在晚上行動。管理處並不是唯一的保安。樂景灣是自成一角的屋苑，在疫情前，每年夏天和冬天很多外國人會返鄉過暑假和聖誕，視乎南半球或北半球。屋裡沒人，就會引來爆竊案，情況比香港其他地區嚴重，所以這裡的保安有好幾重。首先，每一區都有管理處，負責區內的大小事宜，包括巡樓、接聽住戶的投訴電話等。不要以爲半夜沒人投訴。這裡外國人多，有時他們深夜裡喝醉了會喧譁，管理處的人就會以勸諭形式勸他們離開，再不行的話，就會出動保安。」

「南亞裔？」韓森皺起眉頭。

「不是。這裡的保安不是那些四肢發達頭腦簡單的大漢，或者考到保安牌照卻沒有戰鬥力的廢柴，而是退休或因不同理由而離職的前紀律部隊成員，警覺性高，孔武有力，就算三個人也未必打得過他們。樂景灣面積很大，保安會坐車巡邏。不過，巡邏車只有兩架。」

「只有兩架，那很容易應付。只要等那車離開，我們就可以行動了。」陳原一向心口都掛個「勇」字，否則怎敢在上水開藥房？

「沒這麼簡單，除了保安巡邏車，還有救護車。先說保安巡邏車，路線就是樂景灣各小區的主要幹道，包括四十二號屋門口，不過每次的時間都不同，大概每小時兩次。另外，外國人採取自由放任的方式養育下一代，不少青少年的單車在行人路上風馳電掣，要行人閃避，如果撞到人就當沒事發生逃之夭夭。有次我走過時，兩部單車一左一右向我衝過來，我在中間動彈不得，他們經過時還笑我『stupid Chinese』。如果你想體驗在自己的地方被歧視，搬來樂景灣住就對了……」

阿仁終於明白林山怨氣這麼深的理由。

「……他們不一定是外國人，也有些是英語流利的亞裔人，簡單來說，是上等人。有些老一輩外國人看不過眼，會叱責他們，不過，這些不知天高地厚的傢伙不當是一回事。他們夜裡在公共地方聚集，在超級市場和便利店高買（偷東西）是家常便飯。這裡的隱蔽地方多，有些年輕男女會打野戰。上個月才有個十六歲女仔控告被同校的十七歲青年強姦。不過，這種事情通常不了了之。女方為保名譽，遲早會撤控，男方會在保釋期間離開香港。較早之前有個男人開哥爾夫球車撞斷一個少女雙腿，結果他因有外交豁免權不被起訴，我才發現這裡很多人居然都有這種特權，有時我懷疑就算他們養的羅威那咬死人也沒有問題。在樂景灣，有些狗比人更平等。」

阿仁聽到最後這句時，想到的不只是樂景灣的問題。

「救護車也一樣。樂景灣離北大嶼山醫院二十分鐘車程，一來一回廢時失事，這裡長期有一架救護車停泊。由於長者多，出動次數非常頻密。有時一晚出動超過十次。救護車對你們沒有興趣，但行車記錄儀會拍下你們。他們出沒完全沒有先兆，只發出閃燈，不響警號，神出鬼沒。這也是我們需要堅叔的地方。只要救護車出動，各分區的管理處都會收到通知。堅叔會第一時間通知我們。」

阿仁覺得堅叔佔五分之一分成一點也不算少。這次入屋爆竊就算有三十個人，如果堅叔不合作，根本不會成事。

「樂景灣在好些位置安裝了閉路電視，只要分岔口就一定有，也幾乎只裝在分岔路口上。這些都在堅叔控制範圍以內。不過，不是所有住戶晚上都在家裡睡大覺，有些會深夜跑步、踩單車或遛狗，不要問我原因。總之，我們這些陌生人夜裡出現很惹人懷疑。幸好，基於防火原因，每五間排屋，就會有一條兩公尺闊十公尺深的防火巷，裡面只有雜草，沒有任何設施，平時很少人進去，由於是「L」字形，站在最裡面的話，外面的人看不到。堅叔建議我們在黃昏時抵達，躲在裡面，直到深夜才出來，盡量減少被途人發現的時間和機會。四十二號屋和最近的防火巷之間的距離，根據Google Map說是五十公尺，走過去不用十秒。」

「少人進去防火巷，不代表沒人進去吧？」韓森問。

「說的沒錯。有些鬼仔[9]會打爛那些燈，方便在裡面鬼混，街坊也見怪不怪。這裡的維修不是那麼有效率，要第二天才會派人過來。堅叔會預先打爛裡面的四盞燈。要是我們躲在裡面時有鬼仔鬼妹要進來，我們就用手機的燈照他們，別讓他們看到我們的臉，他們會識趣走去另一條防火巷。不過，我認爲機會不大。由於疫情，很多家長滯留外地無法回來，他們可以去同學的家裡盡興。堅叔說有幾間屋最近每晚都開派對，屋裡關上窗，紫色的燈光亮一整晚。十幾個年輕人在傍晚進去，到天亮時才陸續離開。」

阿仁聽到這裡，不得不佩服林山準備周詳，難怪他敢誇下海口說「風險在可控制範圍內，失敗的機會率是零」。

陳原微微點頭，「我沒有疑問，到時執生（隨機應變）。」

「我有。」韓森說話不轉彎抹角，「如果眞的找到保險箱，我們怎樣運走？」

陳原和林山同時皺起眉頭，像嫌韓森好麻煩，阻著大家發達。這些輕微的表情變化阿仁全看在眼裡。

「好問題，我還沒想到，也許我們會進行第二次闖關。」

「除非想被捕，否則同一間屋短期內去一次就夠。」韓森擺手搖頭，「如果保險箱在二樓，窗口也夠大，我們就同心協力把保險箱從二樓的窗口扔落後花園吧！後花園有什麼？」

「我找航拍機看過，有間狗屋，但那隻狗目前在屋苑內的寵物美容中心附設的動物酒店裡，我昨天特地找藉口去看，是隻白色迷你貴婦狗。這也是我懷疑他們家裡有古怪的地方。很多住客都是留下鎖匙付錢請walker帶狗去散步和餵食，讓狗繼續留在熟悉的環境裡，但Yves寧願付錢讓狗住酒店。好了，我覺得我可以準備的都做好準備了，但難保到時可能有班酒鬼突然從附近的屋裡出來。」

「得啦！到時執生。執衫執褲香港人最擅長。」陳原笑道，阿仁和林山都陪著乾笑。只有韓森默不作聲，把奶昔一飲而盡。

9 鬼仔、鬼妹：在香港分別指年輕的白種男生和女生。

3

阿仁一行四人瑟縮在堆滿菸頭、安全套和蟲屍的防火巷裡。他時刻注視巷外的大路。果然經過的人很多，但沒人留意巷內的情況。倒是有幾隻狗會瞄向他們的位置，但很快被牽走。深夜遛狗的情況非常普遍。要不是親眼見到，阿仁從來沒想過有人會在凌晨一點遛狗。

救護車不只經過一次，沒有響號，只有閃燈，和林山講的一樣，保安巡邏車經過時也沒有停下來進入防火巷裡視察。

他們本來以爲堅叔最遲會在兩點通知他們可以行動，但堅叔發短訊說不巧住在四十八號屋的大塊頭住戶在家暈倒，救護人員須要花時間把他移到擔架床，再從二樓小心翼翼運下一樓，目前仍然未離開。

阿仁無聊得很，只能一直仰視天空。頭頂的星星本來不多，等眼睛適應了黑夜後，才逐漸發現滿天星斗。一顆流星突然一閃而過，是他這輩子第一次見到，沒多久又見到第二顆、三顆，這是城市裡不可能見到的夜空，讓他心頭湧起莫名的感動，但沒有告訴其他人以免被取笑。對很多人來說，欣賞大自然風景不是奢侈，而是聽居星星太遙遠，和他們的生活毫無關係。

幸好是夏末，晚上已經不熱。雖然鄰近機場，但深夜裡的飛機聲不多，阿仁估計來自貨機。他聽到更多的是蟲聲鳥語。有些青蛙的聲音像從溝渠發出，因此會被擴大和帶有回音，非常詭異。這種夜裡被大自然聲音環繞的情景他也不曾經歷過。

凌晨兩點四十分，堅叔發短訊說救護車剛離開，他們終於可以行動。韓森給大家準備的護目鏡終於可以出場。他說除非打劫銀行，否則大家已經戴了口罩，就不必再用面具或絲襪這些道具。

林山按照計畫奔向四十二號屋門口，用鑰匙打開大門登堂入室後就發短訊。他們跟著跑過去。

陳原站在門口旁邊的落地大窗前把風，這是韓森提出的建議，也迅速獲其他人贊成。他們不能只顧行動而不留意外面的風吹草動。如果保安巡邏車停在門外，他們就要馬上離開，一秒也不能遲疑。不要像電影裡般要人家開門才逃，到時根本走不及。後門在廚房，推開後警鐘就會響，接下來大家就四散，各安天命。

他們拉上不足以遮掉全部光線的窗簾，不開燈，也不用手機的電筒功能。林山拿出四支電筒，一人一支。電筒比手機更適合長握。

屋子裡的擺設和五年前招租時的室內照片差不多，傢俬全來自宜家。雖然每層有超過一千呎的空間，但林山說布局不怎麼高明，房間劃得太多，導致每個房間的面積都不大。阿仁肯定這不是他推銷房子時會向客人講的話，而是說不同房間有不同用途，讓家庭成員有各自的活動空間。

阿仁用戴上手套的手抬起牆上懸掛風景畫的畫框，確定後面沒有暗格。韓森經過時搖頭，「你以爲是電視台的膠劇[10]嗎？」

他們沒在地面那層久留。陳原說如果Yves在家裡存放現金，一定會放在樓上，特別是主人房和書房。不，書房的功能已被改動，裡面一本書也沒有，倒是有部Mac和兩個顯示器，其中一個是三十吋的曲面。阿仁很想搬走但不可能。寫字桌的抽屜沒有上鎖，裡面有幾個可攜式硬碟。阿仁隨手塞了一個進褲袋裡。

下一站是主人房，目測面積超過三百呎。雙人床上面的天花是大鏡子，讓阿仁嗅到一陣淫蕩的氣息，林山在床頭櫃裡沒找到安全套，但找到一袋估計超過五十粒的藍色「偉哥」，不知道是自用或者轉售。阿仁覺得如果是前者，四十二歲未免太虧。

「有人需要嗎？」林山提起偉哥問，見眾人搖頭，二話不說塞進背囊裡。阿仁覺得林山也是自用居多，好虧。去年他們北上時林山已經抱怨一星期一次太密。

不過，兩個房間裡別說沒發現大型的保險箱，連小型的也沒有。林山擁有這屋的圖則，確定沒有密室。韓森說有些小型的扁平保險箱可以放在衣櫃底層，但他們仍然也沒找到。如果有木地板，裡面也許暗藏機關，但全屋都是鋪雲石地板。

他們轉而去找其他地方，包括洗手間和廚房，能找的地方都沒有放過，包括假天花和抽水馬桶的水箱蓋，卻一無所獲。韓森說也許這裡沒有保險箱，可能只是一袋鑽石。走私的人都懂珠寶鑑證，帶一粒值幾十萬的鑽石過關很難被發現，也不像加密貨幣會出現大幅的價格波動，或被黑客盜走。雖然要找人接贓只能打三折，但銀碼大的話也不是小錢。阿仁愈來愈覺得韓森的背景不簡單，稍後要問林山這人是什麼來頭。

可是來到四點半，他們仍然沒有找到鑽石，今日最大發現就是一袋偉哥。陳原說以一百蚊一粒來計的話，那袋值至少五千。林山笑說，五千蚊連樂景灣高級私人會所的家庭會員月費也不夠付。

韓森坐在客廳的沙發上，屁股用力去頂底下每一寸空間。

「可不可以用暴力手段？」韓森問林山。

「具體來說是怎樣？」

「把沙發和床褥割開。」韓森用衣袖去印額頭上的汗。

「屋主有買家居保險，但要快。五點鐘就開始有很多人出來跑步或者踩單車。」一直守著門口的陳原冷冷地道：「已經有人遛狗了，而且不只一個。」

「糟了，行動要快，五分鐘內一定要離開。」林山急道。

韓森拿出幾把美工刀，大家分頭行動，毫不留情把沙發坐墊和床褥劃開。床褥裡沒有發現，但在沙發裡找到一袋袋五顏六色的丸仔，有幾百粒，上面的動物圖案宣告

10 膠劇：指劇情荒誕無趣、製作品質糟糕的電視劇。

它們不是醫生會開的藥丸。

韓森後來才發現沙發坐墊後面有拉鏈。「是搖頭丸，疫情後很難入口，市價炒到四百蚊一粒。」他以專家口吻道：「不過我沒碰『女』很久了，如果你們有門路就拿去，不用分錢給我。」見其他人沒反應，又解釋道：「嗯，『女』就是毒品的意思。」

阿仁當然沒有門路，望向林山，林山聳肩道：「我只賣樓。」倒是陳原走過來，當仁不讓拿走其中四袋：「我會分錢給你們。」要不是他的背囊裝不下，他會全部拿走。

林山說不用了，阿仁也一樣。

「女和錢是好朋友。找到女一定能找到大量現金，這是定律。女愈多，錢愈多。」韓森像發現獵物的鯊魚般興奮和雀躍，「爲什麼說cash is king？因爲爆竊拿到的鈔票可以直接拿去用，不用像黃金、鑽石或者名牌手袋般要找人銷贓。」

他的視線掃向他們沒找過的角落，不過，這家裡所有角落他們都已經找過，不只一遍。

「五分鐘內一定要離開。」林山再看手錶。

阿仁很快放棄去找，而是站在客廳，凝視草地須要好好修葺的後花園。他覺得有一點很不對勁，回去問林山：「那個……租客養多少隻狗？」

「一隻。」

「這裡有兩間狗屋。」

阿仁的話引起大家的注意。陳原仍留守門口。三支電筒的光分別射向兩間一模一樣的狗屋。三人過去看，發現其中一間竟沒有門。想推開狗屋，卻發現它出奇地重。

大家交換笑容。

他們花了幾分鐘才找到打開狗屋的方法，就是提起屋頂。裡面的不是保險箱，而是個行李箱。

「這是個可攜式保險箱，防火防水非常有效，但抵受不了強大的物理撞擊。」韓森再次以專家的口吻說。

「五分鐘內一定要離開。」林山又看手錶。這是阿仁今晚聽得最多次的話。

「得啦！」韓森叫大塊頭的陳原和他合力把至少五十公斤重的保險箱抬上天台。阿仁和林山站在客廳裡，心跳加速。那是他們發橫財運的最後希望。

保險箱著地時發出深沉的「砰」一聲，裂開的開口露出兩個密實袋，裡面裝了一疊疊千元大鈔，但數量並不多。林山目測只有三十至四十張紙幣，比他們預期的至少三十萬現金少得多。五人攤分的話，每人一萬元也沒有。

「得好少錢。」阿仁不禁失望地道。

「只要通宵一晚就能賺到幾千蚊，回報算不錯吧！」林山安慰大家，「我們要盡快離開。你們信得過我的話，我就先拿去，再用手機過數給你們。」

不是「沒有人提出異議，出來混講個信字」，而是只有區區幾千塊錢，相信林山不會亂來，如果後面多一個零的話就不一樣了。

「我們快走。剛才有吵醒人嗎？」林山發短訊問堅叔。

「當然有，我說可能有航拍機從高空掉下來。只有一聲的話，他們投訴完就會回去睡大覺。」

4

要離開樂景灣只有兩種方法，搭屋苑巴士出東涌或欣澳，或搭高速水翼船去中環。不過，在疫情下，深夜乘客數量大減，水翼船開出凌晨一點的班次後，要在早上六點才會有下一班，巴士也一樣。因此，在這五個小時裡，樂景灣成爲與外隔絕的孤島。

林山是樂景灣居民，但這時回家太顯眼，決定等到七點半日更管理員上班後才現身。樂景灣中央公園有很多隱蔽角落可以藏身。他叫大家不要搭頭班船或巴士離開，乘客都是固定那幾張面孔，即使戴上口罩也能認出來，外人非常顯眼。他們三個人要從第二班開始混入居民裡，搭不同班次的巴士和船分頭離開。

阿仁身上沒有鑽石、偉哥或搖頭丸，七點時索性大模斯樣去一間叫「Madonna」的快餐店吃「營養早餐」。快餐店有不少晨運客光顧，幾乎坐滿，但多士是隔夜的，太陽蛋還好，公仔麵未熟透，雞扒很小塊也很鹹。這份難吃的早餐居然比市區賣貴一半，但大家仍吃得津津有味。阿仁覺得在遠離塵囂的樂景灣住得久，就會脫離現實。

吃完早餐，阿仁就收到林山的過數——八千二百。ＰＴＧＦ[11]一晚也不一定賺不到這麼多錢，但如果說是爆竊案的「分紅」，只會被恥笑。「搞那麼多又擔驚受怕先得個八千二？」

阿仁以爲這就是結局，沒想到只是開始，當然，而且，只能在事後才知道。

5

阿仁回家馬上倒頭大睡，到晚上六點才醒來，剛好來得及和父母吃晚飯，是光顧樓下中式菜館「北都」買外賣。獅子球、古法蒸魚、檸檬雞，吃不完的可以留到第二天。他告訴父母說昨天林山介紹臨時工給他，陳原也有去。那兩個傢伙最後一次上他家時他們三人還住在禮義邨，父母只記得他們名字，容貌就記不上來了。

阿仁吃完晚飯後，把昨晚偷來的硬碟接上電腦看個究竟。一看目錄名字就覺得古怪，全是人名，用英文，即使名字看來是香港人。按進去，全是影片檔，阿仁心想不

11 ＰＴＧＦ：part time girl friend，「援交妹」的委婉說法。

會是那種東西吧！沒想到按進去看了三秒，就趕快把房門鎖上，再戴上耳機，腦裡同時湧起刺激和犯罪感。

晚上十點，阿仁覺得林山應該有空，就打電話過去，不敢發短訊。有些談話內容不能留底。

「有空講幾句嗎？」

「不行，我正準備帶客看房子，約十點十五分，業主好急，」林山說得有點氣喘，聽聲音正在走路，果然很虧，「賣樓移民。我晚點找你。」

掛線。

二〇二〇年六月三十日全國人大常委會第二十次會議全票通過「港版國安法」，以及《關於增加〈中華人民共和國香港特別行政區基本法〉附件三所列全國性法律的決定》，並由公布之日起施行。第二天英國政府即公布「英國國民（海外）護照」（BNO）的「5+1」升級方案，讓BNO持有人享五年有限居留許可，之後可申請定居，繼而再定居滿一年後可申請做公民，由二〇二一年一月三十一日開始接受申請。不少人用LOTR的方式預先入境英國，居留六個月。LOTR不是指「Lord of the Rings」，而是「Leave Outside the Rules」，爲新一波巨大的移民潮掀起序幕。有些老一輩香港人毅然賣掉香港所有資產，一家三代十幾人連根拔起像挪亞方舟般前往前宗主國，不管前面是玫瑰園或者凶險之地，總之在一片汪洋裡共同進退。也有些年輕的家庭聲稱爲了年幼的下一代，即使兩夫婦從來沒踏足過英國國土，即使要和留守在香港的父母分開，即使知道在香港是管理階層，但去到彼邦只能做低下層的工作，也辭掉工作，把強積金[12]提走，踏上征途，破釜沉舟地去英國生活，非常悲壯。不過，有些人認爲，這種做法完全非理性，原因包括英國疫情遠比香港嚴重、失業率高，和生活習慣差異巨大。三十年前因移民而分隔兩地的過來人說，他們還沒享受移民的好處，就先家庭破裂，得不償失。

本來在年頭一潭死水的香港樓市，年中開始受惠這波移民潮而變得活躍起來。經紀鼓勵大家移民，不管在香港或在英國的都一樣，否則何來買賣？他們的利益建基於貪婪和恐懼。很多本來買不起的房子，現在價錢變得稍微合理起來（但其實仍然非理性）。很多本來惜售的房子，現在成爲地產公司外面一張張廣告招紙。阿仁好幾個朋友都離開了，他們把新居照片貼上臉書後，親戚朋友才知悉他們已經不動聲色舉家移居外國。沒有道別前的聚會，沒有擁抱，沒有握手，什麼也沒有。

即使阿仁的工作是帶歡樂給團友，平日也盡量凡事往好的方向思考，自問相當樂觀正面，但只要想到這點，就怎也笑不出來。

---

12 強積金：全名「強制性公積金計畫」，是爲全香港的就業人員設置的退休保障制度。

6

林山要到凌晨十二點半才回電話，那時阿仁快要睡了。

「我剛回到家。業主和買家討價還價了大半小時，原價一千五百萬的樓以一千三百八十八萬成交，超好兆頭。」

阿仁從林山的聲音感受到他的喜悅。地產公司會從樓宇買賣抽取成交價的百分之一爲佣金，也就是十三萬八千八百，經紀會和公司從中對分，也就是六萬九千四百，等於阿仁以前兩個多月的收入，也超過賣六千支酒精搓手液的利潤。對很多零收入的人來說，這是一筆龐大的收入。當然，也超過他們昨天身水身汗入屋爆竊的成果。

阿仁壓下對賣樓的想法，問林山：「你猜那個硬碟裡面裝了什麼？」

「頂多就是自編自導自演，不用大驚小怪。群P好看嗎？」

「如果只是這樣，我不會打電話給你。裡面的主角都是名人，男男女女都有，不少我叫不出名字，但在網上見過。」

林山一時反應不過來，半晌後才道：「你不是和我開玩笑？」

「我從去年開始就沒有心情開玩笑。」阿仁冷冷地道。

「傳一段給我看。」

「你開玩笑吧？被人發現我們擁有這種影片，我相信我們面臨的不只被起訴。你準備橫屍街頭或者着草（走路）吧！」

「你明天下午有沒有空過來何文田？我請你吃牛扒，跟著上我家睇片。」

「你不是住在樂景灣嗎？怎麼變成何文田了？」

「那個……已經好幾年了。你不要問那麼多。」

身爲地產經紀，自己下海炒樓很平常，但以林山曖昧的答案和好色的個性，讓阿仁懷疑他是在包養女人，所以也識趣沒有問下去。他們早就不是中學生。那時的抽菸打架、和女同學鬼混，只是中學生的日常，但花錢包女人，建立一個「金錢交換肉體」的長期關係，卻是阿仁從來沒想過的。

7

何文田山本來只有居屋和公屋，由於交通不便，忠孝街的豪宅樓價仍然不算瘋狂，直到地鐵公司宣布興建何文田站，那座山頭就開始出現翻天覆地的變化。山谷道邨和舊何文田邨先後被清拆，在原址改建豪宅屋苑，只仍然留下老牌公屋[13]愛民邨、居屋[14]俊民苑和夾屋[15]欣圖軒。

林山就居於其中一個豪宅屋苑裡，酒店式管理，管理費五元一呎。他本來是負責賣樓的經紀，後來以高成數按揭（抵押貸款）的「呼吸plan」上車（首次置業），就是按揭貸款並不需要入息審查或者審批，只要你能呼吸就能買樓。

林山招待阿仁去會所一間叫Valeno的日式西餐廳吃午餐，靠近餐廳門口的長桌上放了一袋袋便當。林山說很多住戶一日三餐都是在會所裡的三間餐廳解決，疫情下管理公司提供送餐服務，每次收費二十元，有些懶得離開住宅走五分鐘路程的人會採用這服務。

餐廳食客不多，林山和阿仁坐在落地玻璃窗旁的位置，欣賞外面的仿希臘式花園和水池，遠處有座白色斷臂的勝利女神像，散發一種庸俗的土豪味。遊人不多，但都戴上口罩，不戴口罩的只有一隻很神氣的咖啡色迷你品，突然抬起後腿對著一棵大樹小便，非常得意洋洋。阿仁很快別過頭。

「別看那狗很小隻，面對大狗毫不客氣。我好幾次見過牠撲向比牠大好幾倍的大狗，完全是戰鬥格，非常勇猛。很多大狗遠遠看到那傢伙就想避走。」

林山再三說這間餐廳的安格斯牛扒是代表作，但阿仁覺得平平無奇。只要買到一塊不錯的西冷，他自己煎得更好吃。

由於不能在餐廳談論真正要說的話題，兩人的聊天內容只好不著邊際。林山繼續吹噓屋苑會所的各種設備，包括三個健身室、桑拿浴室和兩個泳池，一個室外一個室內。

「我沒錢買樓，不用當我是潛在客仔向我sell樓。」

「不好意思，職業病。」林山尷尬地笑。

「你那些設施現在全部都暫停開放吧？」

「對，但疫情總有一天會過去。」

「等那天再說，目前的世界仍然不正常。」

8

林山推開家門，準備介紹這個已住了數年的單位時，阿仁馬上阻止他說下去。

林山的書房裡排放了一個個玻璃櫃，裡面布滿公仔，像一支勇猛的部隊接受檢

---

13 公屋：公共房屋，類似台灣的國宅。

14 居屋：爲香港政府常設房屋政策「居者有其屋計畫」內興建的房子，以較低於市價的售價賣給市民。

15 夾屋：爲香港房屋政策「夾心階層住屋計畫」內興建的房屋之簡稱。在一九九〇年代時，原是提供給俗稱「夾心階級」的部分中產市民，二〇〇〇年後已有轉爲私人樓宇的項目。售價高於居屋。

閱。與其說是書房，應該說是公仔房才對。那部擁有巨大顯示器的電腦像是非法入侵，而且佔據不少空間。

林山把電腦從sleep mode叫醒，把阿仁帶來的硬碟插上。阿仁指著兩個一呎高的喇叭仔，提醒要把聲量收細，否則會引起整層樓ＷＦＨ的鄰居敲門喊ＷＴＦ。

林山點頭，把喇叭關掉才開影片來看。這些影片在開頭一分鐘就看清楚主角容貌和陣容。有些是男女，有些是男男、女女、男女女女、男男男女女女女，有些甚至數不清有多少人參與，但肯定的是，林山比阿仁熟悉娛樂八卦和時事新聞，能認出更多張臉孔和名字，介紹他們的背景，一邊看一邊發出嘩嘩聲。

「這是會帶貨的ＫＯＬ……這個二、三線藝員不奇怪，成日都去飯局……想不到人氣主播也會……以後我怎樣相信她的新聞報導？」

林山看了十多條影片後停手，身子靠後，像在消化剛才看過的內容。阿仁懂，他昨天就經歷過同一狀況。經過十多年前「閃卡事件」[16]的洗禮後，香港人很清楚娛樂圈的男女關係複雜，再清純的女星也有不為人知的一面，但那個硬碟裡的影片涉及的人數更多，層面更廣泛，玩的花樣更令人瞠目結舌，仍然會帶來巨大的衝擊。

林山眨了眨眼睛，轉過頭來，「你打算怎樣處理這個硬碟？」

「沒怎麼打算，只是讓你知道有這件事。你有什麼建議？」

「這裡面隨便抓一條賣給傳媒，都可以賺到一筆大錢，全部加起來，說不定可以買一層豪宅。」林山說起時嘴角帶笑。

「你敢？」

「當然不敢，我怕有錢沒命享。」

「我多怕你會發錢寒（愛錢）地拿去賣。硬碟還我。」阿仁伸出手板。

林山無動於衷，「借我可以嗎？」

「我怕你飲酒後鑄成大錯。」阿仁指著桌上不知放置了多少天的啤酒罐，「那些影片可以毀滅很多人的人生，他們不會輕易放過你。你要看的話，就來我家，我滴酒不沾，不會酒後亂性。」

林山依依不捨把硬碟還給阿仁。阿仁馬上把硬碟塞進背囊。「Yves到底是什麼人？怎樣拿到那些影片？」

「也許他是私家偵探，或者他的local friends抄給他觀賞。」

「沒這麼簡單吧？你會相信他單純觀賞而不涉及勒索？」

「我不知道他是不是用來勒索，只知道他還沒回到家。不過，就算他回家發現被入屋爆竊，我也不認爲他會報警，只會當什麼事也沒有發生，我們就配合他吧！」

16 作者按：請參考「陳冠希裸照事件」的維基條目。

阿仁點頭，動身要走時，被林山像小孩般拉著衣袖不放。

「等一下，剛才那個女主播其實我屌了很久，可不可以把她的影片再放一遍？」

9

第二天早上，阿仁醒來時感到喉嚨痛，也失去味覺，和新冠肺炎的病徵相似。他很怕中招，但也馬上趕去最近的診所求診。裡面的病人都戴上口罩，神情肅穆，像面對行刑。

醫生和護士都戴上透明面罩和身穿保護衣嚴陣以待，看來經驗豐富的醫生問清楚他病情後就說不要浪費時間進行快速病毒測試，馬上替他叫救護車。

接下來的事，發生得如快鏡般急速。

他被送到醫院後，就直接進負壓病房。即使用氧氣罩和呼吸機，但呼吸仍然很辛苦，每吸一口氣都覺得胸腔裡面被千刀萬剮。他很清楚單憑自己的免疫力根本無法打敗病毒，以爲自己會挺不過去，但幾天後居然可以離開負壓病房轉往加護病房。他慶幸自己逃出鬼門關。

在非常時期，醫院全面暫停探訪，除非病人去到最後階段才會酌情通融，但和家人失去聯絡這點教他很不安。直到他轉往普通病房時，才接到姐姐通知說，他是超級傳播者，去過的診所醫生和護士都中招，父母都被感染，又傳染給鄰居。他的個案被列爲源頭不明，但他這源頭至少感染給了五十六人，去到第四代。兩個人死去，其中一個是有心臟病、高血壓和糖尿病等一大堆慢性病的父親。他們被傳媒稱爲「西醫群組」。

每當想到父親要一個人在病房裡舉目無親離開世界，阿仁就傷心不已。他出院回到家不久，母親也出院，但每天以淚洗面。她無法接受一個月前還陪她在家抗疫的丈夫突然離世。兩個老人家都很乖，沒有到處跑，可是被他連累。雖然母親沒有責怪他，但正如知子莫若母，知母也莫若子，她只是沒有說出口。自己帶來世界的孩子，意外把病傳染給自己最愛的人，妳可以說什麼？姐姐也一樣，只是教他好好休息不要想太多。他們這家人不會用言語互相傷害，只會把所有話和壓力都埋在心裡，直到受不了，才可能以最悲劇的方式一下子全部釋放。

阿仁不會用那個方式，只能在洗澡時哭個不停釋放自己的悲痛，不過短短一個月，人生劇變，他很難接受現實。他怎會想到那晚和家人吃飯竟然是最後一次？

可是，他愈想愈不對頭。

他聯絡林山時，才發現他同樣被感染，但情況沒他嚴重，不必用呼吸機，兩星期後就出院，只是傳染給會所餐廳的職員兩人，沒造成傷亡。陳原卻沒他們幸運，他太太說他仍然留醫。他的藥房和居住的大廈都爆發大規模感染，導致超過八十人中招，他的父母、一個中年伙計死去，和另外六個年邁的患者死去，媒體稱爲「藥房群組」。

外人看來，他們三宗個案都屬於源頭不明。除非有人追查他們曾經用手機匯款或者發現他們來自同一間中學，或者循同一天裡有三個同齡的人確診的方向追查下去，否則只有他們三個人知道（林山沒告訴陳原太太說自己受過感染；阿仁沒向醫護說自己去過豪宅會所）這個超過一百人的傳播鏈其實來自樂景灣樂山路四十二號屋的「爆竊群組」。

「那個韓森呢？」阿仁發短訊問林山。

「我過了錢給他後就沒有聯絡。我和他不熟。」

「騙鬼！你怎可能拉個不熟的人一起去爆竊？」

「其實那天的行動，堅叔才是眞正策劃人，韓森是他找來的，堅叔說韓森最近想賺點大錢還債，叫我幫幫他，又說兩個人不夠，叫我再找其他人來幫忙。我問爲什麼不找韓森的朋友，堅叔說韓森的情況不方便。」

阿仁覺得被擺了一道。「爲什麼不老實說!?」

「如果說是堅叔策劃，你和陳原未必會答應。」

阿仁去翻查衞生署公布的資料，發現他確診那天，還有一個三十六歲的男人中招，是長期病患者，入院第四天就死去。不過，無法確定這人是韓森。

林山翻查地產公司的內聯網，地產經紀會找出當區受感染者的住址輸入電腦的資料庫作紀錄，就像處理凶宅的做法。林山找到那個三十六歲男人的住址，租客的英文名不是「Hon Sum」，但名字有個「Sum」字。阿仁覺得是他沒錯，那傢伙是老菸槍，肺功能不會好到哪裡去，加上嗜食甜品，毫無疑問屬於高危的三高族群。

阿仁一度以爲是他們四個人裡不知是誰先感染，再傳染給其他人，直到他再翻查衛生署資料，才發現樂景灣曾經出現過二十一宗感染個案。其中一宗就在四十二號屋所在的樂山路，但由於沒有標明門牌，所以無法確定，確診日期是在他們爆竊那天。衛生署在中午出公告，那時他們正在青衣長安邨的文青餐廳商討大事。

「不用懷疑，就是四十二號屋。」林山後知後覺找到內聯網裡的資料，「我的前同事問過當區區議員，他說Yves屬於入境獲豁免檢疫的人士，只須要在家自我隔離，但回來香港第四天後發現不適，就被送入院，第二天就確診。Yves根本不是被困在外國或者被隔離，而是被送入院。那鬼佬大話連篇，對不同人講不同的版本。」

由於確診的人太多，衛生署根本來不及給確診者的住所消毒，而樂景灣的管理處只會派人去清理大廈和low rise。如果是排屋和獨立屋，他們沒有鑰匙進去，也不獲授權進入。

阿仁愈想愈不對頭，事情沒他們想的那麼簡單。

「講大話的不只Yves，還有那個豎叔。衛生署中午出公告後，區議員和管理公司不會不知道。管理公司不會不通知管理員。救護車去四十二號屋把Yves送走，是在你聯絡我們前，堅叔不會不知道四十二號屋有問題。」

「你是什麼意思？」

「這一大堆『不知道』根本不可能成立。堅叔是知道有問題，才特地叫我們進去。爆竊只是藉口。那個蠱惑仔韓森可能根本沒欠債。你是不是聽到韓森親口說？」

「我第一次見到韓森就是在地鐵站，之前也沒聯絡過。」林山直接打電話給阿仁，聲音顫抖，「到底發生什麼事？」

「媽的，這還不簡單。」阿仁愈說愈氣，「那個堅叔利用病毒借刀殺人把韓森幹掉，要我們陪葬。」

10

高速水翼船劃破漆黑的海面，在夜裡逆著颯颯寒風，從中環撲向樂景灣。

林山沒有打電話給堅叔，而是和阿仁直接去樂景灣找他算帳。

阿仁沒見過堅叔，林山指出那個正由管理處前往另一座大廈巡邏的男人給他看。那個穿上制服的傢伙頂上全禿，超過五十歲，但身形魁梧，走起路來虎虎生威，像個少林寺武僧。

雖然這個位置沒有閉路電視，但阿仁也沒打算找堅叔算帳，怕和林山合力也會被這個可能食過夜粥（練過武功）的半百壯漢打倒。

堅叔發現林山時，用略微沙啞的聲音親切地道：「林生，這麼夜還帶客看房子？你不好好在家休息？」

「這是阿仁，我當天的夥伴。我們有事要找你。」林山聲音裡的嚴肅和凝重，阿仁從沒聽過。

堅叔沒有怯意，反而向阿仁揮手打招呼，當阿仁是屋苑居民來看待。

「你給我們布了一個局，害得我們好慘。」林山怒道，「這件事你想怎樣了結？」

堅叔沉吟片刻，望了一下手錶，反問他們：「你們有沒有想過，任何一個屋苑出現爆竊案，警方一定會去查內鬼。如果情況嚴重的話，管理公司會把當值管理員調走，甚至以失職的理由將他辭退。我這樣一個不年輕也不容易再找到工作的管理員，爲什麼要冒險？況且那天的爆竊行動根本無法保證能賺到多少錢？」

阿仁和林山交換眼神。這是他們從來沒想過的問題，卻一針見血刺中他們思考的盲點。

堅叔繼續道：「我和韓森無仇無怨，那天的行動我沒有得益。」又望了手錶，「時間到了，跟我來。」教他們隨他進去管理處。

這個斗室裡的空氣很侷促，像個監倉，不，是監倉的控制中心，桌子上放了兩個特別長的顯示器，每個畫面再劃分成八個小畫面。

在白燈下，即使隔著口罩，堅叔下墜的面部肌肉、深長的法令紋和粗糙的皮膚仍表露無遺。這個老僧沒有剛才阿仁想的那麼凶惡，但不代表局面變得輕鬆。阿仁反而比之前更困惑。會構思這計畫的一定不是普通人，背後一定有他們難以想像的事。

「你們有沒有奇怪，為什麼你們的行動可以順風順水？其實四十二號屋的防盜系統不只連到管理處，也連去二十四小時有人當值的保安中心。你們進去那晚，防盜系統響過，但我們都沒有採取行動。」

堅叔坐下來，指向其中一個閉路電視的彩色畫面。幾分鐘後，一架保安巡邏車出現，然後在離鏡頭很遠的位置停下來。

「任何一條防火巷的燈壞了，他們都會停下來，進去，開電筒去照，確定沒人死在裡面。這是他們巡邏的ＳＯＰ。我只是聽從上面的指示，不知道原因。那天所有人都是按指示配合你們。你們懂了吧！」堅叔從掛在牆上有保安公司標誌的深藍色外套裡抽出一包菸、橙色塑膠打火機和黑色錢包。他從錢包裡抽出三張五百元大鈔丟到桌上，「那幾千塊錢我可以退給你們，反正我沒打算用。現在就先拿千五回去。」

林山沒有伸手去拿，「你把錢還給我，不代表我會放過你。」

「你還是不明白。」堅叔苦笑，逕自點起菸來。「你們對付我，就等於對付我大佬，也等於對付我大佬的大佬的大佬，也等於對付我大佬的大佬，也就是整個社團。」他吐了一大口煙，「你那間地產公司的老闆也要給我們社團的坐館（龍頭）面子。你們不自量力找我麻煩的話，最終只會給你們自己找麻煩。你們明白嗎？如果我是你們，就當事情沒發生過，繼續過本來的生活。如果你們不服氣，就連本來的生活也無法過。」

11

誰會想到理應保護住戶的管理處，竟然會出賣住戶？

阿仁他們無法向堅叔尋仇。堅叔只是一枚棋子，背後的棋手不只落子準確，而且勢力強大得驚人，阿仁懷疑自己認識的人裡沒有一個可以對付他們。

望著父親的遺照，和母親一個人坐在沙發上神不守舍的模樣，阿仁不只內疚，這輩子還第一次有報仇的慾望，但也很清楚永遠做不到。

韓森不是名人，只是個小混混，沒有維基條目，網絡上沒有他的資料。他最後無聲無息從這個世界消失，恐怕也沒有人會記得他的存在。

不，有天晚上阿仁看《IP新聞》的YouTube頻道時，發現有條片的主角竟然是韓森。他原來曾經是盤踞於新界的黑幫「百本道」的猛人，是前任坐館余老大左右手劉池的五大門生之一，原名洪文森。那五個門生江湖上稱爲「五狼」，所以洪文森也有個外號叫「狼森」，是黑幫的金牌打手。不料余老大交棒給女婿後，劉池就失勢，連帶韓森也被冷落，最後堂堂江湖猛人竟然淪落到成爲夜場的泊車仔。更不料疫情來臨，夜場熄燈，泊車仔連最後一張凳也失去。他感染肺炎後，同住的父母和兄長都死去，眞的是家破人亡。

在這時勢，觀眾不會懷疑韓森是被謀殺，只會說他「應有此報」。

不過，阿仁記得那天韓森在沙發裡找到搖頭丸後，斷然拒絕沾手，倒是陳原快手拿去。到底是陳原的道德水平連一個蠱惑仔也不如，或者韓森身爲江湖中人也有自己恥與爲伍的堅持？

阿仁很懷念以前的日子，他和林山和陳原還是不懂世事的學生時，每天困擾他們的只是學校裡的功課，放學後要煩惱的是去哪裡玩，畢業後就是煩賺錢、找女人，無風無浪來到三十二歲後，有一天，世界突然變調，大家不只要適應新的生活方式，也對存在這回事有全新的概念。

陳原在醫院奮戰了三星期後終於出院。阿仁無法去探病，只能用視像和他聯絡。陳原的體重以往像鐘擺來回晃蕩時，頂多只是相差十公斤，他說這回是狠狠瘦了二十公斤，從臉就看得出來。阿仁從來沒見過這傢伙瘦成這樣子，簡直判若兩人。

陳原同樣要面對家庭巨變，對於無法送父母最後一程，非常耿耿於懷。阿仁去年在街上碰到陳原帶父母去飲茶。他們都不到七十歲，行動仍然敏捷，看來很健壯，如果沒有被感染，起碼可以再活多十年。

「我已經準備關掉最後一間藥房。」

「不死守？」

「怎守？二〇一九年下半年開始生意就不怎麼樣，現在肺炎是最後一根稻草，誰會再去幫襯我的藥房？你知不知道由去年開始賣不完的奶粉我囤積了多少罐？」

「一千？」

「五萬。我做批發兼零售，平均來貨價是一百三十蚊，用二百蚊賣，每罐最多可淨賺七十。我現在有價值六百五十萬的貨砸倉（庫存過多），每月淨倉租就八萬。為求去貨，我現在要用五十蚊一罐賤價賣出去，就算能賣光，也要蝕四百萬，超過上年的純利，也就是說，我們去年白做了一整年。雖然那一夜間賺了八千幾蚊，但根本倒賠。」

陳原沒有說出口，但言語間提到林山時猶有餘怒，阿仁覺得他們兩人這輩子的友誼已經告一段落。

12

「我打過電話問候陳原，但聊不到一分鐘他就收線。」林山在電話裡告訴阿仁，聲音裡流露很複雜的情緒，「我確實是對不起他。」

「我會替你講好話。」阿仁安慰道。

「除非父母翻生，否則陳原不會回心轉意。不過，陳原已經比Yves好運，鬼佬住院三星期後始終撐不過，領了便當，就是剛剛電視播那個不治的患者，你看到嗎？」

「看到。他染病是不是有人爲因素？有沒有可能有人想幹掉他？」

「天知道，我們也沒有本事去找答案。那個業主知道消息後也很失落，現在再招租的話，租金一定下調，可能連八萬，甚至七萬也租不出。」

業主不介意死人，只介意租金下跌。香港人就是這樣現實和冷漠無情。阿仁問：

「Yves到死也不曉得住所遭爆竊，不用害怕影片流出。」

「但衛生署的人知道，他們上星期終於問地產公司拿鎖匙進去。」

「他們會查到我們身上嗎？」

「怎會？」

「你受感染呀！」

「樂景灣受感染的住客不只Yves一個，感染原因都不同。不少住户都不戴口罩到處走，上了屋苑巴士後又拉下口罩唞氣（呼吸），這能怪誰？」

阿仁心想，他們的爆竊雖然受疫情掩護，但心中的疑問也同樣找不到答案，而且可能永遠找不到答案。

「他那隻狗怎樣？」

「不樂觀。有些住樂景灣的外國人無法回來香港，也無法把寵物接走，只好直接拋棄，也有些在港的住戶趁機拋棄老邁或患病的寵物。現在那間寵物酒店裡被拋棄的動物多到可以開十間寵物店。全部都開放讓人領養，但能被接走的只有極少數的幸運兒，其他的即使名種貓狗遲早也要送去愛護動物協會，最終也就是死路一條。」

「動物酒店怎能這樣？」

「唉，動物酒店收容不了這麼多。如果你去看，那間已經不再是酒店，而是難民收容所。問題不是出在動物酒店和愛護動物協會上面，而是寵物店。沒有買賣就沒有傷害，你聽過這句話嗎？要解決問題，要由源頭入手。」

新冠肺炎不容易殺死寵物，卻會間接讓牠們的生命提早終結，和那些因爲鬱結而出現情緒困擾，繼而自殺的人情況完全一樣。

13

幾個星期後，港龍航空結業（二〇二〇年十月二十一日），遣散所有五千多個員工。在同一天，阿仁供職的旅行社宣告結業。其實他早有心理準備，默默接受人生要進入另一個階段。

其實他沒死成後，已經變成了另一個人，對很多事情都有全新的看法。他年頭賺的錢雖然不少，但仍然去找一份外賣速遞員的工作，希望腳踏實地做人。如果日後有適合的課程，他不介意交學費讓自己有一技之長傍身。

有天他去重慶大廈的咖哩店等外賣時，碰到老朋友兼地膽[17]簡慧思。她是他心目中永遠的傳奇人物，既屬於重慶大廈，也不只屬於重慶大廈。江湖傳聞她像變魔法似地把一個藏匿在重慶大廈多年、表面上是難民，但其實另有內情的非洲廚師，在面對十幾個來自非洲的剽悍殺手追殺上門，並在整幢大廈封鎖到滴水不漏的情況下，仍然成功送去外國[18]。沒人知道她怎樣做到。那是擁有無數故事的重慶大廈裡其中一個永遠的謎團。

在等餐的十五分鐘裡，他趁機把早前的經歷粗略地告訴她，但就像很多人打電話上電台的phone-in節目的做法一樣，把親身經歷當成朋友的故事來說。

「聽到這種事我很抱歉。我認識一個人，也許可以幫助你……你的朋友。」

她似乎識穿他的說法，不奇怪，她是學歷很高也很聰明的人，但他不明白她爲什麼還會留在香港，就是因爲「我哋眞係好撚鍾意香港」[19]嗎？

她介紹一個叫Max的私家偵探給他朋友認識，說這人很有辦法，背景很特別，保密能力很強，說不定能幫上忙。

「他是偵探那行業裡的高手高手高高手[20]。」

阿仁不確定這個說法到底是認眞或反諷，但一找無妨。

14

Max瘦得像道友（毒蟲），很年輕，不到三十歲，但一雙眼睛像活了好幾世人般飽歷滄桑，阿仁一看就知道這個人身上有很多故事，和簡慧思一樣。

兩人相約傍晚在中環一間麥當勞裡碰面。在WFH的情況下，麥當勞的生意淡薄是阿仁從來沒見過的。他們兩個人彷彿包場開生日會，只差沒有漂亮的姐姐陪唱生日歌。

Max放下加大的麥香魚餐，坐在阿仁對面，好好正視他。

「把你的親身經歷告訴我，從頭開始告訴我。」他的說法比簡慧思更直接，認定

---

17 地膽：指在某地長時間生活，熟悉當地狀況者。

18 作者按：詳見〈重慶大廈的非洲雄獅〉，收錄於《偵探冰室》。

19 我哋眞係好撚鍾意香港：即「我們眞的超喜歡香港」。這句話爲二〇二〇年七月一日示威隊伍的反修例運動口號。「撚」字是髒話，指男性生殖器。

20 高手高手高高手：出自周星馳的電影《九品芝麻官之白面包青天》。

需要幫忙的是阿仁本人，「你說得愈詳細愈好，不要在我吃完前就說完。不用擔心我不相信，我的經歷是普通人一輩子的十倍。不用擔心我會被嚇倒，我曾經每天都活在恐懼中也熬得過來。不用擔心我會用有色眼鏡看你，和我接觸過的十惡不赦的人相比，我覺得你要說的只是小事。」

阿仁覺得Max不像是裝出來。「你怎會這麼有信心？」

「惡貫滿盈的人只有兩種眼神，一種充滿戾氣，讓他再殺一百個人也不嫌多，另一種充滿歉疚，希望這輩子一個人也不用殺。你兩種都不是。」

「我的眼神怎樣？」

「滿滿的困惑和悔不當初。」

Max這句話讓阿仁起雞皮疙瘩。他有像神父般讓人打開心扉的神奇能力，阿仁本來只想說一點，但愈說愈多，最後幾乎毫無保留。Max一直點頭，有時皺眉，有時苦笑，有時伸出左手來拍阿仁的肩頭，好好安慰他。

「不要盡信YouTube上的內容，上面的資料不盡真確。我告訴你，百本道的坐館是由姓余的家族一代傳一代。上任坐館已經是第三代，不料和他弟弟先後遇上交通意外身亡。世事當然沒這麼巧，上上任坐館余老大不是蠢人，但始終不年輕，無法復出，三個孫也未成年，於是叫女婿接任，但江湖中人都知道，這個做正常生意的女婿岳金榮只是掛名，真正話事人是遺傳了心狠手辣基因的女兒岳余桂生。江湖中人都尊稱她爲鱷魚[21]姐，已經五十多歲。鱷魚一上任，就開始清理門戶，包括劉池和底下的『五狼』。狼森是最後一個被幹掉，也死得最慘，連家人也被清理。」

Max對江湖事如數家珍，比《ＩＰ新聞》的記者知道的更多。

「因爲狼森就是出賣自己社團的那隻鬼嗎？」阿仁問。

「外人根本無法知道，也一點都不重要。」Max聳肩，「鱷魚和她的社團是這個社會的癌細胞，卻又比癌細胞難對付。消滅了癌細胞，就能延長人類的壽命，也就是增加消費，很多行業都會得益，也會大力支持，但幹掉黑社會，賴以維生的人就無法再用正常方法生活。他們成爲消滅黑社會的阻力，所以黑社會無法從地球上消失。我極度懷疑人類就算找到治療所有癌症的方法，也無法消滅黑社會。」

阿仁理解自己面對的難題。「我同意，不過聽你說，鱷魚的仇家能幹掉她兄弟，說不定也有能力把她幹掉。」

「也有可能是心狠手辣的鱷魚先幹掉他們。鱷魚是untouchable的，你死心吧！」

Max斬釘截鐵地道。

「但阿思說你很有辦法。」

21 鱷魚：「岳余」的粵語發音等同「鱷魚」。

「當然。不過，你算了吧！」

「爲什麼？」

Max沒回答，拿起餐盤離開，留下阿仁在只有他一個人的角落裡，回想剛才Max那句話的眞正含意，但仍然參不透，只好上網找鱷魚的影片，一條也沒有。也許《ＩＰ新聞》的調查記者知道詳情，但以鱷魚的勢力，報導只能到此爲止。上次報導韓森那條片沒有記者署名，只說是「ＩＰ新聞調查組」。

麥當勞裡沒有人聲，只有輕快和充滿歡笑聲的背景音樂。

15

阿仁萬萬沒想到，幾天後《ＩＰ新聞》的YouTube頻道竟然播出針對鱷魚的調查報導，長達十分鐘，內容包括百本道的組織架構和收入來源，但最教阿仁吃驚的是，原來鱷魚就住在樂景灣山頂只此一間價値過億的逾萬呎「皇宮屋」裡，居高臨下俯視腳下的蟻民。在那個擁有一架哥爾夫球車已經很了不起的大型屋苑裡，鱷魚可以開私家車經過私家路出入，不但不受屋苑的規矩限制，反而擁有非常多特權。

別說對付鱷魚，阿仁甚至無法接近鱷魚。他們完全是兩個世界的人。誠如Max說，鱷魚完全是untouchable。

阿仁想起Max講過的一句話：

「我認為你真正須要好好思考的問題只有一個：你和鱷魚本來屬於不同的平行宇宙，為什麼竟然會連接起來？」

16

阿仁多次去旺角都故意繞過花園街。他的前同事馬仔和太太主理的兩餸飯小店生意蒸蒸日上，站穩陣腳，成為逆市奇葩，多個傳媒爭相訪問。馬仔說就算旅遊業復甦，也不會再回去做導遊。現在他可以和太太朝夕相對，是夢寐以求的工作。疫情讓他知道，賺錢並不是人生最重要的事。人生無常，最重要的是活在當下。

眞是老套的廢話！

有天阿仁接到訂單去那間兩餸飯小店拿外賣，本來想拒絕，但會被扣分，只好硬著頭皮過去，以為要和馬仔打招呼，沒想到只有Melody坐鎮。Melody不認得只見過一次面的他，他也懶得提醒，但聽到Melody對其他客人說，馬仔去了分店教導新人，準備開第三間分店。讀小學的馬小妹仍然坐在店後面，不過，旁邊有個十來歲的少女給她指導功課。

阿仁回到家時已經是晚上十點，電視機不像以前般從早開到晚。

失去父親的母親，彷彿連帶對父親的記憶也失去，開始出現初期失智症的症狀，姐姐把母親接過去住，說由女人來照顧較方便。他懂的。

本來三個人住的小單位現在只剩下他一個人，顯得空空蕩蕩。他躺在床上仰望由大廈高層分割得只剩下一個小方格的天空時，想起在幾個月前見到的漂亮星空和聽到的蟲聲鳥語，不過，一切都已經變得遙不可及。

〈樂景灣的鱷魚〉完

隔離密室直播殺人事件

——莫理斯

你可以叫我「肥狗」。不要緊，人人都是這樣叫我的。「肥」當然是因爲我生得胖，而「狗」呢，是因爲我是一隻ＩＴ狗嘛。你不知道什麼是ＩＴ狗？上網查查吧。

你可能聽說過二〇一九年香港反送中運動時，發生過一宗不可思議的「萬米高空亡者分身事件」。如果沒聽過，便快快買一本《偵探冰室・靈》來看吧，書裡記載了我和我的實習記者朋友李美芳怎樣破解這宗奇案。哈哈，對了，我除了是ＩＴ狗之外，其實也是個業餘偵探，看不出吧？

到了二〇二〇年，正當新冠肺炎肆虐全球，美芳和我又再捲入另一宗我們偵探術語稱爲「不可能罪案」之中。上次的故事由美芳寫，這次便輪到我了。

□

八月十一日　星期二

《Keera｜對E！》第153集：「750萬基金」創辦人杜君和專訪

Keera｜對E頻道

68,763 subscribers

11 Aug 2020 21:00 LIVE NOW

（直播開始，畫面出現一個穿低胸上衣的豐滿美女，卡通化的背景寫有她節目《Keera一對E！》的logo。）

羅：大家好！我是Keera羅希樂，歡迎大家收看我的直播節目《Keera一對E》！（豎起兩隻手指作「V」字手勢，笑著聳肩搖一搖晃她那對招牌E罩巨乳。）今晚上來跟我「Keera一對E」的嘉賓是「750萬基金」的創辦人Victor To，杜君和。

（畫面一分為二，另一半出現了一個年約三十歲的男人，看來是在酒店房間裡面。他用手調整了一下鏡頭角度，應該是用東西把手機撐立在桌子上，讓他自拍影片。）

杜：Keera妳好！看到我嗎？

羅：看到看到！好多謝你身處酒店隔離，也賞面上來我的節目啊！你已經適應了時差嗎？

杜：（苦笑）還OK囉！之前一直飛來飛去，生理時鐘亂了大籠[1]，昨天回到香港才終於有機會好好睡一覺。

羅：首先，阿Vic，我們有部分觀眾可能不大熟悉你的「750萬基金」是做什麼的，可以請你先介紹一下好嗎？

杜：好的。過去一年香港經歷了一場巨大的社會動盪，普羅大眾的政見亦很明顯地越來越極端化，我覺得很有需要尋求一些能鼓勵大家重新和睦相處的方法。我和志同道合的朋友Lucian成立了這個「750萬基金」，目的便是抱著不論政見、不論黃藍的立場，透過眾籌的方法，募集款項去幫助社會上有需要的人士。

羅：為什麼叫作「750萬基金」呢？香港反修例運動好像已經有好幾個以數目字作爲名稱的基金啊。

杜：妳說的對。例如黃色陣營有「612基金」和「721基金」，分別所指的是去年六月十二日的反修例運動和七月二十一日元朗白衣人無差別襲擊事件。至於藍色陣營，又有前特首梁振英先生成立的「803基金」，所指的則是去年八月三日有人把國旗掉落海的事件。「612基金」和「721基金」目的是幫助反修例運動中受傷或需要法律援助的抗爭者，而「803基金」則是專門懸紅[2]緝拿違反香港法律的抗爭者的「報料網」，兩邊的政治立場都非常明顯。我們

1 亂了大籠：也作「亂晒大籠」，即台灣的「全亂了」。
2 懸紅：即台灣的「懸賞」。

「750萬基金」不同之處，是在我們成立之前，香港一直沒有一個基金肯不談政治立場去幫助任何受到社會事件影響的人士。香港有接近七百五十萬人口，所以我們便叫作「750萬基金」，表示我們是爲所有香港人而設的。好像無國界醫生那樣，無論你是什麼顏色、抱持什麼政見的香港人，總之你有需要，我們便會盡力幫助你。

羅：嘩！很崇高的理念啊！我相信很多觀眾都想知道，你們一共籌到了多少錢？

杜：「750萬基金」去年開始眾籌的時候，最初的目標只是希望能夠籌得七百五十萬，所以當時有個「全港一人捐一蚊」的口號。想不到得到非常廣泛的迴響，很快便達到七百五十萬這個數目，所以我們就把目標改一改，變成每次眾籌到七百五十萬時，便開始用這筆款項幫助香港人，同時又再開始眾籌下一個七百五十萬，希望能夠越做越大。

羅：那麼你們到現在一共眾籌了多少個七百五十萬？

杜：很感激香港市民一直熱烈支持，我們已經成功眾籌了三個七百五十萬，現在正進行第四次眾籌，向第四個七百五十萬進發。我昨天和一起創辦基金的拍檔Lucian通過電話，目前第四次眾籌的金額已經接近四百萬。

羅：好犀利啊！

杜：當然，其中部分款項已經花在慈善用途上。例如，我們提供經濟援助給許多在示威中受傷或蒙受損失、但又沒有保險賠償的普通市民。另外，有不少人在社會衝突之中惹上官非，雖然已經有其他基金會資助這類人士的法律費用，但卻不像我們基金這樣不論政見地去支援。到了今年疫情肆虐，越來越多公司倒閉和員工失業，「750萬基金」亦開始設法幫助大家共度難關。觀眾如果有興趣的話，可以上我們基金的網站看看帳目表，有詳細列明。當然，亦希望大家踴躍捐款，哈哈！

羅：那這次你出trip[3]去了什麼地方？「750萬基金」在香港以外是不是也有做些什麼？

杜：這次我去了台灣和英國，主要是因爲自從去年的社會事件發生之後，不少人都選擇離開香港移居到這兩個地方，但其中可能有些人走得比較倉促，到埗後生活遇上困難，所以我希望看看我們基金有什麼地方能夠幫助他們。

羅：哦，原來如此。詳細情況可以稍後再請你跟大家講一下，不過聽說你這次出trip遇到許多波折啊！觀眾可能想先了解一下到底發生了什麼事情。

杜：這件事新聞也有報導。我去完台灣之後飛到英國，誰知星期六到達倫敦的時

3 出trip：即台灣的「出差」。

候，才知道不久之前有一、兩個持BNO護照的香港人被拒絕入境，除非他們向英國申請政治庇護。也不知道英國入境部門是不是調查過我，認爲「750萬基金」有政治成分，居然也給我照辦煮碗，告訴我除非申請政治庇護，否則不能入境。正常情況下，BNO持有人是可以免簽證逗留英國六個月的，但他們卻說有理由相信我會逾期逗留。最後我沒辦法之下，唯有即時更改回程機票回來香港。（苦笑）我過去英國本來是想看看有什麼方面可以幫助移居那邊的香港人，想不到反而自身難保！

羅：上個月英國外相不是說過，香港人可以用BNO護照移民到那邊嗎？

杜：我不大懂英國的入境制度，但我的理解是，具體的措施仍有待安排。英國入境部門可能擔心會有香港人想偷步，所以有些香港人才會像我一樣被拒絕入境吧。

羅：接著你回到香港的時候，好像又遇上了問題啊。

杜：是的，可能我今年流年不利吧！昨天我一落機，竟然已有警察等候，請我留步問話。我當然嚇了一跳，因爲我和「750萬基金」行事向來光明正大，爲什麼會被警察問話呢？原來……應該怎樣說……他們懷疑某些因爲去年社會事件而由香港逃亡到台灣的人士，當我在台灣的時候曾跟我接觸過，要求我協助調查。

羅：那麼你有沒有跟這些逃亡人士接觸呢？會不會涉及新通過的香港區《國安法》？

杜：（尷尬）警方正在調查，我又不是法律專家，恐怕無法回答妳的問題。我只能說，身爲一個奉公守法的香港人，我當然會盡力配合他們的調查。他們連我的手機和手提電腦也暫時沒收了呢！幸好我「750萬基金」的同事買了這部手機給我臨時使用，不然的話，我現在也無法上妳的直播節目做嘉賓。

羅：十四天的防疫隔離，沒有電腦使用，很不方便啊！

杜：今天下午收到這部手機已經方便了許多。昨晚入住酒店之後只能用房間的電話跟人聯絡，又不能上網查email，眞的非常不方便。之前我只能用landline跟人做電話訪問，妳這個節目是我回來之後第一個視像interview呢！

羅：呵呵，《Keera一對E》非常感激你啊！（又再做出招牌「V」字手勢和晃胸動作）對了，可不可以問你一個敏感一點的問題？

杜：隨便問。

羅：「750萬基金」做得這麼成功，證明你這種不分黃藍的立場有一定的支持者。但另一方面，亦有很多人批評你是騎牆派，吃兩家茶禮，甚至說你吃人血饅頭啊。

杜：（嘆氣）做任何事情，都可能有人會批評。節目一開始的時候我也提過，如今許多香港人的政見都變得非常極端化。例如兩邊都會說「黃藍是政見，黑白是良知」，但兩邊的人對「黑白」可能依然有不同的定義。像我這樣不問政見、只憑良知去幫助有需要的人，有什麼不對呢？其實我的理念……

（話未說完，杜君和好像聽到後面有聲音，正要轉頭去看，突然一枝短箭飛來，插中他左額。他還未叫得出聲，頭顱便摔在鏡頭前的桌面上，身體一動也不動。）

（畫面另一半裡的Keera見狀，先是掩著嘴巴，一臉不可置信的驚愕表情，接著雙手捧著兩頰，大聲尖叫起來。）

□

案發時，我是和美芳一起看直播的。

她是大學生，二〇一九年暑假來到我們報館做實習記者，期間我做了她的華生醫生，幫她偵破了那宗在機場示威時發生的神祕分身事件。如今事隔一年，她完成了二年級課程，又再回來繼續實習。

新冠肺炎肆虐之下，這時很多行業都盡量讓員工改為在家工作。我的工作包括維修公司硬件，不得不照舊每天上班，但很多其他同事都已經大幅度減少身在報館的時間。美芳也一樣，一般的資料搜集、查核校對新聞稿之類的工作都在家裡進行，所以我不像去年那樣可以跟她每日都見面。

這晚她出外做完採訪，回到報館交了差，便順便過來跟我聊聊，然後一起出去覓食。因爲疫情關係，這時政府已禁止食肆在晚上六點後提供堂食，我們只好買外賣回報館吃。我是典型宅男，吃完飯剛好來得及收看《Keera一對E！》；美芳沒有聽過主持人的名字，但當她知道接受專訪的嘉賓是誰，決定留下來陪我一起看直播。

看見杜君和中箭的一刻，我們都像節目主持人一樣，先是一呆，然後嚇得一起驚呼，但我驚魂未定，美芳卻已經冷靜下來。

「可以把這個節目下載嗎？」

「吓？」

這時畫面裡的Keera也回過神來，馬上戴上一副連著麥克風的耳筒，在畫面以下急按了一陣鍵盤，然後慌張地說：「喂喂喂？999？我要報案！」

「我問你，有沒有辦法下載這個節目！」美芳在我耳邊大喝。雖然她已經戴回口罩，但沒有影響她的音量。

「有！有！」

「那麼還不照做!?」

只見Keera這時在畫面裡邊說邊哭：「西環Merrivale酒店剛剛發生命案！我不知道幾號房……我剛剛跟朋友做網上直播，他叫杜君和，忽然有枝箭，射中他的頭……」

美芳一聽到Keera說出案發地點，便馬上急急跑開了。

像Keera用來播放影片的平台，一般是不容許下載片段的，但網上有不少合法性可能有點模糊的資源，只要複製和貼上影片的連結，便能從影片平台下載所需片段。這時Keera仍在跟報案中心通話，但似乎也想到應該終止直播；她又弄了一下鍵盤，影片平台上的畫面便中斷了。雖然這樣，但直播的原片依然寄存在平台上，觀眾仍可以重看，所以不用多久，我便成功下載了影片。

我馬上去找美芳，卻發現她不在位子。

「喂！下載了沒有？」她從另一邊跑回來。

「下載了。」

「好！我已經告訴了編輯。你不要回家，留在這裡，可能還有東西需要你幫忙！」她抓起了裝著相機、錄音機等採訪器材的背包，直奔大門。

「妳去哪裡？」

「還用說？當然是去凶案現場採訪！」

八月十二日　星期三

【網上直播謀殺案】「750萬基金」創辦人酒店隔離期間遇害（有片）

文／李美芳　二〇二〇年八月十一日　星期二　23:24建立
二〇二〇年八月十二日　星期三　06:47最後更新

（內嵌影片）00:00 – 00:52

警告：影片內容可能令人不安

昨晚（十一日）下午九時許，於西環美樂乎精品酒店（Merrivale Boutique Hotel）進行防疫隔離的三十一歲華籍男子杜君和，正在接受本地網上直播節目遙距訪問的時候，突然被身分不明的凶手闖進房間殺害，遇害過程即時廣播到網上。

死者杜君和是香港「750萬基金」的創辦人，案發時正在酒店房間用手機上的視像通訊軟件，接受網上直播節目《Keera一對E！》的訪問。

該節目的原片在事發後數小時已被刪除，本文內嵌影片是本報錄得的部分片段。片段臨結束前十秒左右，可見死者似乎察覺有人在鏡頭外進入房間，接著是死者頭顱中箭斃命的過程。（慎入）

節目主持羅希樂，藝名Keera，當時身在位於觀塘的工作室與死者進行網上直播。

她目睹凶案發生後馬上向警方報案，部分報案過程在原來的直播節目終止前亦有播出。是次事件，是本港有史以來第一宗網上直播的凶案。

另外，與死者一起創辦「750萬基金」的朋友葉珅嶽，當時正與同事在基金辦公室內一起收看是次訪問。目睹案發後，同事亦立即打電話報警，而葉珅嶽則馬上趕去跟基金辦公地點相距不遠的美樂乎酒店。

事後葉珅嶽接受本報訪問時說，當初基金爲杜君和在美樂乎精品酒店訂了房間進行防疫隔離，無非貪圖該酒店近在咫尺，方便照應，卻想不到因而成爲最先趕到凶案現場的人之一。

他數分鐘後趕到酒店大堂，當時直播節目雖已終止，但原片仍未從網上平台抽起。葉珅嶽用手機讓酒店職員翻看影片，隨即在酒店保安人員陪同下去到死者房間。據悉，他們到達時，房門是關著的。保安主任用只有他本人才管有的「萬能鑰匙卡」打開門鎖，發現死者果然跟影片裡一模一樣地倒斃房內，於是馬上再次報警。

警方在事發後約二十分鐘到場展開調查，今天（十二日）下午將舉行記者會，屆時本報將另做詳細報導。

相關報導連結：

杜君和「750萬基金」簡介
羅希樂Keera簡介

杜君和「750萬基金」簡介

（杜君和個人網站頭像）

杜君和，英文名Victor To，一九八九年出生，畢業於美國康乃爾大學，曾爲本港金融才俊，年僅三十歲便退休，據説坐擁過億資產。去年他和朋友葉珅嶽Lucian Yip一起成立的「750萬基金」，是一個以「不分黃藍，不論政見」爲宗旨的援助港人基金，主要通過眾籌形式募集捐款去幫助本地有需要人士。根據基金網站的資料（連結），截至目前爲止已經籌集到總額超過二千六百萬的善款。

羅希樂Keera簡介

（羅希樂低胸裝宣傳照）

香港九十後網紅羅希樂，藝名Keera，平面模特兒出身，經常在社交平台上刊登性感照片（連結），亦主持名爲《Keera一對E！》的網上節目（連結）。節目名稱既指

Keera名字串法有兩個「E」字，亦指她一對驕人的E罩，每集均請一位嘉賓與她一起出鏡，「一對E」是粵語「一對二」諧音，國音卻是「一對一」，據説表示一對一的訪談形式，若從嘉賓的角度來看便變成「一對二」了。節目本以吃喝玩樂爲主題，二〇一九年亦逐漸加入社會性題材，到了今年疫情爆發，亦由户外預錄爲主，改爲遙距訪談直播形式。

□

【網上直播謀殺案】警方交代案情　呼籲市民切勿轉載影片

文／李美芳　二〇二〇年八月十二日　星期三　18:16建立　19:34最後更新

今天下午，警方就昨晚（星期二）九時許發生的「網上直播謀殺案」舉行記者招待會，交代案情及調查進展。

案發過程

案發時，身處西環美樂乎酒店進行防疫隔離的死者杜君和，正接受網上直播節目《Keera一對E！》的訪問，突然被身分不明人士闖入房間殺害，整個過程即時傳播到網上，但行凶者沒有被攝入鏡頭。

第一位報案人是藝名Keera的直播節目主持羅希樂，她當時正在位於觀塘的工作室與死者進行遙距視像訪談。同一時間，與死者共同創辦援助港人基金「750萬基金」的葉珅嶽，在酒店附近的辦公室觀看直播，目睹案發後馬上趕到酒店，在酒店保安陪同下進入死者房間，發現屍體。警方在案發後大約二十分鐘後到達並展開調查。

（警方展示證物：小型十字弩和短箭）

根據法醫初步報告，死者被短箭近距離射中頭部，箭尖直透大腦，當場死亡。警方在凶案現場發現一把可以單手使用的手槍型小十字弩，相信是凶手遺棄在現場的凶器，目前正追查這件武器的來源。

疑點重重：上了鎖的房門

警方透露，酒店的房門全部都是自動關閉，且安裝了關門時自動上鎖的電子鎖，但死者房門沒有發現被撬開或撞破的痕跡。

由於死者入住酒店是爲了進行爲期十四天的防疫隔離，酒店只給他本人提供了一張電子房卡，而發現屍體時，死者這張房卡仍插在接通房間電源的卡槽裡。另外，酒店唯一可以開啓所有門鎖的「萬能鑰匙卡」，亦一直由保安主任管有。

因此，警方初步估計凶手一定以某種方法，複製了死者的電子房卡或上述萬能鑰匙卡，進入現場殺人。

疑點重重：誰是凶手？

本報記者提問，房卡的問題是否意味著凶手可能是酒店員工？警方發言人沒有正面回答，只是強調在目前階段，警方沒有排除任何可能。

本報記者隨即指出，酒店並沒有餐廳或咖啡室等可以讓公眾自由出入的設施，任何人如果從大堂乘搭升降機到其他樓層都必須使用有效的房卡，這會否意味著凶手是外來人士的可能性較低？

發言人對此不予置評，只表示警方已開始仔細檢查酒店當天的閉路電視錄影，嘗試鎖定任何進出過酒店的可疑人物。但因爲疫情，如今所有人都戴著口罩，所以這項工作加倍困難。

另外，警方亦發現部分酒店住客的登記紀錄可能有誤，因而影響到調查工作。酒店方面現已全力配合調查，警方暫時不便對此透露更多細節。

疑點重重：凶手的路線

根據本報記者在酒店現場獨立調查所得，酒店每一架升降機裡面，以及每一樓層的升降機口，均設有監控鏡頭。若任何可疑人士在事發前後乘搭升降機到達或離開死者所住的樓層，都一定會在閉路電視錄影裡留下蹤影。

然而，酒店每層亦有樓梯連接。本報記者卻發現，只有大堂樓梯口設有監控鏡頭，但大堂以上其他樓層的樓梯口均沒設置監控鏡頭。因此，凶手有可能在大堂以外的其他樓層利用樓梯往返凶案現場，以避免被攝錄鏡頭拍下。

其他問題

另有記者指出，據聞警方以不久前通過的香港區《國安法》爲由，於日前在死者回到香港機場時沒收了他的手提電腦和手機。問所涉及的調查事項會否和本案有關，發言人回答，死者電腦和手機被沒收一事，涉及警方另一部門的調查，故不便置評。

最後，警方又提到昨晚《Keera一對E！》直播節目結束後，觀眾仍能在網上平台重看該影片，直到午夜前後節目才被主持人從她的官方頻道刪掉。在刪除之前卻已有部分觀眾成功下載了該影片，目前有好幾個複製本正在網上流傳。警方向市民做出呼籲，請大家切勿再轉載該影片，因爲可能會觸犯若干涉及私隱、版權及公眾利益等法例，警方就此亦已向律政司諮詢。

（按：本報之前在網上版[4]報導中所内嵌的案發過程片段，現時已獲得原創者授權轉載。）

相關報導連結：

【網上直播謀殺案】「750萬基金」創辦人酒店隔離期間遇害（有片）

杜君和「750萬基金」簡介

羅希樂Keera簡介

八月十三日 星期四

星期二晚美芳趕到凶案現場採訪之後，隔了整整一天才回到報館。那晚她在酒店逗留到凌晨，第二日下午又到警方的記者會採訪，所寫的新聞稿都是用電郵發回來給編輯的。她雖然從來不看推理小說，但自從相識以來一直受到我這個超級推理迷的薰陶，所以在報導裡把案中的疑點解釋得十分清晰，不少讀者在網上版都留言讚好。

美芳不在，便沒有人跟我一起研究案情，我只好一有空便上網看看有什麼發現。網民對於香港首宗網上直播凶案當然議論紛紛，直到星期四上午，都是討論區上最熱爆的題目。

我本來對死者沒有多大印象，看了Keera的直播訪問才知道杜君和的背景。雖然他政治中立的立場似乎得到黃、藍陣營之中不少溫和派人士的支持，但對很多人來說亦兩邊不討好，說他「抵死」[5]的網民也大有人在。就算比較有口德的，也質疑他「前金融才俊」的銜頭，說他其實並非年少退休而是被開除的，又說他若真是業界菁英的

4 網上版：即台灣的「線上版」。

5 抵死：即台灣的「活該」。

話，坐擁的身家亦應該遠超所說的數目。

又有人推論，他回到香港之前去了台灣和英國，並不是巧合。眾所周知，台灣跟香港沒有疑犯引渡協議，也正是因爲這個緣故，陳同佳案所引起的反對修改引渡條例風波才會觸發起香港在二〇一九年的社會動盪；而正是因爲過去一年的動盪，英國及其他幾個國家又停止了他們跟香港的犯人引渡協議。因此，很多人便懷疑杜君和先後去到台灣和英國，很可能是因爲暗地裡觸犯了《國安法》，又或是拿著基金眾籌得來的錢，企圖潛逃外地不果，才不得不返回香港。他回港後手機和手提電腦被警方沒收，便是最好的證據。

但爲什麼有人要殺死他呢？網上流傳的種種陰謀論，令人眼花繚亂。大致上，藍黃兩個陣營都有很多人相信，杜君和雖然表面上政治中立，但其實是其中一邊陣營的間諜，「750萬基金」表面上「不分黃藍」資助港人的善舉，無非是爲了暗地裡滲透另一邊的陣營，從而進行「起底」。他之所以被殺，是因爲他的祕密身分被揭發：藍營的說法是，凶器跟「黑暴」去年對抗警察時用過的一些武器相像，足以證明凶手屬於哪一方；但黃營的說法卻是，這分明是插贓嫁禍，眞凶是「黑警」才對。

我看到的種種陰謀論之中，最極端的竟是說，杜君和受訪的直播畫面其實並非他本人，而是由演員利用「深度僞造」（deepfake）技術來扮演的。根據這個理論，使用「深僞」技術的目的，是爲了掩飾死者其實在直播之前已被「某方」所殺害。一如這類陰謀論的基本模式，有人相信殺害杜君和的幕後黑手是香港警察聯同內地國安局，亦有人相信事件是美國ＣＩＡ或英國ＭＩ６所爲；至於理由，是因爲杜君和是其中一方的線眼，所以不是被另一方所殺，便是被自己的一方滅口。我當然不相信這個陰謀論，但依然忍不住花了點時間研究「深僞」科技，看看是否眞的能夠達到所說的那種以假亂眞的程度。可是在網上一找，最可信的資料都一致認爲以目前的技術仍未能做得出毫無破綻的效果。

除陰謀論之外，另外也有些我本來不以爲意的細節，是看了網上討論才明白的。例如警方在記者會上說，發現美樂乎酒店部分住客的登記紀錄「可能有誤」，我本來也沒有深究個中意思，但看到一位相信是相關經驗豐富的網民解釋，才知道是怎麼一回事。原來很多這類中價酒店的生意來自幽會的男女，他們通常都不會出示身分證明及以現金結帳，酒店方面也是隻眼開隻眼閉。酒店客人之中，有些亦可能是「兼職女友」（Part-Time Girlfriend，簡稱PTGF），或甚至是帶著一群「囡囡」的「馬伕」[6]，長期租用房間，一有客人便派囡囡跟他上房。酒店業隱藏了這種見不得光的營運生

6 馬伕：此指性產業中的中介（即皮條客）。「囡囡」在粵語中爲「女兒」，此處則指女性性產業工作者。

態，難怪警方在調查中會遇上阻滯。

這天我吃完午飯回來，美芳也剛好回到報社。我一見到她，便向她翻起大拇指。

「妳昨天的報導寫得很好！」

「哈哈，當然了。」她俏皮地跟我眨了眨眼。

「我唯一的評語，是妳沒有明確指出最重要的一點。」

「什麼最重要的一點？」

「妳沒有明確指出這是一宗密室謀殺啊！妳不解釋清楚，一般讀者是不會明白的。」

「發神經！我是新聞記者，又不是推理作家。死者房門鎖著便算密室謀殺案嗎？」

「當然了！『密室謀殺』英文便正正叫作locked-room murder。」

「報導已經說得很清楚，酒店的房門關上時是自動上鎖的嘛。既然是這樣，那麼死者的房間是個locked room又有什麼值得大驚小怪？」她雖然戴著口罩，也看得出是一副不知好氣還是好笑的樣子。

「問題是，凶手怎樣進入房間殺人的呢？」

「警方也說了，凶手一定有張可以打開房門電子鎖的卡，就是這麼簡單。」

「不只這樣，除了門鎖的問題，案件還有第二重的密室元素，可以說是『雙重密室』。」

「你是不是看推理小說看壞了腦？什麼雙重密室？」她作勢打我的腦袋，但我比她高得多，很容易便避開了。

「妳報導裡其實也有提到。如果要從大堂上去酒店的其他樓層，沒有房卡或職員卡便不能使用升降機，對不對？但如果由大堂行樓梯上樓，又會被樓梯口的監控鏡頭拍到。這便是案件的『第二重密室』，即是說，因爲升降機和樓梯的限制，所以凶手多半是酒店裡的客人或職員，而不是外來人。」

她白了我一眼，反駁道：「不對，你這個『第二重密室』並不成立。凶手依然有可能是外來人。例如，可能有酒店客人把房卡借了給外邊的人，這樣便可以使用升降機了。又或者，來自酒店以外的凶手假扮酒店員工由大堂進入樓梯，雖然會被樓梯口的監控鏡頭拍下，但這樣便不須使用職員卡也可以上樓了。」

「我又沒說凶手絕對不可能是外來人，只是說他是酒店住客或職員的可能性較大。妳自己在報導裡也是這麼說的。」

「我當時是向警方提問嘛。」

我不理她，繼續我的分析：「酒店的樓梯只有在大堂樓梯口才設有閉路電視鏡頭，但其他樓層的出口卻沒有。所以，除非凶手根本是跟死者住在同一樓層的客人，不然的話，便只能使用樓梯往返別的樓層。」

「你說了等於沒說。警察怎會沒有想到這些呢？」

「很難說。警察沒有我這種程度的推理能力。」

「哈哈，不害羞！」

「可是凶手往返大堂的時候，都應該會乘搭升降機，因爲就算他使用樓梯出入，也依然會被樓梯口的監控鏡頭拍到，這樣便反而更加可疑了。但如果凶手使用升降機，那麼就必須擁有一張電子房卡才能使用。這個問題比妳報導中所說的還要複雜一點。首先，當酒店住客在大堂坐電梯的時候，應該只能使用房卡上去自己所住的樓層，卻不能隨意去到其他樓層。現在很多酒店都是這樣的。」

「是又怎樣？」

「我還未說完呢。可是當酒店員工乘坐升降機的時候，便沒有這樣的限制了，因爲他們的員工卡可以讓他們隨意坐升降機到任何樓層。」

「還是那句，」她把雙臂交叉起來，「是又怎樣？」

「這樣的話，視乎凶手是酒店的住客還是員工，他使用升降機的方法也會有所不同。」

「什麼意思？」

「如果凶手是住客的話，那麼他犯案的過程是沒有辦法從閉路電視錄影看得出來的，因爲他在行凶的時候，一定會從自己房間的樓層使用樓梯往返死者所住的樓層，不會經過有攝錄鏡頭的地方。但如果凶手是酒店員工的話，因爲沒有自己的房間，便總得要從大堂上樓殺人，之後再回到大堂。死者的房間在幾樓？報導沒有說。」

「九樓。整層都是用來給防疫隔離的客人住的。」

「好。如果妳是凶手，不會笨到殺人的時候從大堂乘搭升降機直接上九樓殺人，然後又直接從九樓搭升降機回到大堂吧？這樣的話，警方一看到錄影片段，便會馬上把妳鎖定為頭號疑犯。聰明的做法，是先乘搭升降機到別的樓層，行樓梯到九樓殺人，之後再回到之前的樓層搭升降機回大堂。還有，凶手一定會在殺人前早一點上樓，殺人後大概也會等一會才回大堂，盡量把距離凶案發生的時間拉得越長越好，這樣便可以減少嫌疑。」

我滿以為美芳聽了我的推理，一定會向我投以佩服的目光，想不到她卻笑了起來：「這就是你的神級推理嗎？」

「有什麼好笑？我的推理不正確嗎？」

「我是笑你竟然會以為警察連這種程度的推理也想不出來。」她總愛潑我冷水。

「哼！我的推理才說了一半，之後的才夠精彩呢。說完了升降機和樓梯的『第二重密室』問題，我們還要回到第一個密室，即是死者上了鎖的房間。凶手是怎樣打開死者房門上的電子鎖呢？」

「警察也說過，凶手一定有某種方法複製了電子房卡。」

「不對。另外還有一個可能，便是凶手用了死者的房卡！」

「怎可能呢？」

「嘿嘿嘿，給妳領教一下什麼叫作神級推理吧。假設凶手是酒店住客，他大可假扮員工，事前藉故去到杜君和的房間，趁他沒留意時，從房門旁的插卡槽拿走了杜君和的房卡，把自己的房卡插進去。把房卡從卡槽拿走的時候，房間的電源是不會馬上截斷的，起碼會維持十來二十秒，但這樣把房卡調換卻只需一、兩秒，所以不會被杜君和發覺。杜君和要在房內隔離，不會離開房間，所以根本不會發覺房卡被調換。」

她搔了搔額角，問道：「但凶手跟杜君和調換了房卡，怎樣回自己的房間？」

「進行隔離的客人才會只得一張房卡啊！因爲他們不須出入嘛！但如果是一般客人，就算是住單人房的，酒店也會給他多一張房卡作爲後備，或是借給別人用。凶手把自己其中一張房卡跟杜君和的房卡調換，但還有另一張房卡可以用來回去自己的房間。」我頓了一頓，又補充：「因此我們也可以肯定，凶手不會是同在九樓進行隔離的客人，因爲他們沒有多出來的一張房卡可以玩這個把戲！」

美芳想了片刻才點頭，繼續道：「好的，我明白了。依照你的推理，到了行凶的時間，凶手便回到杜君和的房間，用之前調換了的房卡開門進內殺人，之後再從卡槽拿回自己的房卡，把死者的房卡放回去，然後離開。是不是這樣？」

「對了！這樣便神不知鬼不覺地完成了密室殺人！」

「作夢也掛著密室殺人！」她瞇起雙眼看著我，「這是你在推理故事裡看過的詭計吧？」

我知道騙不了她，只好從實招來：「確是在推理故事裡看過的，而且好像不只一次。不過我自己也想得出來。」

「我猜故事裡的凶手使用這個詭計，應該是有特別的原因，而不會純粹只是爲了製造密室凶案這麼無聊吧？」

我伸了一伸舌頭，「不記得了。」

「如果凶手眞的像你所說那樣，事前到死者的房間，又有辦法令他開門，那麼爲什麼不乾脆在那個時候殺死他呢？爲什麼還要玩這個調換房卡的無謂把戲，遲些才回去殺人？難道他也是個推理迷，所以才會爲密室而密室，來滿足你這種同道中人？」

「這個……我還沒有想清楚。」

我辯不過她，便扯開話題。再聊了一會，美芳就出去採訪了。原來警方又有新消息公布。我本來還希望警方會證實我的推理是對的，但看了報導後卻令我爲之氣結。

□

【網上直播謀殺案】懷疑複製房卡　警方扣留一人問話

文：李美芳　二〇二〇年八月十三日　星期四　17:26建立　18:51最後更新

本月十一日晚上九時許，身處西環美樂乎精品酒店進行防疫隔離的「750萬基金」創辦人杜君和，正在接受網上直播訪問的時候，突然被身分不明的人闖進房間殺害。

警方今天宣布，在本日上午扣留了一名暫未公開姓名的男子，目前該男子正在協助調查。據悉，該男子是美樂乎酒店員工，案發時正在當值。事後警方在大堂廢紙箱裡搜出一張未經記錄、可以開啓死者房門電子鎖的房卡，卡上發現該男子的指紋。

警方透露，懷疑有人利用工作之便，複製了一張死者房間的門卡，親自或協助他人進入房間殺害死者。警方強調目前只是對被扣留男子問話，並未對他正式作出任何起訴。

相關報導連結：

【網上直播謀殺案】「750萬基金」創辦人酒店隔離期間遇害（有片）

杜君和「750萬基金」簡介

羅希樂Keera簡介

【網上直播謀殺案】警方交代案情　呼籲市民切勿轉載影片

八月十四日　星期五

昨日下午警方公布在直播凶殺案中拘留了一人，美芳報導了之後，晚上又去採訪別的新聞，所以我要等到第二日才有機會跟她討論這件事。這天早上，她回到報館見編輯，我一見到她從編輯房間出來，便急急跑過去捉著她。

「怎會這樣的!?」

「怎會怎樣？」

「警察怎會拘捕那個人？」

「報導不是說得很清楚嗎？他是酒店員工，懷疑他複製了房卡。」

「就是這麼簡單!?」

「就是這麼簡單。」

「警方說找到一張丟棄了的複製房卡，上面有他的指紋，是什麼一回事？」

「警方找到的是一張舊的美樂乎酒店房卡，過了客人退房的日期便無效，酒店通常都會把上次的密碼抹去，留待下次重用。警方懷疑這個職員拿了一張舊卡，私自用酒店的系統複製了死者的房卡。」

「不對。酒店的房卡系統一定有適當的保護措施，就算是職員也沒可能這麼容易私自複製房卡。」

「死者因爲防疫隔離而不能離開房間，所以酒店只發了一張房卡給他，而系統裡亦沒有設定第二張房卡的紀錄，所以警方相信這個人有辦法駭進酒店系統，複製了房卡也不會留下紀錄。這些我本來在報導裡都有寫的，但最後都刪去了，因爲一來篇幅有限，二來編輯認爲留待警方提出正式起訴再寫不遲。」

「這算什麼詭計？太簡單了！」

「整天都只掛著詭計！你記得你常跟我說一句什麼話嗎？」

「呵呵，我常跟妳說很多話。」

「你常說的那個什麼阿金的鬚刨，最簡單的解釋通常才是正確的嘛。」

「是『奧卡姆的剃刀』[7]。但最簡單的解釋也得要合理啊！」

「有什麼不合理了？」

「凶手怎會這麼笨？複製房卡去殺人，怎逃得掉？」

「這是現實世界，不是推理小說，凶手怎會想得出你那些『不可能罪案』的詭計？」

「去年萬米高空亡者分身事件也夠『不可能』吧？」

「去年的事件怎同呢？」

「不對。就算疑犯眞的複製房卡去殺人這麼笨，又怎會笨上加笨，在卡上留下指紋!?還要丟棄在這麼容易被人發現的地方？還有，動機是什麼？」

「現實裡有多少人可以像你看的偵探故事裡面的天才罪犯呢？殺了人之後太過緊張，便很容易犯下愚蠢的錯誤。至於動機，警察沒有說，可能是出於政見吧。」

「不信。我敢打賭，凶器上一定找不到他的指紋。還有，閉路電視錄影也多半不能佐證。」

「要是有這麼多證據，這個酒店職員便不會只是被警方扣留問話了。」

之後我們一起去經常光顧的「偵探冰室」吃午飯，繼續討論這事情，回到報館又再聊了一會，不覺已是兩點過後。她忽然看了一下手錶。

「哎，我要回家了。待會有個網上小組課，再不走便來不及了。」

「暑假也要網上上課？」

「暑期課程嘛。」

「來不及回家便在這裡上課吧，反正在哪裡登入也是一樣。妳有沒有耳筒和麥克風？我可以借給妳……」

她突然全身一震。「你說什麼!?」

---

7 奧卡姆的剃刀（Occam's Razor, Ockham's Razor）：由十四世紀邏輯學家、聖方濟各會修士奧卡姆的威廉（William of Occam）提出，核心內容爲「如無必要，毋增實體」。

「我說借耳筒和麥克風給妳，這樣也要被妳罵？」

「我不是罵你，我是問你之前說什麼。」

「我之前說什麼？」

「哈哈！ＩＴ狗，你的資訊眞有用！」美芳雙眼好像突然閃閃發光似的。我不是第一次看見她這個樣子。

「妳是不是想通了什麼？」

「你說的對，警察搞錯了，這的確是一宗『不可能罪案』。」

「吓？」

「但你也有搞錯的地方。在這宗『不可能罪案』裡，不可能的並不是凶案現場是不是密室的問題。」

「吓？」

「直播命案裡『不可能』的，其實是凶手的不在場證據才對！」

八月十五日　星期六

美芳把她的想法告訴我之後，我們昨天便花了整個下午找尋資料來支持我們的理論，然後找編輯說明一切。一如之前破解那宗分身事件一樣，報社動用了最高層的人脈，給美芳盡快約見負責調查直播凶案的警官，讓她親自向警方報料。

剛好在這天早上，警方因爲證據不足，釋放了之前被扣留的那位酒店職員。（據我理解，香港警察若不能在四十八小時內提出起訴，便必須放人。）基於私隱理由，警方一直沒有透露這人的姓名，各大媒體便千方百計想找他出來訪問；但這時我們報社已經掌握了更具價值的獨家新聞，所以就沒有在這方面花時間。

報社約到警方會面的時間，是這天下午，可算非常神速。我們報社一向以不偏不倚爲宗旨，從來都非常刻意地避免偏黃或偏藍的傾向，所以頂多只能說沒有得罪過警方而已，絕對說不上有特別交情。不過可能因爲去年美芳幫助他們破了那宗在機場示威時發生的離奇分身事件，警方這時在茫無頭緒之下，便唯有再度寄望我們這位美少女記者給他們解謎了。

這次我們的港聞編輯雖然代表報社陪同美芳一起出席，但整個過程仍由美芳作主導。因爲有些涉及科技的問題須要講解，所以我也擔任了「顧問」的角色，跟著一起到西區警署。

接見我們的總督察姓鄭，樣子很凶，但想不到美芳面對他卻居然能夠毫無懼色。十來分鐘之後，鄭總督察聽完了我們的說話，馬上集齊手下的探員，給他們重新分配調查工作。

□

【網上直播謀殺案】警方證據不足　釋放酒店職員

二〇二〇年八月十五日　星期六　11:18建立　14:32最後更新

星期二晚發生網上直播謀殺案的西環美樂乎酒店，一位職員在星期四被警方拘留協助調查，於今天早上已被釋放。

據悉，該位沒有公開姓名的酒店員工因爲其指紋被發現在一張棄置的電子房卡上，一度被懷疑私自複製了案中死者的房卡，因而被警方扣留問話。

酒店發言人向傳媒透露，酒店使用重用性質的房卡，每次在客人退房後都會抹去舊密碼，留待下次重設新密碼給另一位客人使用，所以卡上留下員工指紋不足爲奇。

發言人又說，酒店一直全力配合警方調查，檢視過閉路電視錄影後，證實該名職員在案發當晚的確在大堂當值，事發前後一直沒有離開過崗位。經過兩天問話，職員現已回家休息。

相關報導連結：

【網上直播謀殺案】「750萬基金」創辦人酒店隔離期間遇害（有片）

杜君和「750萬基金」簡介

羅希樂Keera簡介

【網上直播謀殺案】警方交代案情　呼籲市民切勿轉載影片

【網上直播謀殺案】懷疑複製房卡　警方扣留一人問話

八月十六日　星期日

《Keera一對E！》第154集：杜君和網上追悼會

Keera一對E頻道

104,672 subscribers

16 Aug 2020 21:00 LIVE NOW

（節目開始，先播出五分多鐘由杜君和照片剪輯而成的蒙太奇音樂片段，完結時打出「杜君和網上追悼會」字樣。接著轉接到一個辦公室內景，羅希樂和葉珅嶽一起坐在鏡頭前面。）

羅：（嚴肅）大家好！我是Keera羅希樂，歡迎大家收看我的直播節目《Keera一對E》！（豎起手指做招牌「V」字手勢，卻沒有如常笑著晃乳。）今晚我和「750萬基金」聯合舉辦這網上追悼會，是爲了紀念他們上星期不幸被人謀殺的創辦人Victor To杜君和先生。

葉：大家好！我叫Lucian葉珅嶽，是Victor多年的好朋友，「750萬基金」便是我們去年一起創辦的。在這個沉痛的時刻，我們今晚這個直播追悼會除了回顧我這位英年早逝的朋友的一生之外，亦希望繼承阿Vic的遺願，讓我們基金爲全香港七百五十萬人繼續服務。自從阿Vic過身之後，很多熱心人士都去到我們「750萬基金」的眾籌網頁捐款，不到一個星期已經超越了我們眾籌第四個七百五十萬港元的目標。

羅：嘩！超越了第四個七百五十萬，即是總共眾籌了多少錢？

葉：超越了四個七百五十萬，即是到目前為止已經眾籌了超過三千萬港元。畫面下面有我們眾籌網頁的連結，希望大家能夠繼續踴躍捐款，幫助我們朝著第五個七百五十萬進發。

（他還未說完，鏡頭外傳來幾個人爭論的聲音，越來越大，但聽不清楚說什麼。）

羅：（若無其事）不如你先跟大家說說當初是怎樣跟阿Vic一起創辦「750萬基金」的？

葉：好的……（忍不住轉頭望了一望鏡頭外）各位觀眾，對不起，外面不知道發生什麼事，我的同事正在處理。

（這時爭論聲忽然停止，鄭總督察步入鏡頭，身後還有一男一女兩個軍裝警員。）

鄭：羅希樂小姐、葉珅嶽先生，我是西區警署凶殺調查科的鄭總督察，之前見過面。請問你們是不是正在進行網上直播？

葉：是的，有什麼問題？

鄭：請你先關掉攝影機，好嗎？

羅：我們兩個人一起在私人地方做網上直播有什麼問題？又沒有違反限聚令。

鄭：不是限聚令的問題，如果妳想繼續直播的話，我也不會阻止妳。

葉：是不是關於阿Vic的凶案？想找我們再錄口供也不用這樣闖進來我的辦公地方啊。

羅：（對鏡頭）各位觀眾，請大家給我們做見證！

鄭：好的，既然你們不想關掉攝影機，那麼便讓觀眾做見證吧。羅希樂、葉珅嶽，我現在正式拘捕你們兩個，理由是你們涉嫌於今年八月十一日晚，謀殺及串謀殺害杜君和。

（他向身後兩個男女警員點頭，警員掏出手銬。）

羅：有沒有搞錯!?他被殺的時候我正在網上跟他開call……

（在警員給他們扣上手銬之前，葉珅嶽急忙撲向鏡頭，把攝影機關掉。）

□

【本報獨家】【網上直播謀殺案】兩名疑犯在網上直播節目被警方拘捕（影片連結）

文：李美芳（綜合報導）　二〇二〇年八月十六日　星期日　22:08建立

二〇二〇年八月十七日　星期一　18:38最後更新

（被捕疑犯羅希樂、葉珅嶽照片）

上星期二晚發生的網上直播謀殺案，「750萬基金」創辦人杜君和在西環美樂乎酒店進行防疫隔離期間，接受網上直播節目《Keera一對E！》遙距訪問，直播中途被鏡頭拍不到的凶手闖入房間，用十字弩射中頭部，當場斃命。

昨晚（十六日）九時許，警方在位於西環的「750萬基金」辦公室，以涉嫌謀殺和串謀殺害杜君和的罪名，拘捕了一男一女兩名疑犯。被捕兩人分別是凶案發生當晚與死者進行網上直播的羅希樂（二十八歲）、及與死者合辦「750萬基金」的葉珅嶽（三十二歲）。兩人當時正在直播紀念死者的追悼會，被捕過程即時傳播到網上。

（影片連結）

警方將於今天下午舉行記者會交代案情，但由於是次拘捕行動有賴本報向警方提供資料，所以我們可以率先爲讀者獨家報導。

疑犯的詭計：完美的不在場證據

杜君和命案發生的時候，藝名Keera的羅希樂正在跟死者進行網上直播，而葉珅嶽當時則在距離酒店不遠的「750萬基金」辦公室與同事一起收看該節目，目睹案發後隨即趕到現場，在酒店保安陪同下進入死者房間便發現屍體。讀者一定感到非常奇怪，既然兩名疑犯都有牢不可破的不在場證據，又怎可能因爲涉嫌謀殺和串謀殺害杜君和而被警方拘捕？

原來是因爲兩名疑犯涉嫌合謀殺害杜君和，而布下了一個近乎完美的假局，由其中一人下手殺害死者，而另一人則協助凶手僞造不在場證據。他們的詭計，可以分成以下多個步驟：

調換手機的詭計（上）

杜君和在案發前一天回到香港時，在機場被警方沒收了他的手機和手提電腦作爲調查之用。（本來不少人以爲警方是根據不久前通過的港區《國安法》而檢查杜君和的手機及電腦資料，但本報在今天下午的記者會上得悉，其實是因爲商業罪案調查科懷疑有人利用「750萬基金」洗黑錢而展開調查。）疑犯隨即利用這個機會，設下爲凶手製造不在場證據的詭計。

疑犯葉珅嶽買了兩部相同型號的手機及兩張俗稱「太空卡」的預付儲值電話SIM卡，一部手機及其所用的SIM卡用基金的公司信用卡購買，並留下交易紀錄（下稱手機A），而另一部手機及所用的SIM卡則以現金購買，沒有任何交易紀錄（下稱手機B）。

葉珅嶽交給杜君和使用的其實是沒有購買紀錄的手機B，而有紀錄的手機A則祕密留待後用。這個詭計的關鍵，在於購買香港區預付電話ＳＩＭ卡的時候不須要登記用户姓名，疑犯便利用這一點，準備在行凶之後調換死者的電話來僞造不在場證據（詳見下文）。案發當天，葉珅嶽派了一位同事把手機Ｂ送到酒店給杜君和使用，暗中又把手機Ａ交了給共犯羅希樂。

今天下午記者會上，警方證實已在「750萬基金」辦公室附近的一間電子產品連鎖店及一間便利店的監控錄影中，發現了葉珅嶽的錄像，證實他在案發前一天於這兩間店舖用現金分別購買了一部該型號的手機及一張ＳＩＭ卡。兩樣物件的出售紀錄跟葉珅嶽被錄下影像的時間吻合。

疑犯以假身分入住酒店

根據調查推斷，上星期二（十一日）下午三時許，相信疑犯羅希樂以預付現金方式及使用假名入住了西環美樂乎精品酒店。據聞該酒店一向不嚴格要求客人出示身分證明，所以登記時應該沒有遇上困難。

警方在記者會上透露，在酒店大堂閉路電視錄影中，發現一名戴著墨鏡、口罩、和疑似假髮，及穿著臃腫衣服掩飾身段的女子，於該時段登記入住，懷疑便是羅希樂所假扮。昨晚拘捕兩名疑犯後，警方在羅希樂的工作室搜出與上述錄影片段內相像的墨鏡、假髮和衣服。

調換手機的詭計（中）

根據本報傳達給警方的推論，大約在案發當晚八點半（即直播節目開始前半個鐘頭），疑犯羅希樂用自己的手機打電話給杜君和使用的手機（手機B），請他登入遙距視像會議平台，先排練一下待會的訪問。

羅希樂讓杜君和相信自己正在工作室跟他排練訪問，但其實用手機登入遙距視像會議平台跟他通話的時候，一邊暗中錄下從對方那邊傳送過來的影片，一邊偷偷使用沒有監控鏡頭的樓梯，從自己的酒店房間去到杜君和所在的樓層。

由於羅希樂不能讓杜君和看到自己這邊的影像，否則便會讓他知道自己其實身處酒店，所以一定是在手機上使用只發音頻的設定。我們無法知道她怎樣向杜君和解釋為什麼她這邊只有聲音、沒有畫面，只能猜測推說是「未化好妝」或「手機應用故障」之類的藉口。

警方在記者會上表示，在羅希樂手機紀錄裡發現她在網上節目播出前打過電話到一個預付ＳＩＭ卡的電話號碼，而該號碼跟警方已查出葉珅嶽前一天在便利店用現金購買的ＳＩＭ卡（手機Ｂ）相同。警方在她的手機上亦發現有隨即登入遙距視像會議平台的紀錄，但卻沒有發現上述偷錄杜君和的片段，相信經已被刪掉，據悉現正嘗試修復。

酒店房門電子鎖的詭計

本報獨立調查發現，原來美樂乎酒店所用的電子門鎖系統存在著一個嚴重的安全漏洞，可以利用電子卡閱讀器和特別的電腦程式，把任何有效房卡重設爲一張「萬能鑰匙卡」。相信疑犯羅希樂便是使用這方法，把自己多出來的一張後備房卡重設爲「萬能鑰匙卡」。

電子房卡的安全漏洞

發生凶案的Merrivale美樂乎精品酒店，其設置的電子門鎖系統廣為全世界許多酒店所使用，其實卻是兩年以上的舊版，存在著一個嚴重的安全漏洞。

本報請教過專家，原來早在二〇一八年，一間名叫F-Secure的芬蘭網絡安全公司，便已揭露了這套電子門鎖系統的問題：駭客只要取得使用該系統的酒店的任何一張有效電子房卡（請留意，是「任何」一張有效房卡），便可以透過一台小型電子卡編程器（基本上即是有編程功能的「升級版」電子卡閱讀器），用特別編寫的程式解讀房卡上的無線射頻識別（Radio Frequency Identification，縮寫作RFID）及把這張卡重新設置為可以開啓同一系統內所有電子鎖的「萬能鑰匙卡」（master key card）。

這個漏洞公開了之後，世界各地使用該系統的酒店紛紛升級到新推出的改良版，或轉用另外牌子的系統，但美樂乎酒店顯然未有這樣做。據專家解釋，揭露電子門鎖系統漏洞的芬蘭網絡安全公司，當然沒有公開他們用來把普通房卡重編為「萬能鑰匙卡」的程式，但他們既然寫得出來，別人自然也可以。我們委託專家上到需要特殊網絡知識才能登入的「暗網」（Dark Web）搜尋，果然很快便找到購買這種程式的非法途徑，相信疑犯亦是使用類似的方法得到所需的軟件。本報已經向警方提供了有關資料，以協助調查。

待錄下了杜君和足夠的訪問片段，羅希樂使用萬能鑰匙卡進入他的房間，用帶來的十字弩把他射殺，再把凶器留在現場。由於酒店房門的電子鎖於關門時自動上鎖，凶手一離開，凶案現場便呈現所謂的「密室狀態」。

警方表示，搜查疑犯羅希樂的工作室時，發現一台如上述可用來重設電子房卡的小型閱讀器。

偽造網上直播遙距訪問的詭計

疑犯羅希樂用樓梯回到自己的房間，把手機剛才錄得的訪問彩排片段下載到手提電腦，接著便透過可以隱藏使用者網上蹤跡的「洋蔥路由器」（The Onion Router，縮寫作TOR），遙距登入自己位於觀塘的工作室內的電腦，再用工作室的電腦登入網上直播平台，於晚上九時播出當晚的《Keera一對E！》網上節目。

該節目在網上播放時，羅希樂的部分確是即時直播，但同時播出的杜君和那部分卻是較早前所錄的彩排片段。由於羅希樂那部分的畫面如常在主持人身後顯示出有節目招牌的虛擬背景，所以觀眾看不出她其實並非身在工作室。她對著杜君和的片段重複剛才彩排時的對白，便造成了即時直播遙距訪問的假象。

同一時間，她亦暗中使用跟死者手機型號相同的手機A登入節目用作網上直播的帳號，目的是在手機A內留下適當的網址和上網時間紀錄，以及手機訊號發射台位置紀錄。稍後，這部手機A將由共犯跟死者用過的手機B調換，以完成僞造不在場證據的詭計。

直播時，當羅希樂看到「不明人物」（其實是她自己）用箭把杜君和射殺，便假裝驚惶失措，隨即透過上述路由器與她連著線的工作室電腦報警。這樣，網上直播平台的登入紀錄和警方報案紀錄，都會「證實」她在命案發生時身在工作室。（本報查出羅希樂工作室地址，是位於一棟沒有管理員或閉路電視的舊樓，所以詭計不會因此露出馬腳。）誰又會想到，在網上直播節目殺死受訪者的凶手，和同一時間正在別處遙距訪問死者的節目主持，竟然是同一個人？

中止直播後，相信羅希樂迅速利用樓梯再次回到死者房間的樓層，在某隱蔽處藏起了自己剛用過的手機A，讓同謀不久之後拿取。之後，她便回到自己的房間，穿戴上之前用來掩飾自己外貌的衣物，收拾好一切離開酒店。

警方表示，在酒店大堂閉路電視錄影中，發現命案當晚警方到場前不久，有疑似是羅希樂戴著假髮、墨鏡和口罩的女子帶著手提行李離開；相信疑犯是在這個時候，把用來進入死者房間的自製「萬能鑰匙卡」丟棄在大堂的廢紙箱。疑犯很小心沒有在卡上留下自己的指紋，但目前不能肯定她是否知道卡上本來已有酒店員工的指紋，因而企圖嫁禍。

警方根據本報提供的資料，查看酒店客人的上網紀錄，已確定了疑犯曾入住過哪間房間，目前已交由鑑證科處理，嘗試找出疑犯指紋等證據。另外，警方又比對過該酒店房間與羅希樂工作室的上網紀錄，證實該住客登入上述「洋蔥路由器」的時間，跟有人由相同路由器連結到工作室電腦遙距使用的時間，均與當晚《Keera一對E！》節目的播出時間吻合。

調換手機的詭計（下）

疑犯離開後，接著便由共犯完成最後一步詭計。

節目播出時，葉珅嶽身在「750萬基金」辦公室與同事收看直播，目睹命案發生後便馬上趕往美樂乎酒店。由於辦公室所在的大廈跟酒店相近，葉珅嶽於數分鐘後到達，告知酒店職員有命案發生。

葉珅嶽跟隨酒店保安人員上去杜君和房間之際，相信中途偷偷拿取了共犯羅希樂在某隱蔽處留下給他的手機A。進入死者房間發現屍體後，葉珅嶽便趁其他人不覺，把手機A跟死者本來使用的手機B調換。這樣，當警方查看手機A上的使用紀錄，便會發覺跟疑犯的不在場證據吻合。此外，因爲手機是葉珅嶽買給杜君和用的，所以上面有前者的指紋也不足爲奇；而葉珅嶽在偷龍轉鳳時若能把屍體手指在手機A上印幾下，便可以在上面留下死者的指紋。

總結

兩名疑犯之間到底是什麼關係，以及他們的犯罪動機，目前仍有待調查。警方初步相信，殺人動機可能與商業罪案調查科剛對「750萬基金」展開的涉嫌洗黑錢調查有關。

若非本報進行獨立調查後向警方提供重要線索，兩名疑犯近乎天衣無縫的殺人計畫可能永遠不會水落石出。我們將繼續跟進事件，第一時間向讀者報導最新消息。

相關報導連結：

【網上直播謀殺案】「750萬基金」創辦人酒店隔離期間遇害（有片）

杜君和「750萬基金」簡介

羅希樂Keera簡介

【網上直播謀殺案】警方交代案情　呼籲市民切勿轉載影片

【網上直播謀殺案】懷疑複製房卡　警方扣留一人問話

【網上直播謀殺案】警方證據不足　釋放酒店職員

□

以上便是我們報紙網上版的報導。大部分內容，其實美芳早已事先寫好，最先的版本在星期日晚拘捕行動結束之後不久便上載到報紙的網站，直到第二天都有陸續更新。星期一早上出街的實體版報紙，當然用了這獨家新聞來作頭條，詳細報導更佔了整整兩版內頁，除了未及載有警方於星期日下午記者會才發表的消息之外，內容便跟網上版大同小異。第二天，實體報重溫了案情，又加入了前一日警方記者會公布的資料。聽說雖然這兩天我們的報紙都加印了，但依然全城賣得清光。

美芳罵得對，我對詭計的執念令我想錯了方向，但她卻旁觀者清，看穿了詭計並不在於「密室」而是在於「不在場證據」。令她靈光一閃的，是她將要上網上課程的時候，我跟她說「在哪裡登入也是一樣」這句話。

我們馬上再看了一遍《Keera一對E！》整條凶案直播影片。既然Keera在直播終結前打電話報警，必會留下報案紀錄，所以她那部分一定是眞的，可是杜君和接受訪問時被殺的那部分呢？我們想到這部分有可能是預先錄影的。我們早已有「凶手是酒店客人」的想法，當看到Keera的直播部分使用有她節目logo的虛擬背景，又留意到她打電話報警時，是用電腦而不是用landline或手機，便明白她玩了什麼把戲。

美芳在大學的課程包括製作影視片段，知道拍攝訪問時經常會先彩排一、兩次，所以馬上想到Keera一定是以跟杜君和排練作爲藉口，騙得他配合預錄訪問片段。

我們又想到，若要完成這個僞造不在場證據的詭計，必須在死者的手機上做手腳。案發後，警方一定會查核死者手機的通訊紀錄。如果他們發現死者登入遙距視像會議平台來跟Keera做訪問的時間，竟然早於網上直播節目播出的時間，詭計便馬上穿崩。所以，Keera必須有一個可以配合她完成詭計的共犯——而這個共犯，當然便是在杜君和回港後爲他提供新手機的葉珅嶽Lucian。

推論到這個地步，要解構調換兩部相同型號手機的詭計，已不是太困難的事情。最後還剩下一個問題，便是凶手到底如何進入死者的房間。警方自始至終的想法沒有錯，凶案現場沒有什麼密室詭計，房門的電子鎖只不過是被駭開的。那些關於二〇一八年酒店房卡系統安全問題的資料，雖然比較專門一點，一般人不會留意，但我懂得門路，所以上網一搜便給我找到了。更重要的是，警方顯然也並未查出酒店房門其實頗容易被駭開，不然也不會扣留了那個酒店職員問話。他們眞的應該請我做《神探伽利略》[8]那樣的顧問。

我們覺得已經掌握了足夠線索，便透過報社聯絡警方。我本來還擔心不能令警方信服，但美芳也真的夠酷，不消十五分鐘便說服了那位鄭總督察。接下來的事情，前面已經交代過，不用在這裡再複述。

兩名疑犯被捕後，案件依然留下一些未解的問題。Keera和葉珅嶽到底是什麼關係呢？哪一個才是主謀？殺人動機是什麼？

最初，大部分人都認爲他們必定是祕密戀人，才會合謀殺害死者杜君和。可是不到一個星期，某八卦雜誌以未必完全合法的方式「發掘」兩名疑犯及死者的私人社交媒體帳號，卻有重大發現。原來Keera不但跟兩個「750萬基金」創辦人早已相識，更令人意想不到的是，她並不是葉珅嶽的祕密情人，而是曾經跟杜君和祕密交往才對。雜誌刊登了不少電郵、短訊截圖和兩人合影的私照爲證，又說Keera似乎幾個月前已跟死者分手，因爲之後便再找不到他們在一起的證據。雖然雜誌查不出兩人分手的原因，但很多人看了報導後都相信Keera可能因爲關係決裂而動了殺機。（這也可能解釋Keera爲什麼花了這麼多心思爲自己製造不在場僞證，因爲如果沒有人想到直播節目的主持竟然會是凶手的話，便不會有人去調查她跟死者的祕密關係。）不久之後，這八卦雜誌便被私隱專員公署追究，但最後也只罰款了事。

兩名疑犯被捕之後，商業罪案調查科也隨即出來公布他們正在調查「750萬基金」，及將以涉嫌洗黑錢的罪名起訴已因串同謀殺而被扣押的葉珅嶽。雖然警方沒有透露細節，但很多人都認爲基金涉嫌洗黑錢的事，必定與杜君和被殺有關。之前已經有不少人揣測，杜君和死前去了台灣和英國，可能是企圖轉移款項潛逃外國，這時便由此衍生了許多陰謀論：有人說杜君和與葉珅嶽合謀洗黑錢，因爲分贓問題被殺；有人說杜君和是無辜的，被殺是因爲葉珅嶽想把洗黑錢的責任推到他身上，讓他死無對證；更甚至有人說，是利用基金洗黑錢的神祕幕後金主，殺人滅口……

假如這只是一個虛構的故事，作者必定會把這些遺留下來的問題一一解答，但我執筆的時候是二〇二一年初，案件還有幾個月才開始審訊，所以恐怕無法在這裡爲你提供完滿的答案。如果你眞的有興趣知道的話，便請你自己日後上網查看吧。

不過這樣也不要緊吧？如果你像我一樣是個推理小說迷，一定會知道「本格派」推理和「社會派」推理之間的分別：本格派著重詭計和解謎，而社會派才會著重反映世態時弊和探討罪犯心理。雖然這篇〈隔離密室直播殺人事件〉也涉及一些時事和政

8 神探伽利略（ガリレオ）：台灣慣譯爲《破案天才伽利略》。改編自東野圭吾的「伽利略系列」推理小說的日本推理電視劇，講述天才物理學家湯川學以科學原理和邏輯推導方式，破解看似超自然現象的詭案。

治，但我不是美芳，不懂得怎樣為大家解讀這種社會派元素，所以你們姑且把這個故事當作（新）本格派推理來看好了。

〈隔離密室直播殺人事件〉完

離人

—— 望日

1 黃小美篇

二〇二四年六月的一個晚上，女警黃小美剛和上司曾明輝督察吃過晚飯，慶祝偵破了豪宅神域皇殿內的毒殺案[1]。晚飯過後，曾明輝說要回警署多工作一會，黃小美則表示要回家。

不過，二人分別後，黃小美並沒有眞的回家，因爲她居住的「水管屋」[2]非常狹窄，鑽進去後連坐直身子都有點勉強。她不想當個活死人躺在那塑膠棺材內，故習慣在睡覺前都不會回去，而光州街就是她下班後最常留連的地方，今晚也不例外。

光州街位於深水埗，該處曾是「良心商戶」的集中地，專門爲擁抱同一理念的「同路人」[3]服務。黃小美當然明白以自己現在的身分去該處，肯定不會受歡迎，但她

1 作者按：詳見〈豪宅〉，收錄於《偵探冰室》。

2 水管屋：又叫「圓形管道屋」（Opod），爲「仁濟醫院社會房屋試驗計畫」在荃灣推行的過渡性社會房屋。主要建材爲現有的水管，建築方式較一般樓宇簡單，耗時也更短。在本故事中，爲突顯水管屋構思的荒謬和其窄小，水管屋被描述爲只有棺材般的大小；在現實中，這個計畫的水管屋每間面積約一百至一百五十平方呎（約2.8至4.2坪）。

覺得這是時勢所迫。

黃小美由二〇一九年起就因政治理念而經常前往光州街，跟不少良心商戶非常熟稔。然而在二〇二一年初，受疫情影響，她被旅行社裁員而失業。當時經濟環境很差，其他服務業也不見得比旅遊業好多少，她一直找不到工作。當時她不只要照顧自己，還要肩負年老父母的醫療費用（她不忍心要他們以年為計算單位去輪候那些公營醫療服務）。在苦無辦法之下，黃小美唯有選擇加入以薪高糧準作招徠的警隊。不過，她不忘初衷，當上女警後仍不時隱藏自己的身分前往光州街消費，繼續支持同路人。

黃小美從美麗道轉進光州街，到達時是九時四十五分，該處不少商戶已關門，街道逐漸變得昏暗。她走到第一個巷口，在一家拉上了鐵閘的台式茶飲店門外，看到一名老婆婆在店外，好像想嘗試拉開鐵閘，卻無功而還。

黃小美對此感到可疑，有點職業病發作，走近對方並繞圈子問：「婆婆，妳需要幫忙嗎？」

老婆婆瞥了黃小美一眼後，馬上慌張起來，繼而快步溜進旁邊的窄巷。

俗語有云：「阿婆走得快，一定有古怪」，黃小美本來就覺得對方可疑，老婆婆還要逃走，她差點就想直撲過去。但她的理性和人性遏止了她，畢竟對方只是個手無寸鐵的老人，很難想像對方能做出什麼壞事，實在犯不著因此令對方受驚和受傷吧？

不過，因著老婆婆的舉動，黃小美憶起蔡小姐這家台式茶飲店好像已沒有開門營業近一星期，令她感到困惑。難道是蔡小姐生病了？不，黃小美記得店內還有一名員工阿文，雖然喜歡跟女顧客搭訕，但工作認眞。平日蔡小姐吃飯或者有事要離開，阿文會兼顧收銀和調製飲品的工作。儘管平日是由蔡小姐負責開門關門，但照道理如果她只是病了，阿文仍可以去找她取鎖匙來開店。除非蔡小姐是得了急病突然住進了醫院，那就可能沒辦法了。

然而黃小美想著想著，卻想到另一個更不妙的情況——蔡小姐被人抓走了。這種事在以前聽起來可能會覺得荒謬，但在兩年前這條街的港式糖水店店主盧小姐就是被執法機關抓走了後一去不返；今年發生在這個城市的失蹤個案暴升，現在又受到一種名爲「離毒」的病毒肆虐，在這個城市發生的事早已荒謬得脫離常理，已經沒有什麼事是不可能。

3 同路人：借代「手足」，反送中運動支持者互稱彼此爲「同路人」。「良心商户」則借代「黃色經濟圈」，反送中運動支持者以政治取態區分不同商家，建立擁抱相同政治理念的經濟體系。在日常消費中，反送中運動支持者優先光顧政見一致的商家（俗稱「黃店」），同時杯葛親中、支持修例，或支持香港警察的商家（俗稱「藍店」）及中資背景的商家（俗稱「紅店」），希望藉此達致經濟互助及把資金留在支持運動的一方。

黃小美當然不希望再看到有同路人遇害，但她越想越慌，不知道眞相，恐怕難以釋懷。她抬頭張望，看到遠方的茶餐廳招牌，決定去找該店的老闆黃先生談談，因爲他在光州街經營了最久，也是對這裡商戶最熟悉的人，說不定會知道多些事情的來龍去脈。

距離茶餐廳的關門時間十時半只剩下約半個小時，黃小美推開大門、步進店內時，茶餐廳老闆黃彥樂正站在收銀櫃台後，點算著當日的生意。

黃彥樂瞄到有顧客進來，但放在他面前的鈔票剛點算了一半，爲免前功盡廢，他只好繼續一邊低頭點算，一邊說：「不好意思，請妳稍等一下。」

「慢慢來，我只是來閒聊。」黃小美回應，然後退後了一步，不想給對方壓力。

她左顧右盼來打發時間。雖然她平日不時光顧，但絕少有機會這樣認眞地留意店內布置。這家茶餐廳已屹立在光州街十多年，除了七年前翻新店舖，和四年半前店面玻璃被人破壞，並因裝修公司缺貨而換上了磨砂玻璃外，店內的裝潢十年如一日，仍充滿著傳統茶餐廳的風味。與一般茶餐廳的最大分別，是這裡沒有安裝電視機——反正現在的電視台已全部被收編了，根本沒有什麼値得看——黃先生只利用音樂串流服務在店內播放著流行歌曲。

她回頭望向收銀櫃台的方向，發現在背後掛著月曆的層架上，放有一隻約二十公分高的模型。雖然原本在模型身上的黃色斗篷、安全帽、護目鏡、口罩和隔熱手套都被拆下了，但她仍能輕易認出那是當日爲了控訴政權而犧牲自己的「凌同學」的模型[4]。黃小美也有一隻同款的模型放在床頭，但那些裝備同樣被拆走了，畢竟他們身處的城市早已是一個「沒有怨言的美好國度」，居民都乾脆分別謔稱這個城市和自己爲「美好市」與「美好市民」，以迴避直接批評這城市或政府時可能招致的麻煩；在這個時勢，把原版的模型整隻放出來，就等同把箭靶掛在身上，高叫「清潔糾察」來捉拿自己。

數分鐘後，黃彥樂完成點算，抬頭看到站在面前的原來是熟客，高興地說：「小美，原來是妳，不好意思要妳久候。」

「不要緊，我不是來吃東西，只是有點問題想問問你。」

「是有關蔡小姐的店嗎？」黃彥樂微笑著問。

黃小美怔了一怔，一方面是沒想到對方竟猜到她的心思，另一方面是她對黃彥樂的笑容感到有點陌生，卻一時間說不出這種感覺的原因。

黃彥樂解釋：「妳一向關心這條街的事，妳有問題想問，而最近發生在這裡的大

4 作者按：詳見〈那陣揚起黃色斗篷的陰風〉，收錄於《偵探冰室．靈》。

事就只有這件嘛。」黃彥樂說到這裡，臉上笑容逐漸退去。他無奈地續說：「不過，我也不清楚蔡小姐發生了什麼事。」

「你的意思是，她事前沒有跟你們說她打算休息或者關店一段時間嗎？」

「沒有。而且以我對她的了解，她不可能這樣長時間關店。蔡小姐在還未開設這家茶飲店前，在商界打滾多年，對帳目看得很重；開業至今，她的店沒有一天不營業，以免浪費租金。過去她或阿文有意長時間放假的話，都會事先聘請兼職幫忙。」

黃小美提出另一個可能性：「但我記得她跟我說過，除非她事先打算休息，否則鐵閘的鎖匙一般由她保管。會不會是她得了急病入院，來不及把鎖匙交給阿文？」

「應該不會。阿文工作上很盡責，公司獲利他也會分紅，如果只是病倒了，阿文應該會主動找她拿鎖匙。我也有想過會否是出了更嚴重的事故，卻又不像，因爲我早前發過訊息給蔡小姐，她『已讀不回』，代表她還能看到手機，卻不知道是什麼原因沒回來開店。」

「那麼……」黃小美正要說一些敏感話題，突然想起在收銀櫃台後，也就是黃彥樂的正上方，安裝了閉路電視。黃小美於是稍微走近黃彥樂，讓對方較高大的身形阻擋著閉路電視的拍攝。

黃彥樂猜到對方的用意，想安撫她：「我的閉路電視沒有收音功能，也沒有連接到網絡，所以不怕被糾察截取，就算他們強搶錄影片段也不知道我們在談什麼。」

「聽不到聲音，但仍可以讀唇，就像那套經典科幻電影……呃，名字我一時間說不出來，總之我們還是小心點好。」黃小美沒有把事情說得很白，但她和上司剛完成調查的案件，正好說明市民的一舉一動早就在監控之中，背後更可能應用到各種已知和未知的科技。

「抱歉我只是推理迷，不是科幻迷，我不知道妳說的是哪套電影，但我同意小心一點的確較好。那麼我現在把妳擋住了，妳可以繼續剛才的話題了。」

「那麼……如果蔡小姐不是病了，她會不會和盧小姐一樣，是被人抓走了？」

「不會吧？」黃彥樂略感驚訝地回應：「這幾年來，蔡小姐是我們之中最低調的一個，比平野小姐更謹慎，甚至一度有人以為她已轉投敵陣，但其實她只是想默默地做實事，也不想利用良心商戶的光環來賺錢而已。我實在想不到她怎會被糾察盯上。更何況如果她被抓走了，阿文應該會來找我求救吧？」

「但如果阿文也……」

黃彥樂一直把那些不願面對卻很可能是事實的懷疑竭力隱藏。黃小美的這句話，卻正好把他埋在心深處的禁忌之物全數翻開。

近一、兩年社會上已鮮少出現離奇墜樓案或海上裸屍，但失蹤案件卻暴升，而且大都涉及年輕人，有點不尋常，似乎是清潔糾察利用了某種新的方法來滅聲。黃彥樂不是沒有想過蔡小姐和這些失蹤案件有關，只是內心拒絕向最壞的方向想。他的雙眼不禁瞪大，但他的自我防衛機制同時啓動，反駁黃小美：「不會的，阿文只是她的員工，照道理不會受到牽連。」

「照道理？」黃小美對黃彥樂仍逃避現實的態度感到氣憤，忍不住提高音量，質問對方：「到了這個時候，你認爲現在的美好市還是個講法治、講道理的地方嗎？你還要自欺欺人到什麼時候？」

忽然間，茶餐廳內播放著的流行歌曲戛然而止。黃彥樂猜到即將要發生的事，卻已太遲無力阻止。美好市的國歌隨即播出，他和黃小美馬上停止了對話，原本在茶餐廳坐著用餐的顧客也無奈地肅立起來。

約一分鐘後，流行歌曲恢復播放。來這家茶餐廳光顧的都是同路人，聽到國歌自然感到不是味兒，黃彥樂連忙向他們「耍冧」[5]道歉。

「失算了，哈……」黃彥樂尷尬地對黃小美說：「我太專注跟妳說話，忘了重啓音樂串流程式。」

雖然美好市民仍能大致自由地接觸外國文化，但當中不時被置入了「清潔訊息」，例如在網上看影片或聽音樂滿一小時，就會自動插播國歌一次。爲了規避這項措施，不少網民會定時關掉並重啓服務來重設計時（曾有人撰寫程式來協助定時重啓，但都被清潔糾察打擊而下架了）。黃彥樂平日也有這樣做，只是剛才一時忘了。

黃小美一時間不知道該如何回應，因爲在國歌奏起前，她正怒斥對方逃避現實。

雖然不知道是否因爲被國歌打斷了，黃彥樂好像沒有在意，但她早已投身敵營，還反過來道貌岸然地罵他，自己其實只是五十步笑百步。

恰巧就在這時，她的電話傳來震動，來電者竟然是上司曾明輝。她當然不可能在這裡接聽，反正話題被打斷了，黃彥樂對蔡小姐沒開店的原因也沒有答案，她索性提早道別：「有電話找我，我也差不多回家了，明早我來吃早餐時再談吧。記得留一個菠蘿油給我啊。」

「沒問題！」黃彥樂向黃小美報以微笑。

黃小美步出了茶餐廳，才接聽曾明輝的電話：「曾Sir晚安。」

「小美妳回家了嗎？」曾明輝的聲音有點急。

「我還在路上。」

「那麼妳在哪？」

「呃……我……」黃小美愣了一下。她不敢說自己在光州街，免得被上司知道她的政治取向，只好說：「我在深水埗。」

「太好了，我們在附近有緊急行動，妳過來光州街和禮街的交界跟我會合吧！」

5 耍冧：即台灣的「請罪」。

話畢，曾明輝就掛斷電話，似乎還有很多人要聯絡。

這顯然是發生了什麼突發事件，黃小美對未能回家一事嘆了一口氣，但爲了保住飯碗別無選擇。

一名男子和她擦身而過，走進了黃彥樂的茶餐廳。她回頭一望，看到黃彥樂正笑容可掬地招呼那名客人。

黃小美這時才終於明白爲何剛才對黃彥樂的笑容感到陌生，她眞正感到陌生的不是黃彥樂的笑容，而是笑容——黃彥樂並沒有戴上口罩。

2 黃彥樂篇

「老闆，請問有豬肉片炒翠玉瓜[6]嗎？」

「沒有，我們不賣那種瓜！但有豬肉片炒夏南瓜，其實一樣，你要嗎？」

「這樣嘛……好吧，一份外賣。」

不知道是否剛才播放了國歌的關係，原本在茶餐廳內的顧客都匆匆吃完就相繼離開，這時店內除了這位剛進來的顧客外，就沒有其他人了。黃彥樂於是叫廚師提早收工，這份外賣由他親自來炒。

黃彥樂開這家茶餐廳前是個廚師。現在雖然是茶餐廳的老闆，但遇上廚師病倒或生意太好時，也會進廚房幫忙。不過，他今晚打算親自下廚的主要原因，是希望能忘卻煩惱——每當他看著熊熊烈火和翻騰的熱氣，就會回想起大學圍城的烽煙，頓感自己的煩惱很渺小。

黃小美說的有道理，蔡小姐很可能是被人抓走了，這點他早就想過了，但只有拒絕相信，他才能繼續保有希望；如果蔡小姐真的被清潔糾察抓走了，那她很可能會步

6 翠玉瓜：也叫「夏南瓜」，即台灣的「櫛瓜」。

盧小姐的後塵，從此銷聲匿跡。

盧小姐也是光州街的良心商戶之一。盧小姐、蔡小姐、平野小姐和Peppe，曾在四年前參加由黃彥樂籌備的凌同學模型換領活動，以紀念凌同學犧牲一週年。他們五家商戶的關係在那次活動後變得緊密，成爲這條街的良心商戶「鐵五角」，還計畫之後持續合作，希望能變革美好市。

可是，美好市的政治環境持續惡化，加上當時肆虐全球的病毒把經濟推向「衰過SARS」的谷底，這幾年間，經濟出現了大洗牌，不只小型商戶撐不住，也有不少大集團在毫無預警下清盤。光州街不再是良心商戶的集中地，一些背景雄厚的集團或連鎖店陸續進駐，加上有些人離開了和被抓，這條街的風景已經和四年前截然不同……

「呀！」黃彥樂輕聲驚叫了一聲，因爲他想得太入神，差點把菜炒焦了。他連忙把眼前不能再叫作翠玉瓜的夏南瓜裝進外賣盒。

該名顧客離開後，他把大門關上，一邊清理著店舖，一邊繼續剛才未理清的想法：到底蔡小姐是否眞的被抓走了？她爲何會被抓走？包括盧小姐在內，到底那些被抓走的人之後去了哪？爲什麼沒有屍體？

「汪！」冷不防間，狗吠聲把黃彥樂的思緒硬生生地拉回現實。他回頭一看，發現在店面的磨砂玻璃外站著一頭應該是狗的生物。

看到外邊那隻狗，黃彥樂的心臟用力地跳了一下，或許是因爲他今日過度回憶著光州街過往的人和事，他心想這隻狗必定是「太陽花」。他連忙衝過去把門打開，卻發現自己搞錯了，不禁暗罵自己白痴。眼前這隻狗的體型比太陽花小，深灰色的毛色也和牠有出入。而且，那隻名爲太陽花的黑色唐狗，原本在光州街流浪和討吃，但在四年前凌同學模型換領活動結束之後就再沒有出現，現在是否安好仍是未知之數，又怎可能突然出現？

那隻狗看到黃彥樂後，就退到街的另一邊，站在曾經是Peppe的義大利餐廳、現在是連鎖西餐廳的門前。在十多年前，義大利人Peppe跟黃彥樂的店在差不多時間開張，兩人初到光州街經營，兩家店又剛巧在彼此對面，二人因此認識，還成了好夥伴，這十多年間互相交流扶持。不過，在二〇二一年初，Peppe決定趁人和資金仍能自由出境之時離開，舉家回義大利，成爲鐵五角最早退場的人。

黃彥樂呆站在茶餐廳門外，對這隻狗從何而來及牠的來意感到困惑。但他沒有時間思考太久，強風緊接襲來，這陣在夏季吹來的風竟帶著難以名狀的寒意。它捲起了街道上的垃圾和灰塵，黃彥樂本能地瞇起雙眼避免沙塵入侵；當他重新張開眼之時，那隻狗已經不見了。

在六月捲起的陰風中，一隻深灰色的狗突然出現又消失，一股揮之不去的不安感在黃彥樂的心中油然而生。

黃彥樂自認這一生和狗結下不解之緣，也曾被牠們拯救。他相信那隻深灰色的狗是特意引他出來，暗示「此地不宜久留」。他沒有多加思索，決定提早十五分鐘關門。至於平日關店後要做的清潔工作都顧不得了，明天再算。

如果明天還能回來的話。

3 黃小美篇

黃小美離開茶餐廳後，為免被上司發現她身處光州街，她先經最近的小巷離開，再繞了一點路才前往集合地點。一路上，她留意到街上的軍裝警員甚多，看來稍後眞的有行動，只是她沒料到目標地點竟然就是光州街。

「曾Sir晚安！」黃小美到達現場，向她的上司敬禮。

「晚安。不好意思突然有緊急行動，下了班還要找妳回來。」

「不要緊，我剛巧未回家，但我沒有制服在身……」

「不用了。我們過來參與這次圍封行動，主要只是協助指揮和監察現場情況，實際行動將會是另一隊人負責。」

「圍封行動？」

「對，政府收到消息指附近有『離人』，所以即將進行圍封，受限區域內的所有人都要完成強制病毒檢測。」

相隔數年，美好市再度受新型病毒肆虐，這次的病毒名為「離毒」。儘管政府至今仍沒公布離毒的傳播途徑，但美好市民不打算坐以待斃。他們現在雖然無法光明正大地說出心中的不滿，但過去經歷過兩場經飛沫傳播的疫症，他們都寧可民間自救，條件反射般搶購口罩、戴上口罩，還有囤積廁紙。

感染離毒的人被稱爲「離人」，以年輕人爲主。跟二〇二〇年肆虐全球的病毒不同，據說受環境和氣候影響，離毒只在某些地區或國家爆發，當中包括美好市。離毒主要攻擊患者的腦部，感染者的主要癥狀包括出現幻覺、容易情緒化、有自殘傾向、短期記憶力變差、易有脫離現實和反社會的想法等。不過，離毒一般不會致命，而且已有明確的治療方法，治癒率達百分之百。因此，美好市政府的抗疫辦法很簡單，就是「檢測、隔離、治療」三部曲，迅速把離人抓起來隔離和安排治療，以免病毒擴散。官方宣稱，治療的方法不痛不癢，而且康復後不會再度受感染，可是實際的治療方法卻一直祕而不宣。

黃小美追問上司：「你說政府收到消息指附近有離人，也就是說這次圍封行動有明確的目標？」

「對，執行圍封行動是希望能確保目標無法逃走，當然如果病毒已擴散的話，也能把其他離人一網打盡。」話畢，曾明輝帶黃小美到警方設置於禮街的臨時指揮站，把目標人物的照片給她看。

「是他？」黃小美心直口快，驚訝地反問，因爲相片中人就是茶餐廳老闆黃彥樂。

曾明輝直瞪著黃小美，一臉凝重地質問：「妳認識他嗎？」

「呃……不……」黃小美清楚了解若被上司知道她認識黃彥樂絕無好處，不只會令上司從此不再信任她，她更會失去幫助黃彥樂逃脫的機會。她靈機一動，神情堅定地回應：「我的意思是，我們今次要抓起來的離人，就是他？」

曾明輝直視黃小美良久，見她沒有閃縮，才收起懷疑的眼神說：「對，消息指這個人定時重啓音樂串流服務，刻意迴避國歌的播放，反映他有反社會思想。」曾明輝嘆了一口氣後補充：「我眞不明白，我每次聽到國歌，都會感到非常高興、非常興奮，這個人偏要避開不聽，很明顯感染了離毒。」

黃小美很想翻白眼，但她當然不會笨得這樣做。

她在想，雖然警方現在已有很多辦法可以鎖定一個人的位置，但這些方法對黃彥樂未必奏效。

首先，光州街與美好市的其他地方不同，並沒有安裝「天眼」。在二〇二〇年，大眾忙於抗疫期間，政府悄悄地在美好市各地安裝更多的天眼，防範未來可能再出現的反社會運動。但當時的光州街幾乎全是良心商戶，每當有人發現天眼，他們就會想辦法在天眼無法拍攝到的情況下把它拆除或破壞。在屢裝屢拆之下，政府擱置了在這條街安裝天眼的工程。商戶之間也協議好，不會在門外安裝閉路電視，以免錄影片段被截取或強搶。即使近年已有新商戶搬入，新商戶在壓力下仍普遍遵守這項協議。

此外，黃小美記得黃彥樂說過，他換領新的「高智能身分證」後，馬上就把它放進了自製的鋁箔紙卡套內，所以警方也無法藉著高智能身分證內的定位晶片找出他的所在地。

那麼，剩下的就是手機了，因爲現在美好市的電話卡都採用實名制，除非黃彥樂把手機關掉，否則警方只要聯絡電訊供應商就能找到他。

黃小美覺得這是警方最有可能找到黃彥樂的方法，因爲他在正常情況下不會知道自己已成爲警方的目標；就算他知道了，也未必記得關機。

不過，黃小美覺得仍未絕望。這一切或許都是天意，她加入了警隊，此刻又在場協助上司指揮和監察圍封行動，才成就了這次她有可能拯救到同路人的契機。

現在要救出黃彥樂，有三個問題須要解決：第一是如何讓黃彥樂得知自己是警方的目標，第二是怎樣讓他在光州街被圍封的情況下逃脫，第三是他離開光州街後應逃到何處。要救出這名同路人，這三個答案看來是缺一不可。

4 黃彥樂篇

黃彥樂雖然在那隻深灰色狗的引導下離開了茶餐廳，但當刻他還未弄清楚到底為什麼要離開。他站在店門前東張西望，才發現西面稍遠處的禮街已拉開了封鎖線，警員還拿起了盾牌列陣。

這個畫面，他在五年前已經從現場和透過電視看過不少次，印象深刻，清楚知道這是代表警方有意向前推進的意思。至於拉起封鎖線的原因也很簡單，政府早前已宣布會「突襲」市民，要求被圍封區域內的所有人進行離毒檢測，以撲滅病毒。

黃彥樂不肯定自己是否感染了離毒，他不覺得腦袋有任何變化，但他非常害怕要進行檢測。

這種恐懼不無道理。如果只是染上普通傳染病，當然是早日發現和治療較好，也能避免病毒在社區擴散。問題是坊間流傳著一個可怕的傳聞：沒有一個接受過離毒治療的人能活著返回社區。

由於現在的主流媒體都被收編了，這種帶有反政府色彩的謠言當然沒有獲報導。有地下的獨立新聞傳媒嘗試就此傳聞深入探討，最終也找不到任何一個願意受訪的康復者。

這下子令該傳聞不脛而走，事情越鬧越大，政府終於出來闢謠，強調離毒治療絕

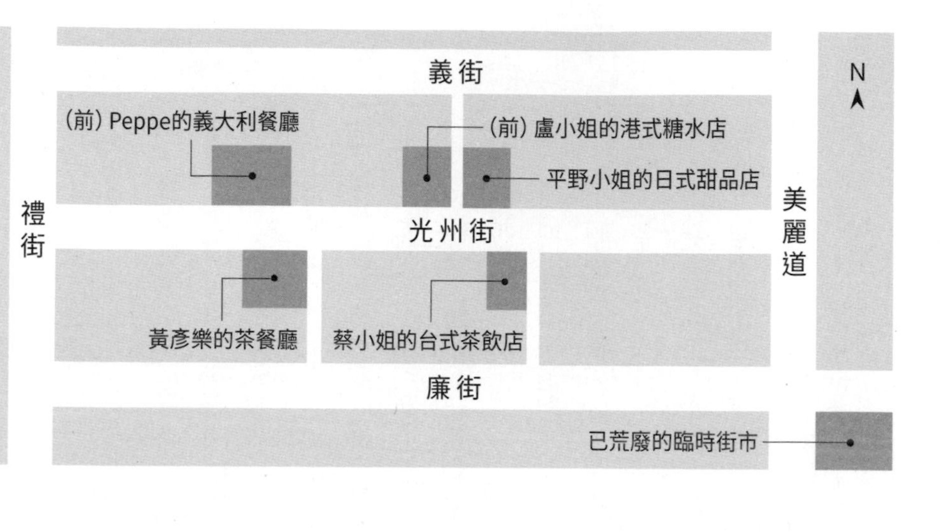

對安全，沒有人在治療過程中出現傷亡，所有康復者已重回社區過正常生活，只是他們沒有興趣受訪罷了。但病毒爆發至今已三個月，仍沒有康復者願意走到鏡頭前，傳聞的可信性看來越來越高。

黃彥樂本來就抗拒離毒檢測，他更想起剛才那隻狗把他引出茶餐廳，他才因而發現圍封行動已開始了。他因此得出推論：他是離人，那隻狗是要提醒他快逃！

黃彥樂再次望向封鎖線，發現距離這裡不算太近，他無法看清列陣警員的樣子，那倒過來說，他們也應該未能看到自己。爲免驚動警方，他於是戴上口罩，轉身慢慢向後退，同時思考著逃走路線。

光州街是一條狹長的街道，東面和西面分別通往美麗道和禮街；街道的北面和南面有少量窄巷，可分別通往義街和廉街。（見上圖）

現在警方已在禮街拉開了封鎖線，除非不是整條光州街都被圍封，否則照道理東面的美麗道同樣會有重兵。那麼最有可能逃出的路線就是靠南面或北面的窄巷了。

黃彥樂在思考著逃走路線的同時，也希望能夠在離開前，解開蔡小姐失蹤之謎，因爲他這樣逃避檢測，事後很可能會被通緝，無法再回來光州街。他離開後，這條街就只剩下平野小姐，她不可能冒險去找出眞相，只得繼續隱藏身分，那麼蔡小姐失蹤的原因和去向就會永遠成謎。

「所以這次是『限時推理』嗎？」黃彥樂心裡將自己的遭遇比喻成推理小說類型，藉此掩飾內心的不安，並提振勇氣來面對接下來的挑戰。

逃走正式開始。黃彥樂根據之前的想法，打算溜進茶餐廳旁的窄巷，看看能否成功走到廉街。不過，他才剛轉身站在巷口的正中央，還未走進去，就感覺到有什麼東西拉扯著他的腳。他低頭一看，竟是一隻全身黑色的狗正咬著他的褲腳。

這隻狗的體型和剛才那隻深灰色的狗差不多，是成年狗隻的大小，但比太陽花稍小，估計應該只有三至四歲。黃彥樂本來想更仔細打量這隻狗，但牠再度拉扯他，而且更爲用力。黃彥樂確信今晚遇到的狗都是爲了幫他，於是馬上順應狗意，退到一旁，剩下那隻狗留在巷口的位置。

他還未站穩，強力電筒的白光束就從窄巷內射出，直接打在那隻黑狗的臉上。他連忙把身子靠向牆壁，避免被發現。

「嗚。」黑狗可憐地叫了一聲。

一把男聲緊接傳來：「原來只是一隻狗，還以為有離人要逃避檢測。」另一把聽起來距離較遠的聲音道：「那就回來吧，窄巷容易受襲。」

強光消失，黑狗也退到牆邊。黃彥樂待腳步聲遠去，才蹲下輕撫黑狗的頭：「多謝你救了我。」

黑狗用頭磨蹭了黃彥樂的手兩下後，又碰了碰他的褲袋。黃彥樂幾乎立刻就猜到黑狗的意思，從褲袋掏出了手機，不只把手機關掉，還把電池拆了出來，以策萬全。

面對救命恩狗，黃彥樂本想和牠多相處一會，以答謝牠的連環幫忙，但黑狗這時輕吠了一聲，他抬頭一看，發現封鎖線已向著他的方向推進。

黃彥樂看來得繼續逃生了，而在他回過頭來時，本來在他身旁的黑狗早已溜走。

西南面無路，黃彥樂只好走向光州街的北面。通往義街那邊的窄巷只有一條，兩側分別是盧小姐的港式糖水店和平野小姐的日式甜品店。

盧小姐的店原屬於她的父母，她被抓走後，她的父母似乎沒有心情處理，店就一直關閉並丟空著。黃彥樂經過時，感觸良多。

鐵五角之中，盧小姐看起來最膽小，但在清潔糾察組成後，她卻最貫徹始終、最不肯退讓。她堅持每個月的八日、十五日、二十一日、二十二日和最後一日，進行相關的悼念或活動，或大或小，但從不停歇。因為她害怕自己和全世界有一天會把那些人和事遺忘。她不希望任何一個因爲捍衛民主自由而犧牲的人，會被大眾遺忘而遭受「第二次死亡」。

正所謂「棒打出頭鳥」，盧小姐站得這麼前，自然成爲了政權的眼中釘。在政治人物、議員、網紅等被逐一清算後，就輪到了她。兩年前，一名政府官員光顧她的店，進食後中毒身亡，警方以蓄意謀殺和危害國家官員安全把她抓走。盧小姐的店從沒發生過食物中毒，而且她只出售糖水和甜品，會引致嚴重食物中毒的機會很低，無論是認識她的人還是普羅大眾，都普遍認爲她是被陷害。然而她的審訊閉門進行，過程和結果都沒有公開，她亦從此再沒回來。至於那名中毒身亡的官員，據說他已沒有利用價值，兔死狗烹，把他當作棄子來陷害盧小姐可謂是「物盡其用」。

在窄巷另一邊的是平野小姐的日式甜品店，因爲已過營業時間，同樣重門深鎖，平野小姐亦不在店內。黃彥樂離開在即，雖然因爲無法和平野小姐道別感到有點可惜，但同時慶幸她今晚無須進行檢測。

與Peppe相反，身爲日本人的平野小姐卻表示不打算回日本。她說，日本天災頻仍，經常受地震和颱風侵擾，但日本人絕少打算離開。她認爲每一個地方都有它的優點和缺點，她當日是喜歡這個地方，才會移居過來。有人來搶奪和破壞我們的家園，就算沒有能力戰勝，也不能拱手相讓。她不打算逃避，決心要留守這裡，蟄伏在民間，等待撥亂反正的一日出現，把這裡重新變回她最喜歡的地方。

在Peppe結業和離開這個城市前，他把店內的一台機器轉贈給平野小姐。黃彥樂在事後才知道這事，當時好奇的他找了一晚去一探究竟。

該東西放在平野小姐店內廚房的桌上，外形看來像一台較大且附有掃描功能的打印機，乍看之下難以猜到是什麼。黃彥樂問：「Peppe轉贈給妳的就是這台機器？」

「對。」平野小姐回應，並把機器蓋子打開，露出內在結構。機器的內部包括中央的旋轉軸和外圍的旋轉區域，旋轉區域設有四個洞，看來有點像分隔成四小格的洗衣機。

「這機器的名字是？」

「唔……我一時間想不起中文，日文是えんしんき。」

「せㄣ……せㄣㄒㄧㄣㄎㄧ？中文是『安心機』嗎？」黃彥樂似懂非懂地嘗試翻譯，卻翻出一個好像二〇二一年美好市政府推出的手機應用程式名字，自己也忍俊不禁傻笑起來。

「中文是……離心機。」平野小姐在手機中找到答案，並補充她為何會接收這台機器：「Peppe說，在二〇二〇年初開始，不論任何用途的離心機，價格都不斷上升。他又說如果沒人要他就會丟掉，我不想浪費就接收了。」

「哦，原來這就是離心機。」黃彥樂其實只聽過離心力這個詞語，根本不知道離心機為何物。而且，他對平野小姐這番話感到奇怪。

一般機器的價格會上升，通常離不開幾個原因。首先，可能是因為製造商開發了新型號，或採用了新技術，但Peppe指任何用途的離心機價格都上升，代表不是新型號獨有的問題。另一個可能性，是機器需要使用特殊的原料製造，例如稀有元素，而有關原料價格剛巧上升，但這台離心機看來和洗衣機相似，照道理不像會用到特殊原料。那麼最後一個可能的解釋，就是純粹供不應求，像電腦的顯示卡和硬碟，就一度因為用來挖掘虛擬貨幣，需求急升而導致缺貨和炒賣，然而黃彥樂沒聽過離心機需求急增的新聞。

不過，黃彥樂覺得這不是他現在想深究的重點，還是把心思拉回正題：「妳可以介紹一下這機器嗎？」

「可以啊。這是供廚房使用的小型低速離心機，可放進四個二百五十毫升小瓶，旋轉的最高速度可達一分鐘四千轉，能夠產生超過一千G-force。」

「產生一千『之鋒』[7]？」黃彥樂心想這機器肯定會吸引清潔糾察的注意。

「是G-force，用來形容離心力大小的單位，一倍G-force相等於一倍地球重力，

7 之鋒：即黃之鋒（1996-），香港知名社運人士。

一千G-force就是地球重力的一千倍。G-force嚴格來說並不是形容力，而是加速度；而根據等效原理，加速度和重力的效應又相同……」

平野小姐的話其實還未完結，但黃彥樂已工作了一整天，他的腦袋不大靈光，對離心機的科學原理越聽越糊塗，完全沒有聽進去，他只關心這機器能做什麼。爲免再鬧笑話，他待平野小姐停下來後，才追問：「那麼這東西有什麼實際用途？」

「這台廚房用的離心機主要是用來把食材中的不同成分分離出來，常用於製作分子料理。例如把番茄用攪拌機打成番茄醬，再把番茄醬放進離心機內，就能把番茄醬分離成油、水、番茄皮和番茄肉四層。之後提取油層，就能得到近乎透明卻充滿著番茄味道的濃液。」

「但這過程不就是沉澱嗎？」

「差不多，沉澱現象其實會自然發生，但番茄醬中部分成分的密度相差不是那麼大，而且涉及的物質較多，靠自然沉澱的話可能要好幾天，食材可能都變壞了，放進離心機的話只要幾分鐘就能完成。」平野小姐補充：「離心機的應用其實很廣泛，例如在醫院內使用的離心機，可以把血液中血漿和血細胞分離。科學研究中也很常用到，例如可以藉著施加重力，以較小的模型用來模擬大型建築原型，並加速某些現象的發生。」

「離心機用來分離物質我可以理解，但爲什麼加大重力就能夠模擬大型建築原型和加速某些現象的發生？是因爲重力時間膨脹嗎？」黃彥樂當然不懂物理理論，但那部科幻電影《星際效應》實在太有名，即使他不是科幻迷，也聽過相關的理論。

「不是啊。重力時間膨脹只會令時間變慢，離心機模擬卻是令某些物理現象發生得更快，但詳細原因我也不懂，好像是在高重力下，物理模型和原型中的物理量會按照比例原則（Scaling Law）產生倍率變化。不過，用作物理模擬的離心機不是這種大小，有些比我這家店還要大呢。對了，這些知識其實都是博學的蔡小姐教我的。她博覽群書，我才不懂這麼複雜的理論啦。」

「哦……」黃彥樂對離心機的用途感到驚歎，不過務實的他還是對實際用途最在意，他再問平野小姐：「話說回來，妳打算怎樣使用這部離心機？」

「唔……其實我還未有頭緒，畢竟我做的只是甜品，不是分子料理。」平野小姐想了想道：「或許可以把已攪拌的抹茶紅豆沙分離，變回抹茶粉和紅豆沙？」

話畢，黃彥樂和平野小姐一起大笑起來。

抹茶紅豆沙是盧小姐嘗試結合港式糖水和日式甜品的創作，可惜算不上成功，因爲當顧客把抹茶粉和紅豆沙混合，就會變成一坨深褐色的詭異之物，盧小姐和平野小姐更曾因這東西吵起來。後來她們和好了，這個創作就成爲大家茶餘飯後的笑話。當然，黃彥樂和平野小姐那時候還懂得笑，是因爲盧小姐那刻仍然健在……

黃彥樂回憶起跟盧小姐和平野小姐相處的點滴，慨嘆光州街和這個城市一樣，早已面目全非。黃彥樂對生命無常也有所體會，曾經近乎每日見面的盧小姐和蔡小姐，現在已不知所終。但為了避免自己成為下一個「被消失」的人，黃彥樂也只好暫時放下傷春悲秋之情，繼續逃命。

早前他在茶餐廳旁通往廉街的窄巷差點被發現，這次他有所警惕，只靠在盧小姐過往的店，偷偷把頭伸進窄巷望向義街的方向。窄巷內光線微弱，中間的環境他看得不大清楚，但他可以看到窄巷盡頭外的義街站著兩名警員。

他回想起在前一條窄巷處也傳出過兩名警員的聲音，於是推想警方的布局或許是把人手集中在禮街和美麗道的封鎖線，至於三條通往廉街和義街的窄巷則只有零星警員看守，看來這些窄巷應該是整個圍封區域內防守最弱的一環。

不過，即使只有兩名警員，對於手無寸鐵的黃彥樂來說，直面衝突的勝算仍然是零。他貿然走出去的話，不消一會就會被捕。他曾想過從上方對警員施襲，但他再仔細思考，就會發現事情沒想像中簡單。

雖然光州街兩旁的大廈都是唐樓，沒有什麼保安措施可言，他可以輕易潛入各大廈再走到高處，但兩名警員正在窄巷外義街那邊的位置把守，能夠攻擊到那個位置的大廈都只能從義街那邊進入。

警員的位置當然會隨時變動，就如剛才在西南方的窄巷，其中一名警員就曾移動到較接近光州街的位置。可是單憑黃彥樂一人，他根本不可能在地面把警員吸引過來，然後再跑回上方施襲。如果他直接從上方拋擲東西來誘使警員離開崗位，成功機會只會更低，警員更可能因爲發現高空擲物而呼召增援。而且，無論是以上的任何一個方法，他都必須同時擊倒兩名警員，否則另一人就會求助。

黃彥樂思前想後，認爲單憑他一人之力，無法突破封鎖線。不過，他覺得仍有時間，不用急於採取高風險的行動。他之前一直向東面移動，本來擔心背後會有追兵，但街道上仍出乎意料地平靜。在禮街那邊的封鎖線儘管已開始推進，但暫時才剛到達他的茶餐廳，壓力仍比想像中小。

他遂決定，先多觀察一會這兩名警員會否離開崗位，沒有的話再退到東南方通往廉街的另一條窄巷，蔡小姐的台式茶飲店剛巧也在那個位置，他可以順道看看能否找到和她失蹤有關的線索。

5 黃小美篇

警方在晚上十時已完成在光州街四周的布防，並在十時十五分正式推進位於禮街的防線，因爲他們看準了目標人物黃彥樂的店會在十時三十分關門。

他們的策略是主隊在向前推進的同時，把兩旁的店和大廈拉上封鎖線，並另派人上樓逐家逐戶通知進行強制檢測。這樣，主隊在推進時就無須兼顧兩邊的狀況，能夠提升速度，殺市民一個措手不及。

不過，當他們推進到黃彥樂的茶餐廳門外時，卻出現了變卦。

曾明輝和黃小美留守在禮街的臨時指揮站，對講機這時傳來主隊隊長的通話：「曾Sir，目標茶餐廳已關門。」

「嘖！竟然提早關門？」曾明輝碎碎唸後，追問現場情況：「有沒有聽到店內傳出聲音？」

「沒有，要破門嗎？」

曾明輝想都沒想，就下命令：「破門吧，反正不用我們賠償。」

對講機傳出一片嘈雜的聲響。良久，那名隊長的聲音才再次傳來：「店內已關燈，我們現在進入搜索，不過看來沒有人在。」

曾明輝一臉不快地轉向身旁的技術支援人員，問：「目標人物還在光州街嗎？」

「電訊公司在數分鐘前確認目標仍在光州街，但從剛剛開始就失去了聯繫，估計是目標人物關了手機。」

「那就是說，封鎖線展開時他仍在光州街，就算他現在關掉手機也逃不掉。」曾明輝放下心頭大石。

他繼而與負責美麗道封鎖線的隊長聯絡：「你們那邊的情況怎樣？」

「封鎖線已準時展開，暫時沒有發現目標人物。要推進嗎？」

「暫時不用。目標應該還在封鎖線內，不用急，集中由主隊推進就好。」

黃小美在一旁聽著，心中暗暗叫好。她不知道黃彥樂爲何會懂得提早關門和關掉手機，但他沒有馬上被捕，第一個問題算是解決了。不過，黃彥樂要安全脫險，還有兩個問題要解決，即是他要如何突破封鎖線和離開光州街後應逃到何處。

黃小美身處指揮站，知道整晚的部署。由於今晚的圍封檢測事出突然，即使曾明輝出手不斷打電話找人幫忙，人手還是有點勉強。整場圍封行動的弱點在於三條窄巷，每處只有兩名警員把守。

儘管如此，黃小美清楚知道，單憑黃彥樂之力仍是不可能衝出重圍，他被捕只是時間的問題；只有加上她的一臂之力，才可能有轉機。她當然知道這樣做的風險很高，如果被查出她和黃彥樂接觸過，她可能同樣被判定爲離人而被抓走。但她想起自己能夠安坐在這次圍封行動的臨時指揮站內，正是因爲有同路人曾經救過她，因此她一定要救出黃彥樂這名同路人。

「曾Sir，」她鼓起勇氣，向上司建議：「雖然目標人物仍在封鎖線內，但今晚的封鎖線有弱點，繼續下去可能會有麻煩。我知道現場已沒有多餘人手，不如由我潛入封鎖線，直接搜索和逮捕目標人物。」

「妳？」曾明輝直視著黃小美反問，像是在打量她是否可靠。

「我知道你的擔心，但我訓練有素，而且入職時已宣誓過效忠政府，你可以放心。光州街內沒有天眼，就算抓不到人，我進去觀察一下裡面的情況，對行動也有幫助。」

「妳說的也有道理。」現在警方無法追蹤到目標人物，曾明輝的確有點不安，算是被黃小美說服了：「我跟美麗道封鎖線的隊長說一聲，妳繞外圍過去，由美麗道那邊進入，嘗試從後夾擊吧。這個對講機妳拿去，有任何情況馬上向我報告。」

「Yes Sir!」

黃小美離開臨時指揮站，並藉用警隊電單車經廉街繞去美麗道。一路上，她對上司的天真感到可笑，心想如果宣誓有用，這個世界就不會有人搞婚外情了。

她怕黃彥樂撐不住，又怕他躲起來很難找，於是用力踏油門趕過去。在三分鐘內，她已穿過了美麗道的封鎖線，回到光州街。

她本以爲要花上很大的氣力才會找到對方，卻得來全不費工夫。她走了不久，就看到黃彥樂正倚靠在原是盧小姐的店前，窺視著通往義街後巷內的情況。

黃彥樂是找到了，但到底要如何做才能救到他？如果她想辦法引開看守窄巷的警員，是有可能讓黃彥樂突破防線，但這樣做她就會反過來被抓，只是犧牲自己來一換一，並不划算。而且她一個人要引開兩名警員，也不是百分之百會成功，失敗的話就賠了夫人又折兵。

到底有沒有更好的方法，可以讓黃彥樂逃離光州街之餘，自己又可全身而退？雖然這個位置和美麗道的封鎖線仍有點距離，但為免一直盯著黃彥樂的背影而引來其他人的注意或被黃彥樂發現，黃小美決定在未有計畫前，先退到街的另一邊。

她在不知不覺間，再次來到了蔡小姐的店前。因著這個巧合，她想起方才看到一名老婆婆想拉開這家店的鐵閘，但未能成功，心裡感到莫名其妙。被這段記憶挑起了好奇心的黃小美，在不知從哪裡來的衝動驅使下，嘗試模仿老婆婆的動作，竟成功拉起了鐵閘。

黃小美吃了一驚，因為她發現老婆婆拉不起鐵閘原來只是不夠力氣。然而她無法理解的事不減反增——為何蔡小姐沒有鎖上鐵閘？老婆婆又為何要去拉鐵閘？她想進店偷東西嗎？

她本來正煩惱著要如何拯救黃彥樂，現在卻出現更多的問題。但令她混亂的事情還未結束，一隻不知從何而來的淺灰色的狗，這時竟透過鐵閘下數十公分的空隙，溜進了蔡小姐的店。

「天啊！」黃小美覺得她的腦袋快要爆炸了，但竟在這電光石火之間，一個可以藉助她的身分去幫助黃彥樂突破封鎖線、自己又能全身而退之法閃過她的腦袋。

6 黃彥樂篇

觀察了一段時間，兩名於義街駐守的警員動也不動，黃彥樂決定放棄，改爲前往光州街東南方的最後一條窄巷。

除了逃命，他本來還打算看看有沒有跟蔡小姐失蹤有關的線索，沒料到，到達時竟發現店外的鐵閘升起了約半米，沒有開燈的店內還透出陣陣白光。

是蔡小姐平安回來了嗎？——這是他心中的第一個想法。然而他看了看，店內傳出的白光好像似曾相識……是來自警方強力手電筒的白光！

他猶豫起來，不知道應否繼續走近窄巷。若然走近窄巷，被店內警員發現的話，就會立刻被捕；如果避開這條窄巷，就只能前進或後退。路的前方是美麗道，他已依稀看到警方的防線；後方則是正在推進的封鎖線，這時已越過了半條光州街。「前無去路，後有追兵。」這句話正好扼要說明黃彥樂的困境。

在別無選擇之下，他只好鼓起勇氣，冒險走近窄巷。就在他差不多走到巷口之際，另一人竟在這時步出，還跟他四目相投。

他認出那人，正想呼叫對方的名字，但對方比他快一步，左手把手指放在唇前示意他不要發出聲音，右手則拉著他的手臂跑進窄巷。

他被對方牽著走時，一度想叫停對方，告訴她繼續走的話很可能會跟在廉街駐守的警員撞個正著。但剛才對方示意過請他別說話，他又怕亂開口會打亂對方的計畫。

他思前想後，一時間無法做出決定。不一會，他已被牽拉到燈火通明的廉街，卻沒有看到任何警員。在不明所以的情況下，黃彥樂已突破了封鎖線，離開了光州街。

黃彥樂對成功逃脫沒有任何實在感，呆在原地，直視著黃小美的臉。

「我沒時間跟你解釋了。」黃小美沒好氣地快速把話說完，同時把一張字條塞進對方的手中：「這個你拿著，快走。」

「那……」

黃小美不讓他說下去：「快走！我稍後就會跟上來。」話畢，她拔足跑回那陰暗的窄巷內，留下仍未回過神來的黃彥樂孤身一人。

她很快回到蔡小姐的店旁，裝作什麼都沒發生過。她剛才對黃彥樂說的話是假的，她根本不會跟上去，但她知道若不這樣說，黃彥樂不會放心離開，因爲在五年前的一次抗爭行動撤退過程中，一名同路人也跟她說過相同的話，她才願意先走，可惜那個人後來並沒有跟上來，而且行動中大家都蒙著臉，事後也無法確認彼此的安危。

她站在這個位置沒有太久，那隻淺灰色的狗就先被趕了出來，兩名警員不一會也從鐵閘下的縫隙鑽出來。其中一人道：「原來只是狗。」

「噢，我還以爲是什麼可疑人物，眞不好意思讓兩位師兄白行一趟。」

另一人把鐵閘關上後，凝視著黃小美道：「話說妳在這裡把風時，我好像聽到妳跟誰說話的聲音。」

「對呀，」黃小美連忙自辯：「我剛才向總指揮曾Sir報告這邊有可疑黑影。現在確認只是狗，那我就繼續搜索目標人物，辛苦兩位了。」

那名警員仍半信半疑地盯著黃小美離開時的背影。黃小美拿出對講機，聯絡上司道：「曾Sir，我在光州街搜索了一會，但暫時沒有發現。」

「明白。封鎖線現在已推進了接近三分之二，妳先回來吧。」

「Yes Sir!」

黃小美不肯定自己有沒有露出破綻，但她自問已盡了力，只希望黃彥樂能順利到達目的地。

黃彥樂望著黃小美離開時的背影，清楚知道她根本不會跟上來，因爲這種讓對方放心逃走的對白，他也曾在一次抗爭行動撤退時跟另一名同路人說過。那時他抱著必死的決心殿後，只希望讓更多同路人順利撤退，還好他最後也僥倖從另一個方向找到缺口逃脫。

他懷著感激之情，打開黃小美給他的字條，上面只簡單地寫著「緬甸臺」三個字。他不能使用手機，花了點時間才想到這是位於尖沙咀的街道。他記起黃小美曾說過，在那附近的重慶大廈曾發生一名非洲廚師被追殺和逃走的事件[8]，想起來就和自己現在的情況有點相似，黃小美在那邊可能有認識的人能接應他。

不過，黃彥樂因爲茶餐廳工作困身，平日很少離開光州街，他雖然知道緬甸臺在美麗道的東南偏南方向，卻不知道實際該怎樣走。就在他有點迷惘之時，一隻全身白色的狗出現，磨蹭了一下他的小腿。牠比早前碰到的黑色和深灰色的狗稍大，體型接近太陽花，黃彥樂也彷彿從牠的身上嗅到太陽花的氣味。

因著之前的經歷，他已猜到白狗的來意：「你來帶我去緬甸臺嗎？」

「汪。」白狗發出一聲似乎是代表肯定的回覆，然後就開始帶路。

黃彥樂跟在白狗背後，想到在亂世之中仍能得到不同的人和狗幫助，心裡萬分感激。不過，他至今仍是無法理解所遇到的幾隻狗到底是怎麼一回事，也無法解開蔡小姐失蹤之謎——他的限時推理失敗了。

儘管直覺告訴他，他已經很接近眞相，但如果有權有勢的政權有意對市民隱瞞眞相，把關鍵的線索消滅，那麼就算小市民的推理能力再強，都不可能知道眞相。

盧小姐是這樣，蔡小姐又是這樣……

黃彥樂對自己的無能爲力感到慚愧，但此刻還是先保命要緊。

他確信，只要能活下去，未來必定還有他能夠做到的事。

7 蔡小姐篇

一星期前，蔡小姐早上起床，梳洗過後，打算如常前往台式茶飲店工作。但她剛步出家門、轉身把門上鎖後，就遭到電擊，失去了知覺。到她清醒過來時，發現自己被綑綁在一張椅子上，動彈不得。

在她的面前出現了身穿普通便服的男人，她高聲問：「你是誰？想對我怎樣？」

「我們是清潔糾察。我們收到消息，妳是離人，於是把妳抓回來，安排治療。」那個人當然不是說「清潔糾察」，但蔡小姐已下意識地把那個官方名字轉換成日常用語。

「我沒有病，才不是什麼離人。」

「妳是。妳有不切實際和反社會的思想，妳的店是什麼良心商戶。四年前，妳還聯同光州街的其他商戶，舉辦換領身穿黃色斗篷的模型，這不是愛空想、煽動其他人反社會的舉動嗎？」

蔡小姐明白對方背後眞正所指，反駁道：「那條法例是在活動結束半個月後才實

8 作者按：詳見〈重慶大廈的非洲雄獅〉，收錄於《偵探冰室》。

施的。而且你們不是說過，該法例沒有追溯效力，而且只針對一小撮人嗎？」

男人很懂得打官腔，笑裡藏刀地回答：「蔡小姐，請妳不要把兩件事混淆，我沒有說過妳違反法例，我只是說妳是離人。」

「那是四年前的事，當時還沒有離毒。」

「說不定當時已有，只是我們尚未檢測得到，而妳這四年來一直是離人。」

「不，就算當時有病毒，你們也沒有物證證明我現在還有。」

「但我們有人證，證明妳現在仍有留意地下傳媒的報導，仍經常有不切實際的幻想，說要什麼變革。」話畢，另外兩名身穿制服的清潔糾察押解著一名男子從旁邊的房間步出。

「阿文！」蔡小姐看到朝夕相對的員工出現，激動得扭動著椅子咆哮：「你就是證人？你篤灰[9]？」

「蔡小姐，對不起，我也是爲了自保。」阿文口裡道歉，臉上卻沒有絲毫歉意。

蔡小姐仍不敢相信，高聲質問他：「你爲什麼要背叛我？」

阿文沉默不語，直到清潔糾察向他點了點頭，他才說：「四年多前，我在妳的店上班的第一日，對餐牌[10]還未熟悉，有一個客人說要『一杯凍咖啡凍奶茶』，我反問顧客是不是要一杯凍咖啡、一杯凍奶茶的意思，妳馬上衝過來痛罵我白痴，說爲什麼這麼簡單都要問——客人說的第一個『凍』字代表要冷飲，之後的『咖啡凍』是咖啡果凍的意思，他也有說一杯，所以說得很清楚準確，就是要內有咖啡果凍的冰奶茶。妳當時還說，以前仍在跨國企業工作時，茶水姨姨問妳『熱凍頂烏龍奶茶』是要熱的還是冷的，就被解僱了，妳更說自己只痛罵我已經很仁慈。所以，我就一直恨妳。」

「就因爲這點小事？那已經是很久之前的事啊！我當時剛開店不久，仍有點脾氣，但之後我一直對你很好啊。」

「妳哪裡有對我好？茶飲店這麼多年來賺了很多錢，我的薪金卻沒有增加，害我要一直住在窄小的劏房。」

「你亂說！你的底薪沒加，但我每年給你的分紅跟我自己一樣多，而且我看到你經常買各式各樣的名貴禮物送人……」

男人沒興趣聽他們爲這些瑣事糾纏下去，隨即打斷二人，並吩咐：「好了，可以帶他回去。」

待阿文被押解回旁邊的房間，男人拉回原先的話題說：「蔡小姐，他可以證明妳是離人。」

---

9 篤灰：即台灣的「背叛」、「告密」。

10 餐牌：即台灣的「菜單」。

「我不服！」蔡小姐說得火起，已不顧眼前人的身分，不忿地反駁：「阿文顯然在胡扯，把多年前的小事都拿出來說。而且，如果這個世界眞的有離毒，我又是離人，你爲什麼不戴口罩？」

「因爲離毒的傳播途徑不是飛沫，而是思想，是一種思想病毒。」

「哦，我終於明白了。」機智的蔡小姐在巨大的壓力下，忽然想通了她一直覺得可疑的事：「我果然沒猜錯，說到底，離毒是假的，離人卻是眞的，但所謂的離人其實是『對國家有離心的人』。你們假藉離毒之名，把你們覺得對國家不忠的人抓起來，逐一消滅！這就是這場『疫情』的眞相！」

男人對蔡小姐前半段的猜測不置可否，只集中回應後半部：「這就錯了，我們早就在各種公開場合說過，離毒感染者經治療後，都會回到社區繼續生活。」

「治療？是再教育營吧？」

「我們早就研究出更省時省力的方法了。妳看到我身後的那台機器嗎？」

蔡小姐這時把視線投放到遠處，透過男人背後的玻璃窗，看到一個巨大的房間，內裡放置著一台足有半個籃球場大小的巨型機器。那機器的正中是一根垂直而粗大的軸心，連接著這個軸心的是四支橫向的長臂，在長臂的末端掛著一個大金屬箱子，大得足以讓整個人坐進去。

蔡小姐在書上看過這東西。雖然這機器的大小和形態因其用途而有差異，但她還是相當肯定地大叫出答案：「是離心機！」

「咦？」男人顯得有點既驚訝又滿意：「妳是第一個認識這東西的人，滿聰明的。之前我聽過最接近的答案，都只是星際蜘蛛或狂野龍捲風之類的機動遊戲名稱。」

「廢話少說，這東西怎麼可能有治療效果？」

「這本來不是我應該告訴妳的，但念及妳是第一個答中的人，我就透露一點點當作獎勵。我們就是用它，把妳對國家的離心移除。」

「不可能！離心機只有物理分離作用，我從沒聽過離心機有這種跟思想有關的功能。」

「妳當然沒聽過，這是我們花了大量人力、物力的研究成果，我們幾乎一度把世界上各式各樣的離心機都買回來研究和測試，還犧牲了不少人，才開發出這種用途。」

「你把這些都告訴我，不怕我回去後會向地下或海外傳媒說嗎？」

「放心，妳回去後，將會什麼人都不想見。這個治療，對年輕女性尤其有效。」

蔡小姐本來還有話想說，但男人覺得已經夠了，她在開口前就被電昏，再次失去了知覺。

在場的其他清潔糾察把蔡小姐抬走，並安排把她穿上特製保護衣和送進離心機內接受治療。另一隊人則把阿文帶出來，他對男人說：「長官，我指證了她，這樣我犯下的殺人罪就能一筆勾銷了吧？」

「你做得很好，這方面……」男人的話還未說到重點，阿文已同樣被電昏了。

男人吩咐道：「這個人知道得太多了，還在劏房內間接殺了人，已經沒有利用價值，照原定計畫把他送走吧。」

蔡小姐睜開眼睛，眼前出現五光十色的強光，她一度以爲自己已身處天堂。但當她的眼睛慢慢適應下來後，發現那些只是街上不同商店的招牌和燈光，她不知爲何正坐在所住大廈外面的街道上。

她覺得自己好像睡了很久，整個人昏昏沉沉，眼睛有點模糊，身體也很沉重，彷彿久臥病榻下床，手腳都有點不屬於自己的感覺。

蔡小姐花了很大的氣力才能站起來。她找不到手機，可能是被清潔糾察拿走了，於是走到隔壁的便利店，拿了一份報紙來看，發現原來已經是一星期後，現在是二〇二四年六月十四日的晚上。

不過，最令她震驚的不是日期，而是她看到自己拿起報紙的雙手。雖然因爲工作關係，她的手經常泡到水，但皮膚頂多只是有點乾澀，現在雙手卻滿布皺紋，比她母親的手還要粗糙。

她把報紙放下，嘗試輕撫自己的臉，竟在臉上也摸到大量歲月的痕跡。她嚇得衝出便利店，不敢望向任何反光的東西，生怕看到自己現在的樣子會馬上崩潰。

她的雙眼瞪得圓大，對這場可怕而眞實的夢感到異常驚恐。她嘗試用力捏自己的臉，希望能從惡夢中甦醒過來，可惜那疼痛感和捏下來的死皮反而殘酷地逼使她接受自己老了三十歲的事實。

她拚命地用退化了的腦袋思考，想起在最後一次昏迷前，她在那名清潔糾察身後看到一部離心機，那個男人還說會利用該離心機消除她對國家的離心。她當時不以爲然，認爲離心機沒有這種作用。在她的記憶中，離心機一般有兩個作用，一是把懸濁液中的不同物質分離，二是用作物理模擬。

離心機可用作物理模擬，依靠的理論是比例原則。在高重力下，離心機內的物件承受的各種物理量，將會以不同倍率產生變化，因此能夠以體積較小的模型來模擬現實中的巨大原型，又或者在較短時間內看到平日需要很長時間才觀察到的現象（例如土地沉降）。

其中，假如離心機施加的重力爲N倍，有關液體滲透、熱傳導效應的所需時間會變成原本的N平方分之一；倒過來說，就是有關效應將以現實N平方倍的速度發生。液體滲透和熱傳導效應又與人體老化相關，假如把一個人關進離心機並施加四十倍重力，那個人就會以一千六百倍的速度老化，機內方七日，地上三十年……

「不可能！」蔡小姐以蒼老而沙啞的聲音驚叫出來。她自知這個想法太瘋狂了，根本沒有任何科學文獻證明離心機可以這樣用於人體。而且，一般沒有經過訓練的人，在承受約八至十倍重力時，於短至數秒間，就會因血液全流到下半身而昏迷，繼而腦缺氧死亡，更遑論是四十倍重力，正常人可能不消半秒就被重力壓碎全身的骨頭和內臟了。

但她又想起那個男人說過，他們犧牲了不少人才開發出這種用途，還說她回去後什麼人都不想見，以及這個治療對年輕女性尤其有效。莫非他們真的研究出什麼黑科技，能夠用離心機令人體急速老化？

如果這個推論是真的話，那麼將所有對國家有離心的年輕人變成老人，就是治療離毒的方法？

這是蔡小姐在這一刻可以想到的最合理解釋。她很想放聲痛哭，但她好歹曾經是商界的女強人，雖然離開已久，那份自覺和堅持仍在，知道現在不是崩潰的時候，至少不能在公眾地方。她要找到支撐自己的想法……對了，她消失了一個星期，太陽花一家沒人照顧，不知道會不會餓壞了？

九時四十五分，蔡小姐憑著意志，拖著蹣跚的腳步回到光州街。她想返回店舖弄一些簡單的食物，拿去給太陽花一家。她把鐵閘的鎖打開，想拉起鐵閘時，卻發現鐵閘紋風不動。

「鐵閘壞了嗎？」她心想，然後用力再試一次，仍無功而還。她的肌肉和關節開始傳出陣陣疼痛，她才明白，不是鐵閘壞了或變重，是自己老了。

「婆婆，妳需要幫忙嗎？」忽然間，一把熟悉的聲音傳來。蔡小姐抬頭一望，果然是熟客黃小美。

她當刻驚惶失措，不想讓認識的人看到自己的老態，於是快步走進旁邊的窄巷。

她被嚇得匆匆離開，走到近廉街的位置，驚魂稍定，才想起剛才把鐵閘打開了，卻沒有重新上鎖。她倚在窄巷喘氣，正猶豫是否要回去，卻聽到在廉街的幾名警員正在討論即將要展開的行動。

「還有約半小時就開始今晚的圍封行動。今晚的行動這麼趕急，你們知道是什麼原因嗎？」

「因爲找到了離人。」

「是誰呢？」

「光州街那間茶餐廳姓黃的老闆。」

「啊！那是黑暴商戶之一！活該！」

蔡小姐躲在窄巷中聽著，心撲通撲通地猛烈跳著。她本來還在煩惱自己忽然變老和忘了鎖上鐵閘兩件事，現在卻一波未平一波又起。

距離圍封行動還有二十多分鐘，她現在去找黃彥樂的話，應該足夠通知他逃走，但她現在腳程慢，未必有能力再次離開，而且她也不願給對方看到現在蒼老的樣子。當然，她也不能眼睜睜地看著黃彥樂被抓，讓他變成跟自己一樣的老人。

蔡小姐慶幸自己雖然變老了，卻沒有變成老糊塗，她還是想到辦法。她在附近買了一盒燒味飯，然後用剩餘的氣力，走到美麗道和廉街交界外一個已荒廢的臨時街市。

8 凌同學篇

凌同學引領著淺灰色、深灰色和黑色的狗，回到美麗道和廉街交界外的一個已荒廢的臨時街市。

體型較大的黑狗太陽花一直躺在地上，看到牠們回來，用力把頭抬起，低嗚了一聲：「嗚？」

凌同學和太陽花相處了五年，已大致猜到牠的意思。他回答：「天鵝絨要送黃先生去安全的地點，很快就回來，不用擔心。」

太陽花如釋重負，把沉甸甸的頭顱放回地上。

蔡小姐緊張地問：「牠們回來了，即是黃先生已經安全？」

「對，他總算順利離開了光州街。」凌同學說。

蔡小姐沒有靈異體質，聽不到靈體的回覆，太陽花便代爲傳話，堅定地吠了一聲。

四年前，凌同學模型換領活動結束後，原本在光州街流浪和討吃的太陽花就失了蹤，蔡小姐很擔心。光州街的商戶沒有人知道太陽花的巢穴在哪，但她推測不會離光州街太遠，於是每晚關門後就在附近搜索，最終在這個已荒廢的臨時街市內找到牠。

可能是因爲在那段時間不斷被附體，太陽花當時有點虛弱。由那一天起，蔡小姐就肩負起餵飼太陽花的重任，每晚靜靜地拿食物過來。

不久，太陽花認識了另一隻全身白毛的流浪狗，因著牠的毛色，蔡小姐替牠命名爲天鵝絨。牠們一同住在這裡，還誕下三隻小狗。

在小狗順利誕生後，太陽花的身體繼續惡化，加上牠本來已有相當年紀，最近一段時間都只能躺在原地，所以今晚的拯救行動只有天鵝絨和三隻小狗出動。

在那個換領活動後變得虛弱的其實並不只太陽花，還有凌同學。

活動結束當晚，他不知爲何失去了附體和隔空取物的能力，原本打算展開的復仇計畫也無法進行。他推測，靈體的靈力取決於人們對他的思念和緬懷。在他逝世一週年過後，人們逐漸把他遺忘，因此他原本擁有「異於常鬼」的超能力就消失了，也變得越來越虛弱。

蔡小姐知道凌同學的存在，是因爲她看到在街市的一角放有兩隻已拼砌好的凌同學模型，照道理狗不懂砌模型，而且當年活動期間有兩套模型被偷去，事發後各商戶的討論結果是被靈體偷走了，她因此臆測凌同學的靈體也在這處。

凌同學和太陽花的情況差不多，最近已虛弱得幾乎不能走動。但今晚蔡小姐突然跑來，訴說著發生在自身的不幸和黃彥樂即將被捕的消息，凌同學才決定即使要耗盡最後一分靈力，都要救出這名同路人。

這時他已軟癱在半空，甚至感覺到「身體」好像隨時都會散開，要很用力地把手手腳腳拉扯回來，才能勉強維持著完整的形態。他仍不忘嘲笑太陽花：「還好你的妻子和小孩比你聰明，靠簡單指揮就能成事，否則我應該撐不到回來這裡。」但他並沒有說，那個熟客也促成了這場逃脫。有時候或許是所有人都自動自覺多走一步，才會令奇蹟發生。

「嗚……」太陽花感到眼瞼越來越重，勉強睜開眼等候妻子回來，但已沒氣力反駁了。

凌同學感到他和太陽花都命不久矣，用最後一口氣，感慨萬千地訴說著：「原來明天就是十五號……太陽花，多謝你陪伴了我整整五年。以前那些粵語長片經常有戰亂令不少家庭失散或分開的老套情節，沒料到，我們生於這個看來太平的年代，居住在這個自詡是國際大都會、曾有東方之珠美譽的城市，竟也看到如此荒謬絕倫的事。這幾年來移民或流亡的人不計其數，生於這個大時代，無論是否眞的有離毒，我們都註定是離人。『寧爲太平犬，莫作亂離人。』我現在終於明白這句話的意思。」

「太陽花、蔡小姐，我先走了，不用告別，因爲我們必定會在另一個時空重逢。」

天鵝絨這時終於趕到回來，或許是感應到丈夫已在彌留之際，牠默默地倚在太陽花的身邊。

蔡小姐也坐到太陽花旁邊，輕撫著牠的頭來送別牠：「再漫長的黑夜都有完結的一刻，蘇聯解體、香港重光等事件發生前，都沒多少人會預見到那一日的來臨。有緣的話，蔡婆婆要和你們再次成爲同路人，履行我們未完的約定，好嗎？」

時針無聲無息地越過換日線。在陰風無法吹達的荒廢街市內傳出人耳無法聽到的頻率，但那不是來自布穀鳥鐘的報時聲，而是黑白無常的喪鐘。太陽花和凌同學已無法看到下一個日出，但蔡小姐確信，晨光始終不滅，她、黃彥樂、平野小姐、太陽花一家，還有更多的同路人和離人，終會看到黎明到來。

〈離人〉完

清零

—— 黑貓C

1

「所有抗疫公民都是國家英雄」。

眼前這座老舊的公共屋邨今天熱鬧得像年宵市場般，籃球場的鐵絲網亦掛滿紅彤彤的橫幅，但上面寫的並非賀年祝福，而是抗疫標語，亮白的電腦字體在烈日下分外耀眼。來排隊的人龍在籃球場內繞了數圈，氣氛恰似嘉年華會，需要警察維持秩序。

我排了兩個小時終於見到隊頭，再看看對面人龍那幾個吵嚷的孩子，半小時前我就排在那位置，他們還得等到中午吧。公共屋邨確實住了形形色色的人，來排隊的除了剛才那一家大小，還有正在溫書的學生、拿著菜籃的主婦、互相依偎的年輕情侶，就連平日不會在球場上看見的那位正好排在我前面的老婦人，看她握著拐杖仍然堅持著要排隊，實在辛苦了。

說了這麼久，其實我也不是特別喜歡觀察周圍的人，身爲男生一定知道男生漫無目的地四周看，實際上都是有目的的。每次我掃視四周，視線總離不開排在老婦前面那位長髮少女。雖然我們不認識對方，但我知道她跟我都是唸同一所大學，有幾次在食堂遇見她，她總是同學的中心，長得漂亮又受歡迎。如今我們相隔一個身位一同排隊，也算是緣分吧，她就像在炎酷天氣下的山澗清泉一樣滋潤心靈，支撐著我排隊。等她走到帳篷下接受深喉唾液檢測，除下口罩時，看見她清純的臉，感覺已被療癒，就算有病都藥到病除。

「嗯？」我腦海萌生了一個想法，說不定這次病毒快速檢測是個千載難逢的機會。

話說近日又有新型的變種病毒肆虐全球，政府果斷制定了「三個全四個相信」的抗疫新思維：透過全民檢測，全盤掌控病毒個案，以達致全面社區清零。同時市民要相信科學戰勝疫情，相信法治配合防疫，相信理性不亂造謠，相信國家保護人民。

結果這抗疫戰略十分奏效，全民檢測的效率可說震驚世界。當中有個巧妙的方法，就是把不同人的唾液樣本混在一起做快速測試；例如把七個人的樣本放進同一樣本瓶內，那麼樣本數目就減少超過八成，檢測速度亦快七倍，這就是科學的做法。當然混合樣本會有個弊處，只要當中一人感染，其餘六人連坐。但考慮到抗疫是一場人類與大自然的戰爭，戰略宜緊不宜鬆，否則就會像外國那樣疫情大爆發，到時候再封城就爲時已晚。

「下一個。」

穿著保護衣的工作人員好像機械人一般，替長髮少女採集了唾液樣本後又重複相同動作替我前面的人採集，把樣本放在同一樣本瓶內，而且還沒有封口。換句話說，輪到我的唾液樣本亦會同樣儲存在相同的瓶裡，一同送檢——

傍晚已有了檢測結果，十分幸運是陽性，同一樣本瓶的七個人都須強制隔離。

強制隔離聽起來可怕，但沒什麼需要擔心的。政府對抗疫頗有經驗，翌日一大清早就有旅遊巴士接載目標群組前往隔離營。隔離營是由新落成的大型屋苑改裝而成，屋苑外圍架起重重路障，守衛森嚴，只有持通行證的車輛方能出入，例如我坐上的這架旅遊巴士。

我坐在車廂裡最後排的窗口位，當巴士駛到隔離營的入口時，我聽見人聲鼎沸，看到旗海飄揚。從車窗一眼看去，有幾十人搖旗吶喊替車上的我們加油：「萬眾一心打好抗疫戰」、「我國必勝」、「隔離十四天安心一輩子」；他們舉著各式標語，夾道歡迎旅遊巴士駛進隔離營內。

直至巴士停泊在屋苑中央的公園——即是臨時檢疫關卡——我們就在該處下車，排隊辦理通關手續。

「身分證。」

那檢疫人員好像是入境處調派過來的，他取走我的身分證在電腦螢幕前核對資料，接著便在我手腕扣上智能手帶。手帶外形跟手錶差不多，其中錶面的位置嵌入了晶片，能夠讓電腦識別身分，然後把防疫小冊子和身分證一併還我。我看單張上寫上：第四座、十二樓、三號房。接下來的兩個星期，我得要在上述單位進行隔離。

2

早上八點半，在地下大堂完成另一個繁複的入住手續後，我搭升降機上十二樓，轉角再到三號房。不論大堂抑或走廊都是光明亮麗，還有一陣清新的清潔劑氣味。雖然我們不是第一批來到這裡接受隔離的人，但每次隔離之後政府都會安排清潔小隊徹底清洗樓宇，確保衛生，務求令所有人都能夠安心隔離。

而且樓宇的所有單位都是用上電子門鎖，只要用剛才配給的智能手帶，把手帶放到大門旁邊的感應裝置，通過身驗證，金屬製的防盜大門就會緩緩打開；不需要把手開門便能避免不必要的接觸，減低病毒傳播的風險。

所以說這裡就好像是高科技的高級酒店，我內心告訴自己這不過是兩星期的度假，最重要是與她編在同一群組隔離。於是打開門後我滿懷期待，深呼吸，一口氣走進玄關。

「呃……大、大家早晨。」

說畢，我快速檢視客廳裡的人：坐在梳化看電視的是個中年男子，五十出頭，穿短袖恤衫、長褲。他好像沒聽到我打招呼一樣，只是用眼角瞄了這邊半秒，然後又默默盯著電視，性格古怪。

「早晨呀！」另一個站在窗邊的肥胖男子則熱情地向我打招呼，甚至隔著口罩也能感覺到他滿面笑容，十分友善，看外表大約四十多歲。他說：「我姓胡，年輕人怎樣稱呼？」

「胡生你好，我叫Anson……」我答。

「哎呀，這麼早就沒精打采啦？所以說現在的年輕人只顧玩手機玩到凌晨三、四點才睡，這樣不健康呀。」胡先生邊笑邊說，雖然友善，但挺囉唆的，他不知道人腦在熟睡時比醒著更富創造力嗎？而且他聊起來就滔滔不絕，還走近茶几，拿起紫砂壺斟了一杯茶叫我品嚐。

茶色紅潤飽滿，茶香濃郁，在我看來好像是好東西。

「不、不過我沒帶錢包。」

「說什麼傻話，這是我身爲長輩請年輕人喝的，你嚐嚐吧。」

「謝謝。」我拉下口罩，雙手握杯，輕呷一口，「好苦！」

「哈哈，果然不適合年輕人喝嗎。」胡先生笑說：「這個老班章可是我特意從家裡帶來的。我習慣每個朝早必定要喝一杯，風雨不改；雖然入口有些苦澀，但苦味退後就是回甘，正如人生一樣。不過無論老班章抑或是人生對你來說都略嫌太早了嘛。」

「才沒這回事。」我舉杯乾下，「哇，好燙！」

「哎呀，不必勉強啦。」

無可奈何，我只好放下這杯好像曬乾好幾年的枯葉中僅剩下汁液的苦茶，並敬而遠之，這確實不是現在的我能夠應付得來。而且我來隔離營不是爲了喝茶，怎麼還沒見到最重要的人。於是我向胡先生打聽：「就只有我們三人？」

胡先生搖頭回答：「還有另一對年輕人……啊，說曹操曹操到。」

我追隨胡先生的視線望向走廊，正好有對中學生男女邊說邊笑、手牽著手步出客廳。

「咦，又來了位大哥，怎麼都沒有其他女孩子。」

「軒軒！你不是想找別的女生吧？」

「呵呵，說笑而已。我的眼裡只有雪雪，已經放不下其他女生。」

男女親暱地打情罵俏，旁若無人，直至胡先生替他們介紹：「這兩位充滿活力的年輕人是阿軒和小雪，而這位新來的叫Anson。」

「Anson哥你好！叫我軒仔就可以！」軒仔揮手向我打招呼時充滿幹勁，相反小雪身材嬌小，像是受保護的小動物般依偎在軒仔旁。

我好奇問：「你們是情侶……一同檢測，一同隔離？」

小雪輕聲答：「因爲就算軒軒感染我也不會離開他，要是我感染軒軒也不會讓我獨自一人隔離，對吧？」

「當然，任何時候都在一起，就算地獄也不例外。」軒仔笑道。

在我看來小雪雖然小鳥依人，但佔有慾頗強，當她男朋友的壓力一定不小。不過他們這兩星期至少不會無聊，畢竟是熱戀中的小情侶，我敢打賭他們晚上會同房睡。

看一下走廊和客廳的布置，我再次認識到這棟大廈果然是設計成分間單位出租的；屋裡共七間睡房，另設有共用的浴室、廁所、客廳、廚房，是近期十分常見的配套。換句話說每組接受強制隔離的七人分別住在七個房間，除他們例外，真令人羨慕……不對，幸好那位小姐尚未出現，我要趕緊清除雜念。

「叮咚。」

剛好門鈴響起，我馬上回頭，看見玄關站著的卻是個身形健碩的男子，看上去年紀亦是約莫二十出頭，跟我差不多。他除下鴨舌帽朗聲說：「大家早晨，我是鄧君頤，叫我阿頤就可以。」

「幸好又是男人。」小雪打趣在軒仔耳邊說。

於是我們互相介紹，然後胡先生問阿頤：「你看起來也很年輕，在唸書還是在工作？」

阿頤摸摸後腦勺。「大學最後一年，剛巧碰上疫情，希望不會影響進度。」

「沒事啦，這年頭有什麼瘟疫沒見過，我敢說這世上處理疫情最好的就是我們國家了。」

阿頤靜默一會才微笑說：「也對，外國防疫真是一場糊塗，一堆不怕死的人既不願戴口罩又不願封城隔離，跟我們差遠了。」

「是啊。」胡先生抬頭望了一下時鐘，「原來差不多九點鐘，我們這組應該有七個人才對，現在還差一個呢……」

「可能被樓下職員擋住了吧。」阿頤說：「剛才我也是這樣，明明有手帶，大堂的職員卻說沒有我的資料，弄了很久才讓我上樓，安排有夠混亂的。」

胡先生連忙說：「哎呀，我們政府從檢測到安排隔離只花了短短數天，算搞得很不錯了。」

阿頤答：「安排當然很快，可是下面的人卻缺乏自覺，沒想過身爲公務員就是等於肩負起國家責任，導致執行政策時搞到一團糟。」

「對呀，這個我也有同感，會這樣想的年輕人十分難得，我來敬你一杯。」胡先生坐到茶几另一端替阿頤沖茶，而阿頤亦從背包拿出一盒餅乾分享給大家佐食。飲茶配餅乾，客廳頃刻間洋溢著像下午茶般悠閒的氛圍，融洽非常，就是茶苦澀了點。此時門鈴又再響起，最後一人肯定是那位小姐沒錯。

「早安。」少女拖著小型行李箱進來客廳，簡單一句：「我是Cynthia，請各位多多指教。」

「是女的。」小雪低頭喃喃自語：「而且身材像模特兒一樣，這兩星期不可以讓她和軒軒獨處。」

她壓低聲線喃喃自語，我是碰巧站在旁邊才聽得見，還隱約感覺到她對Cynthia的怨念。這女生的妒嫉心有點重呢。不過除了小雪外，其他人都很友善地自我介紹……啊，還數漏了那位打從開始就一直在看電視的大叔，他對其他人完全不感興趣，也沒打算跟我們混熟。

而我恰好相反，我來的目的就是要混熟，尤其是跟Cynthia小姐。

「妳好！我叫Anson！我有在大學見過妳耶！妳認得我嗎——」本想這樣跟她打招呼，奈何如此語氣難免會令她誤會我在裝熟，所以我決定來個穩當一點的開場白。

「早晨，妳吃了早餐沒有……」

可惜開場白只說到一半，客廳便響起廣播，連一直在播放新聞的電視亦自動靜音。眾人目光投向掛牆的喇叭，廣播員的話在室內迴響：「現在是早上九點，工作人員將會上門派發物資，請各位準備身分證明文件、智能手帶……尚未登記的人士請盡快到大堂聯絡職員……」

「眞吵耳。」那個看電視的大叔終於吭聲了。在此之前我以爲他是個啞巴。

但正如他所說，相同的廣播竟重複了三次，連我也聽得不耐煩。反而Cynthia只是默默地坐在一旁，好像刻意跟其他人保持距離似的。我猜這就是少女的矜持吧。

等到廣播結束，大學生阿頤便站了起來說：「我先回房間整理行李。」說畢他拿起背包走往走廊。

我也開始摸熟這個單位的設計了。客廳一側連接共用的浴室和廚房，另一側則是通往七間房間的走廊。由於分間單位本來就是用作出租給不同住戶的，所以房間特別注重保安和私隱：牆壁鋪上隔音物料，每道房門都有電子鎖，唯一的鎖匙就是我們手上的智能手帶，而我就被分配到走廊左邊的房間。另外，根據防疫法例規定所有接受隔離的市民都不能除下手帶，因此房門鎖匙跟我們形影不離，這樣我也不必擔心Cynthia小姐夜晚會被其他人騷擾。

阿頤走進房間後，大家在客廳裡各自忙著，直至幾個身穿防護衣的職員帶同物資到訪。他們好像網購的送貨員那樣把紙皮箱搬到廳裡，其中一人像是高級職員，手持文件和原子筆唸唸有詞。

「好啦，這裡是一星期的物資，還有特效注射和疫苗都會一併分發給你們。」工作人員像錄音機般唸著：「記住你們須要隔離是因爲你們當中有人受感染。今早大家分別再做過一次快速測試，知道自己有沒有感染。檢測結果是陰性的就打個疫苗預防，陽性的若然身體有什麼不適就打特效針。我們明天會再來觀察，還有其他問題的話就打熱線到地下大堂查詢。」

看他一邊確認入住名單，一邊把特效注射與疫苗放到冰袋裡，我好奇問：「等會是我們自己給自己注射嗎？」

「是。」

「那注射之後就會立即有抗體，不怕被傳染嗎？」

他瞄了我一眼，嚴肅地回答：「你們這十四天不就是來測試疫苗成效嗎？相信我國的科學吧。」

「那注射前要先空腹……」

「別再問了，說明書有一併給你，你自己看。我們很忙沒空應酬你。」工作人員不耐煩地把物資都放到客廳，之後又匆忙趕到下一個單位了。待他們都離開，阿頤才拿著手提包回到客廳。

「咦，不是要準備身分證登記嗎？那些人怎麼都走了。」

胡先生應道：「他們放下物資就走了，就像你說的那樣缺乏責任感，馬虎了事。」

阿頤則苦笑和應。

那些工作人員固然可以不點名，但接下來我要跟這群人在同一屋簷下度過，不得不記住他們的名字：和我唸同一大學的Cynthia、同樣是大學生而且挺友善的阿頤、中學生的情侶軒仔和小雪、中年發福愛喝茶的胡先生，最後就是那個一直在看電視連叫什麼都不知道的電視大叔。連同我自己合共七人，接下來的日子令人期待。

3

當我到浴室洗個臉回來時，便看見軒仔和小雪雀躍地拆開物資包裹。對他們來說現在的狀況大概等同於二人度假宿營。

「哦，看裡面東西挺豐富的。」軒仔逐一把紙盒裡的東西放到桌上，有即食麵、包裝米、各式罐頭、盒裝奶、瓶裝水、還有蔬菜、水果甚至零食，加起來足夠七個人吃好幾天了。

「其實隔離營的生活也不錯啦。」胡先生望著電視有感而發：「不知道那些人有什麼好抗拒的。」

此時電視上的女主播正在報導突發新聞，右上角的時間顯示現在是早上十點零五分。

「一則突發消息。今晨在第二隔離營有病人嘗試逃離營地，警員及時將其擊斃。衛生官員強烈譴責有關患者的行為自私惡劣，企圖在社區播毒，罔顧公德。警方則表示會依法執行防疫措施，忠誠守護市民安危，全力戰勝疫情……」

「哇！太離譜了！第二隔離營不就是我們這裡嗎？」胡先生走近窗前試圖看看樓下有什麼動靜，並嘆道：「萬一那個人跑到社區到處播毒，防疫工作就要前功盡廢，好危險。」

「總有這種反社會的人吧。」阿頤說：「我們做妥本分就好，不如來看看疫苗？我記得我國生產的是皮下注射式的藥劑，疫苗直接打在肚皮，不需專業知識也能自己注射。」

軒仔馬上翻開疫苗的使用說明對照。「跟說明書寫的一模一樣，眞是厲害！明明新聞說要保障藥廠的知識產權，所以暫不對外公布疫苗的資料，大哥你是怎樣知道的？」

「哦，這個嘛，其實我是唸藥劑的，多少也有聽過一些消息。」

軒仔追問：「那網上說疫苗會有諸如幻覺、幻聽那些副作用，應該不是眞的吧？」

「怎麼可能，所有疫苗都是經過國際專家認證，你忘記了我們要『相信理性』和『相信科學』嗎？」

胡先生也說：「對呀，造謠的人視法律如無物，居心叵測，還是這位年輕人可靠。」

「那不如大哥指點一下我們該怎樣打針……咦？」軒仔打開冰袋看，然後睜大雙眼望著其他人，顯然十分困惑，「一、二、三、四……我們這裡有七個人，但只有六支針？」

阿頤應道：「是不是六支疫苗、一支特效針？」

「不是啊，我有看說明書，它寫綠色瓶是疫苗藥劑，紅色瓶是特效藥劑，而且針筒也只有六支。所以冰袋裡面只有五支疫苗和一支特效針。」

根據防疫指引，沒有受病毒感染的人應當注射疫苗，快速產生抗體。至於已經受感染的患者，如果出現嚴重病徵可以注射特效藥舒緩病情，同樣即時見效。

大家傳閱使用手冊後，胡先生說：「我們有七個人，所以差了一支特效針或者疫苗。大家都有收到快速檢測的報告吧？誰人檢測結果是陽性的……」

「慢著。」阿頤制止胡先生，並道：「這牽涉到病人私隱，我怕大家知道是誰感染的話可能會排擠他。就算不是有意歧視，但假若你知道那個人受感染可能也會不自覺地疏遠他。爲了這兩個星期的相處，我認爲保持私隱比較好。」

胡先生點頭答：「抱歉，我都沒考慮到這一點。那我直接通知地下的工作人員說這裡有缺藥劑好了。」

每個用作隔離的單位都有熱線電話能直通地下大堂的管理處，於是胡先生拿起聽筒撥打電話，等了近一分鐘卻都沒回應。「可能他們還忙著分發物資。」他嘆氣說。

「咔嚓、咔嚓」，另一邊軒仔反覆拉下門柄，不過大門已鎖上，無法從裡面解鎖。軒仔無奈說：「本想親自到樓下通知職員，但強制隔離應該是走不了。胡生那邊還是沒有人接聽嗎？」

胡先生搖搖頭，呆呆地握著聽筒，幾分鐘後電話更是斷了線。他唯有提議：「沒辦法啦，不如我們先把疫苗分了。說不定只是少一支特效針不影響打疫苗。」

但我覺得胡先生的話好奇怪，沒理由是少了特效針。「應、應該是少了疫苗才對。」

胡先生盯著我問：「爲什麼這樣說？」

「剛才上門分發物資的人有在核對物資清單，應該知道要給幾支特效針、幾支疫苗。如果知道要給兩支特效針沒理由只給一支吧？反而如果要給六支疫苗可能會不小心只給到五支。」

胡先生緊盯著我，是我說得不夠清楚？我嘗試換個方式解說：「如果叫一份雙蛋早餐少了一隻蛋的話太明顯，沒理由不察覺。但如果早餐是六片煙肉，就算廚師不小心少弄一片可能也沒發現。」

胡先生眉飛色舞道：「想不到年輕人腦筋轉得挺快的，聽起來很合理耶，一定是剛才喝過老班章立即精神起來吧！」

阿頤附和說：「假如特效針沒有缺的話，即是這裡只有一個病人，那我們還是繼續保持祕密好了。」

一個人更容易受到排擠，我看得出阿頤的臉上是這個表情。只不過並非所有人都這麼替他人設想，至少在場有一人不服氣。

「現在是怎樣？」很陌生的聲音，眾人望向坐在梳化上的大叔正在發牢騷：「我可是要打疫苗的，別礙事。」

「華哥，我們大家都想打疫苗，但是現在疫苗不足夠我們全部人接種。」胡先生語重心長解說：「我再嘗試打給管理處好了，過了這麼久應該忙完了吧。」

我才知道原來那個人叫作華哥——雖然看年紀我喊他華叔比較恰當——撇除稱呼的問題，更加棘手的是我們始終聯絡不上管理處。電話沒人接聽，我們又被限制外出，忽然有種被丟到荒島與世隔絕的感覺，縱使窗外看得見其他人。

「軒軒，我的電話沒有訊號，是壞了嗎？」小雪嚷著說。

軒仔則搖頭。「剛才登記入住時職員說過，隔離營限制通訊，電話也沒網絡。」

因此我們唯一對外的聯絡方法就是靠掛牆的那個熱線電話，而且電話只能撥打給屋苑管理處，就像電視只能延遲轉播新聞頻道，其餘電波訊號都被截斷了。畢竟疫情發生初期，政府須要統一發放資訊、避免不實謠言亂飛才有這個安排。然而電話無法上網大家都有些焦慮，亦不知道少了一劑疫苗該怎麼辦。

「不用太過擔心。」阿頤說：「其實新型病毒尚未有人傳人的證據，就算眞的會人傳人，只要戴好口罩和勤洗手，感染的機會也很低。另外新型病毒亦不致命，所以大家別愁眉苦臉啦，疫苗可以等一下再打。」

胡先生附和說：「幸好這裡你讀書最多，我都相信你了。其他人認爲怎樣？」

反正也沒有其他方法，總不能丟下一人私自把疫苗分了，此事唯有暫時擱下。至於華叔，聽見亦沒有再糾纏，只是眉頭緊皺地散發出教人不要靠近的氣場，繼續坐在梳化看電視不理我們。

4

正午十二點，廚房響著「噠、噠、噠」的切菜聲。胡先生在單位裡借來圍裙穿在身上，很熟練地切瓜切菜。話說爲了增加大家對彼此的認識，我們決定一起用餐，分工合作，第一天的下午由我和胡先生負責準備午飯。於是我站在另一邊的爐前簡單地煎著午餐肉做三文治，跟胡先生有模有樣地在做沙律相差很遠。

我看著他做菜，不小心就把心聲說了出來：「很意外原來你很會煮菜……」

「哎呀，別這樣看，其實我是個茶餐廳老闆呢。」胡先生露出尷尬的微笑說：「不過跟工作無關，只是老婆走得早，我要照顧兩個仔女。小朋友喜歡吃生冷食物，我便嘗試學做沙律，慢慢就學會了。」剛好雪櫃有沙律醬給他大顯身手，他兩三下工夫就切好了瓜菜，又準備好一盆冰水浸菜。

聽他這麼說我才明白爲何他對年輕人這麼熱情，看來平日他也習慣了照顧孩子。

「這樣你一定很擔心家中的子女吧。」

「欸？」胡先生有點錯愕，反問我：「原來我的表情有這麼明顯嗎？」

「不……只是我個人感覺而已。」畢竟父親獨力養大子女肯定比一般家庭辛勞，他卻沒有怨言還爲了孩子學做沙律，如今被迫分隔兩星期不想念他們才怪吧。

胡先生把錢包打開，放到櫥櫃檯面上，裡面是他兩個孩子的照片。「不過孩子們不知道我去了隔離營。衛生部門告訴過我要保持低調，我也不想讓孩子們擔心就騙他們說我外出公幹兩個星期。」他深呼吸，大笑說：「兩星期轉眼就過啦，之後我就可以回家做沙律給他們吃，今天先請你們幫忙試試味道。」

廚房的交流讓我更加了解胡先生，說著說著已經做好午餐，沙律配三文治，簡單又健康。胡先生更是招呼周到，又拿出他的珍藏茶餅出來沖泡。

「對了，Cynthia，妳今早沒嚐過我泡的茶吧，要不要試一下？」

「好，謝謝你。」Cynthia很有禮貌地接過茶杯，拉下口罩把整杯茶喝下了。而且面不改色，不愧是Cynthia，完全不怕苦澀的樣子。

「其他人也喝茶嗎？」

阿頤苦笑拒絕：「我吃沙律還是配汽水就好。」

軒仔亦一起走到雪櫃拿汽水，果然大家都不喜歡喝那種苦茶。不過在胡先生的熱情款待下氣氛確實緩和不少，大家對他親手做的沙律都是讚不絕口。尤其是大家除下口罩邊吃邊聊感覺也比較親切，能夠看見大家的表情，這樣子的Cynthia亦更好看；甚至連同枱吃飯的華叔也沒有怨言。看他默默地吃著三文治，暫時應該不用擔心他又會吵起來。

雖然我有預感，這和諧景象不會持久。

午餐過後，我們依然聯絡不上工作人員，連唯一能夠打通管理處的電話亦好像壞了，聽筒只傳來長響。這樣一來，大家又要煩惱如何分配疫苗。

5

「我不須要打針啦。」

下午三點半，趁所有人在客廳休息時，軒仔自告奮勇說：「反正新型病毒不過是厲害一點的流感，我不打疫苗也沒差啦，這樣你們就不用煩惱疫苗少了一支要怎樣分配吧。」

「這怎麼可以！」小雪捉住軒仔的手說：「如果軒軒不打疫苗那我也不打了，我不會留下軒軒一人。」

「妳要打針呀，我爲了妳才放棄機會，但若妳也不打的話豈不是變成我害了妳嗎？」

「要生一起生，要死一起死。」

「──煩死了！」華叔這個不定時炸彈終於爆炸。他拿起電視遙控大力拍打梳化，厲聲斥喝：「你們兩個不愛打就別打，但不要連累我呀！」

「華哥不必動氣……」胡先生上前勸架卻被華叔推開。

「你們還沒察覺到這裡全部人都被禁錮了嗎？這樣我們所有人都要死！」

我們聽見後幾乎都反應不過來，這人在亂說什麼？

胡先生安撫華叔說：「死也太過誇張，華哥你不要自己嚇自己啦。」

「我沒有誇張，是你們一臉蠢樣什麼都不知道，眞是可笑！」華叔擰眉瞪眼，殺人般的眼神掠過在場的每一個人，與他對上視線好像就要被吃掉似的。軒仔看見他怒視小雪，便挺身而出站到華叔面前當起護花使者；眼見二人快要互罵的時候突然廳裡奏起交響樂，眾人一同望向電視，原來電視正在播放國歌。

根據《國歌法》，任何人聽見國歌都要肅然起敬以示尊重，違者可判處監禁。特別是這種險惡的氣氛若然有人不尊重國歌一定會遭舉報，軒仔和華叔都不得不冷靜下來注視電視畫面。原本國民還須要高唱國歌，但疫情期間愛國聯盟在立法會一致通過緊急豁免法案以減低飛沫傳染的風險，現在只須安靜注目就可以。

隨著國歌奏畢，胡先生趁機會打圓場提議讓華叔先行接種疫苗，畢竟長者是最高危的族群。軒仔沒有異議，其他人也不反對，於是華叔從冰袋拿走針筒和藥劑就氣沖沖地走回了自己的房間，眞是個怪人。

「砰」一聲地大力關門，然後小雪才委屈地跟軒仔訴苦：「那大叔好討厭耶，還亂發脾氣，之後的日子眞不想再見到他。」

「反正他也不喜歡聯誼，就由他自己關在房裡吧。」軒仔望著打開的冰袋說：「只是現在剩下的四支疫苗，這裡六個人要怎樣分配？」

「軒軒我有點累，要回房休息，不想理會那些疫苗了。」

說起來大家都是朝早六、七點就出發前來隔離營，其實我午飯過後已經想午睡，但不好意思說。只有阿頤不怕尷尬，我懷疑他是獅子座的，更是帶頭提議：「既然大家忙了半天，不如這樣吧，大家都回房休息。疫苗就放在客廳裡，你們誰有需要的就自取疫苗，不必報告其他人。」

Cynthia點頭說：「時間剛好，我也須要回房溫習，這兩星期無法上課只好自修追回進度。」

胡先生抓著頭髮說：「我嘛，去寫一下日記好了。等回家要跟兩個孩子說故事。」

我順便也說：「我、我也有點事情要做，各位我先失陪了……」

就這樣大家各自散去，屋裡恢復寧靜。今天才是隔離的第一天，我想大家須要學習適應這裡的團體生活。

6

分間單位每間房的面積不大，家具算是一應俱全，但是沒有獨立廁所。廁所牽涉到排氣管的問題，好幾次病毒爆發都是經由排氣管傳播，因此政府不允許單位改裝廁所，分間住戶只能共用大浴室裡面的幾個淋浴間和廁所。

除此之外，日常起居沒有什麼不便。衣櫃的抽屜可以當作樓梯爬到上格床，上層假天花則能放置雜物，可謂善用每寸空間。坐在床上剛好能看到掛牆電視，現在是下午四點，電視自動打開並播放著政府的定時短片：提醒大家注意衛生，勤洗手，保持社交距離；記得戴口罩，以免觸犯防疫條例。

短片播畢後轉爲新聞報導，近日新聞都離不開世界各地的疫情：電視畫面裡有外國居民反對封城上街抗議最終演變成暴亂。除了人禍還有天災，某國的森林大火失控，霾害導致多班航機取消，疫苗的物流恐怕會受影響，當地消防決定焚燒周邊草木阻止山火進一步蔓延。

相比起外面動盪的世界，隔離營就安靜得多。四面都是隔音牆，關上窗戶後連時鐘的滴答聲都能清楚聽見，就是聽不到門外的動靜，不知道有沒有人到外面取疫苗。但我自己一定會選擇打疫苗，因爲我相信科學，不想感染。

於是我爬下床，穿上拖鞋，輕輕推開房門探頭一看，客廳和走廊都看不到人。這是個好機會，我快步走到客廳檢查冰袋，冰袋裡面尚有兩瓶疫苗藥劑便取走其中一劑。正當我打算迅速回房時，梳化旁邊的木門「砰砰」震了兩下，出其不意的聲響使我停住腳步。

那道門是共用浴室的門，裡面好像聽見人聲……

「啊啊——！」

是男人的慘叫聲，發生什麼事？那聲音甚至可以用不尋常來形容。在好奇心的驅使下我走近浴室門口，人聲沒有停下而且越來越清楚，大概是華叔的聲音。

「我要殺死你……」

華叔那副猙獰的面孔在我腦海浮現，他的聲音像要刺進我的骨頭，頓感背脊發涼。我有種不好的預感，下意識地退後一步，便匆匆忙忙調頭回房。華叔人很怪，不必要的話眞不想招惹他。

回到房後我爬回睡床，閉上眼試圖忘記剛才的經歷；但躺在床上只是輾轉反側，那聲音始終在腦裡揮之不去。究竟華叔又發什麼神經，他會不會有暴力傾向，還是打了針眞的會有幻覺？

越想越心寒，我一頭鑽進被窩想冷靜下來，卻無意間摸到床邊有什麼東西；把它撿起來看，是一團摺疊的紙片，如兩隻手指頭般大小，打開之後看見上面用鉛筆寫了五個字：「不想死就逃」。

鈴鈴鈴——鈴鈴鈴——

忽然房裡響起警報！我怕是火警之類的連忙跳下床，奪門而出，正好碰見對面房的Cynthia和同時開門的阿頤，大家都一臉困惑。

「是火警鐘嗎？」阿頤問，但沒有人知道。

幾秒後軒仔和小雪亦從同一間房走出來問發生何事，然後大家看見客廳連接浴室的門有紅色警告燈在閃爍，便一起走過去查看。

隨後胡先生到來，他一看就知道原因。「有人使用浴室太久了，超過半小時就會響警報。」

我才記起半年前立法會一致通過了節約用水法案，規例訂明每位市民每天淋浴不得超過半小時，不得浪費水資源。因此這單位的共用浴室須要用智能手帶記錄出入時間，違規定額罰款五千並強制接受十二小時環保教育。

我環看客廳在場的六個人，再用消去法得出浴室裡面的就是華叔。

「我來開門看看。」阿頤走近浴室門前，把手腕內側貼近感應器，感應器讀取到手帶上的晶片，通過身分驗證便「嘟」一聲地開門——誰又會料到門後面居然是血淋淋的畫面，全身浴血的華叔面朝上，口半開，就那樣躺在洗面盆的底下！

大家看見華叔胸口插著剪刀，血流不止，掉在他身旁的浴巾整條都染成鮮紅，四周血腥刺鼻。比起限制級電影更噁心的嚇人畫面，小雪用盡渾身氣力似地放聲尖叫後便虛脫昏倒。就連阿頤亦花了些時間調整心情，神色凝重地說：「我上前確認一下……」不過是例行公事，阿頤循例確認華叔沒有呼吸後，很冷靜地宣告華叔死亡。

實在太瘋狂，我不敢相信自己的眼睛，其他人亦同樣；Cynthia瞪眼盯著染血的浴室，胡先生則別過臉不忍看見華叔那副面色蒼白的軀殼。諷刺的是警鐘依然響個不停，但爲的只是華叔超時使用浴室。

7

為了停下警鐘，我們只好剪斷華叔的手帶，並把手帶放到感應器前記錄他的「出門」時間。旁邊的電子面板顯示如下：

使用者：李俊華

身分證號碼：KB614****

設施使用時間：15:53 - 16:29，37分鐘（超時）

最近三次使用紀錄：×月×日14:11 - 14:13，3分鐘……

Cynthia望著電子面板唸唸有詞：「華叔在下午三點五十三分進入共用浴室後就沒有出來，警鐘響起的時間應該是半小時後的四點二十三分，然後我們發現屍體，到接近四點半才停下警鐘。」

「怎、怎麼了？」我問。

「在整理死亡時間，華叔很大機會是那段時間在浴室遇害。」她回答。

我接著追問：「也有可能他在別的地方遇害，然後被棄屍浴室？」

「雖然浴室外面沒有明顯血跡，但不能排除有處理血跡的方法，所以也不能否定這個可能性。」

浴室地上的毛巾也很可疑，可能是用來抹去血跡或者覆蓋某些地方讓那裡不沾上血跡。

「不！」胡先生插話說：「我剛剛有在浴室見過華哥，他那時還活著啦，那個年輕人也可以做證。」

大家看見他指向阿頤，阿頤便點頭回答：「沒錯。四點鐘左右，我、胡生、華叔三人恰巧在浴室裡碰見，當時華叔沒有異樣。」

我心想，他們三人碰面應該發生在我出客廳拿疫苗之前。這麼說來，當時我在門口聽見的慘叫聲和奇怪的話，可能就是華叔的最後一句話。那時候如果我在意的話可能可以救到華叔，不對，如果撞破凶手行凶，那躺在那裡的人可能就是我……

Cynthia問阿頤和胡先生：「你們記得確切的碰面時間嗎？」

阿頤反問：「慢著，Cynthia妳想做什麼？華叔死了，我們還是報警吧。」

「如果能辦到的話。」

軒仔拿出手提電話，才記起沒有訊號連報警都不行。阿頤則跑往掛牆的電話嘗試撥號管理處，電話依舊是壞了的模樣。而小雪她剛才已經嚇到花容失色，現在面色蒼白軟癱在梳化，神情呆滯。至於胡先生，他突然拍手大叫：「我想到了！我們還有方法可以向外面求助！」

小雪問：「有什麼方法……我們被反鎖在隔離單位，大門是鐵造的，窗外面又是十二樓，手機又沒有訊號，電話又打不通……天啊，怎麼會這樣！」

「孩子妳冷靜點。我們固然不能從十二樓跳下去，但求救訊息可以啊。我們可以把寫上求救字句的紙摺成紙飛機丟到窗外，肯定會有人發現！」

軒仔激動說：「好主意！我回房間拿紙筆，大家一起寫，寫多些丟到有人看見爲止！」

「軒軒！等我，別拋下我一人！」小雪亦追了上去。

「大家都在逃避呢。」Cynthia眉頭深鎖，只有我大概猜到她在想什麼。

畢竟人們喜歡希望多於絕望，因此大家拚命地在摺紙飛機丟到窗外求救，就像流落荒島用瓶中信求助一樣。可惜這不是希望，而是一場空歡喜，我們幾乎把屋裡的所有紙張都摺成飛機丟往外面了，直到五點的報時廣播響起，始終沒有工作人員聯絡我們；更不可能有傳媒發現，因爲根據防疫法例，任何無關人士包括記者都不得進入隔離營的範圍。雖然有想過索性把華叔的遺體丟出去引人注目，但這樣做太過對不起華叔，亦沒有人願意承擔這工作，只好不了了之。

期間Cynthia一直旁觀，她看見其他人的眼神從希望變成失望，她知道我們終歸要面對現實的殘酷。

「大概我們已經與外界完全隔絕。」Cynthia說：「正因如此，殺死華叔的凶手就在我們裡面。」

「欸，不會吧！」小雪又怕又生氣，「不敢想像我們這裡有殺人凶手，一定是搞錯了什麼！」

Cynthia反問：「如果不是我們有人殺死華叔，難道是他用剪刀插死自己嗎？」

「可、可能喔！那大叔脾氣古怪，怎知道他有沒有自殺傾向！」

軒仔勸說：「應該不會……華叔他因爲怕死才第一時間搶著打疫苗。而且他也不像有什麼精神問題會自殺。」

「軒軒，你是站在我這邊還是她那邊？」

「哎、哎呀，雪雪妳冷靜點，我只是就事論事而已。」雖然軒仔一直在旁安慰小雪，但看起來沒有作用。

不但小雪變得神經質，在場所有人亦是神經緊繃，板著臉說不定都在懷疑身邊的人是不是殺人兇手。阿頤察覺氣氛不對勁，便主動說：「我同意Cynthia的話。雖然這是任何人都不願看見的情況，但兇手很可能就是我們其中一人。Cynthia，妳剛才說要確認大家去浴室的時間，妳有什麼想法嗎？」

Cynthia答：「浴室門外的裝置能夠查閱手帶主人的使用紀錄，既然華叔是在浴室遇害，只要翻查紀錄就能找到線索。」

接著她把手背貼近感應器——由於浴室是男女共用，Cynthia亦不例外須要接受調查——然後電子面板顯示她最近一次進入浴室的時間是下午兩點多，跟華叔遇害的時間相距甚遠。

就是這樣，我們輪流用手帶檢查各自出入浴室的時間，結果只有二人曾經在三點五十三分至四點二十九分這段懷疑是華叔遇害的時間進出浴室，正是阿頤和胡先生。

Cynthia把該時段三人使用浴室的紀錄抄寫下來：

華叔：15:53 - 16:29

胡生：15:55 - 16:03

阿頤：16:02 - 16:02

Cynthia馬上質問阿頤：「四點左右你去過浴室逗留了一分鐘，是嗎？」

「對，那時我去洗個臉，見到胡生和華叔亦有寒暄幾句。」

胡先生附和說：「我在洗面盆刷牙梳洗，等阿頤走了後我也離開浴室了。」

Cynthia說：「所以大約在四點鐘，你們兩位先後離開浴室，剩下華叔一人。當時華叔他在做什麼？」

胡先生交叉手臂努力回想。「我記起了，之後華哥又衝回去廁所，在廁所裡一直罵什麼牛奶過期害他肚瀉。他好像一直在拉肚子，已經在廁所蹲了很久。」

Cynthia嘆氣說：「這就麻煩。阿頤早你一分鐘離開，因此你是最後一個在浴室裡見到華叔的，理論上只有你能夠下手。」

「下、下手？小妮子妳別胡說，我、我怎可能會殺死華哥？」眾人盯著胡先生，他才察覺自己的處境相當不妙，只懂得不斷否認自己殺人。

Cynthia追問：「你離開浴室的時候沒有其他異樣，或者碰到什麼人嗎？」

「沒、沒有啦……我離開浴室就直接回房，也沒看見其他人了……」

小雪激動說：「眞相大白，是你殺死那大叔的吧！」

「我沒殺人，我是冤枉的啊！」

雙方各執一詞，其實在我看來胡先生不像是個心狠手辣的人，但不知道Cynthia又是怎樣想的。

Cynthia由始至終都十分理性，說話不慌不忙，用平淡的語氣訴說：「現在要判定胡先生有否殺死華叔確實言之尚早，也沒有直接的證據。」

「就是呀！那個出入紀錄不可信，或者有人沒用手帶開門而是偷偷闖進浴室……應該有這個可能性對吧？」

或許胡先生是太過慌張才會胡言亂語，畢竟他說的情況不可能發生。手帶等同於我們的電子身分證，沒有人會用自己的手帶替別人開門，又或者讓別人尾隨自己進入電子鎖的區域。電子身分認證從立法後推行了這麼多年，大家都很注重自己的電子身分，而事實上，阿頤和胡先生亦沒有看見其他人尾隨自己進入浴室，浴室裡只有三人這一點準沒錯。

小雪說：「電子紀錄是絕對的，不用手帶根本開不了鎖，開不了鎖就不能進浴室殺死那大叔，總之你們二人其中一人快點認罪吧！」

在場一片沉默，大家都不知所措。此時Cynthia說：「既然胡先生和阿頤都到過浴室，可以看一下兩位的房間嗎？」

「爲、爲什麼？」胡先生問。

「用剪刀直刺華叔心臟，凶手的衣物很可能會沾到華叔的血跡，需要更衣或者把衣物收起來。」

胡先生大喜。「好呀，這樣要是在我房間找不到沾血衣服的話，那就證明我是無辜的囉！」語畢，他便跑到自己的房門前，把手背側的手腕貼近門鎖，「嘟」一聲電子面板顯示「胡國仁」三字，是胡先生的全名。

「來，你們隨便搜，只要能證明我是清白，你們想找多久也行！」

不過房間實在狹小，四人進內已經很擠擁，我和小雪只好在門外守候。我踮起腳尖在外面看，胡先生的房間尙算整潔，很少雜物，所以大家翻了十分鐘就差不多把房內所有東西都翻了一遍，找不到什麼染血衣物，胡先生亦鬆了口氣。

相反Cynthia若有所思，沉默半晌，便提議也搜索同樣到過浴室的阿頤的房間。阿頤沒有反對，直接把手背側的手帶貼近門鎖，電子面板顯示的「鄧君頤」三字便是他的全名。

「我的房間也是隨便搜，雖然房內眞的沒什麼東西。」

說起來阿頤的房間還眞是空空如也，完全沒有帶半件消閒物品前來隔離營。明明其他人都是拖著行李箱，但阿頤的房間只有一個扁扁的背包放在地上。負責檢查的軒仔打開背包，裡面只有一些替換的衣服，當然都沒有血跡。

小雪嘲諷說：「都沒有什麼染血衣服呀，大偵探，妳要不要把所有人的房間都搜一遍？」

軒仔說：「我個人是沒有所謂——」

「軒軒！」軒仔說到一半卻被小雪拉走了。

胡先生小聲問：「所以犯人應該不是我……吧？」

畢竟最落力[1]尋找犯人的是Cynthia，大家都盯著她，看她有什麼決定。

「Cynthia姐怎樣看？」軒仔問。

「坦白說，只要把物證從窗戶掉到外面就能毀滅證據，所以我也不知道。」Cyn-thia」一籌莫展。

「不如我們來個投票吧。」阿頤突然的建議讓在場所有人都有點驚訝，但無阻他繼續解釋：「雖然我們不能判定誰是凶手，亦不能用投票對凶手判刑，但至少可以用投票把最可疑的人暫時關起來吧？這算是陪審團制度，抑或是民主精神？都沒所謂了。」

「這、這樣好嗎？」我衝口問道。

他回答：「至少比什麼都不做的好。如果我們什麼都不做，今晚誰都會睡不好。」

「好啦，你們不用吵，我已經明白了。」胡先生有點沮喪，「你們投票吧，如果你們覺得我最可疑的話，我願意自己關在房裡面不打擾大家。」

「多多冒犯了。」阿頤對其他人說：「同意把胡生關在房裡面的請舉手。」

Cynthia舉手、軒仔舉手、阿頤舉手，我也跟著Cynthia一起舉手。

「四票，是多數票。」阿頤對胡先生說：「請你合作，今晚待在房內。晚餐方面……我們會替你準備的，盡量都不用勞煩你離開房間。雖然有點不好意思……那個，小便的話可以用寶特瓶，總之麻煩你了……我相信只要過了今晚，明早有工作人員前來補給物資，警察就能夠接手處理。」

「嗯，這樣也好啦，哈哈，因為我知道我不是凶手，凶手在外面的話我才不會踏出房間半步。」胡先生半笑半哭的，搖頭嘆息就把自己關進房裡去；「砰」的一聲，關上門後他的房間就變成他的牢房，沒有人敢靠近。

8

無論心情如何沉重，時間亦不會停下腳步等你。

---

1 落力：即台灣的「用力」。

晚上輪到阿頤準備晚餐，其餘則負責清理浴室，畢竟那裡是我們唯一能用的廁所，已經顧不到什麼保留案發現場證據之類，我們不想每次經過浴室都看到血淋淋的屍體，至少用被鋪蓋住華叔。

抹了一會血跡，突然廚房有打碎玻璃的聲音，原本已經精神緊張的我好像觸了電似的，一邊跑往廚房一邊問阿頤那邊發生什麼事。跑到廚房，只看見阿頤蹲在地上收拾玻璃碎片，苦笑回頭。

「抱歉嚇到你們，不過是不小心打碎了玻璃碗，沒事兒。」

廚房裡面只有阿頤，當然是這樣，因為胡先生應該待在房裡，我和Cynthia等四人則剛在浴室清掃；沒有人要對阿頤不利，是我多心了。他只不過是在煮即食麵，還有雪櫃門打開也沒有可疑，我猜屋裡面也沒有什麼毒藥給人下毒吧。

阿頤問：「你們那邊也沒有問題吧？」

「嗯？啊……」在我回答時客廳卻有人在吵架，真是一波未平一波又起。我又趕回客廳，看見小雪激動起來對著軒仔大吵大鬧。

「為什麼你要幫那女人說話，軒軒你又有什麼事情瞞住我？」

軒仔坐在對面向小雪解釋：「我只是覺得Cynthia姐說的沒錯，我們沒有證據說胡生就是殺人凶手，怎可以用刑殺死他呢？」

「那要等他來殺死我們嗎？這裡的房間只能在裡面反鎖，我們在外面根本不能鎖住那變態大叔不讓他出來。這樣到了夜晚，大家睡著時會發生什麼事情都不知道啊！」

Cynthia說：「今晚我們只能緊閉門戶，不要輕易離開房間。」

軒仔說：「就是這樣。雪雪妳聽Cynthia姐的話，照著做就好。」

小雪不滿，指罵Cynthia：「好啦，現在軒軒都只聽妳的，妳這個狐狸精！」

「雪雪，吵夠啦，不要向其他人亂發脾氣！」

「哼！我恨死你們！」小雪把桌上杯子掃落地上，便氣沖沖跑回自己房間。

阿頤正好端著煮好的麵，看見二人吵架也是十分無奈。從外人來看小雪的行為好像有點不可理喻，雖然在我眼中那對小情侶都是怪人，但剛才小雪也太過離譜了吧，純粹只是找Cynthia來出氣的樣子。

「抱歉，Cynthia姐。」軒仔說：「那不是小雪的錯，其實都是我的錯。」

阿頤嘆氣說：「雖然在這環境大家不免精神緊張，但也不能縱容她無理取鬧呀……」

「不是那樣，小雪不是無理取鬧。」軒仔低頭說：「你們認為我和小雪是對情侶吧？其實我們的關係比起情侶更親密一點……小雪曾經懷過我的孩子。」

阿頤和我都十分驚訝。「你今年應該十五、十六歲左右？」

軒仔點頭。「我們都太年輕了，而且當時我不只有小雪一個女朋友，所以只是給了她一些錢做手術……總之我做過對不起她的事，她有幾次自殺不遂都是我害的，所以我希望大家對她寬容一點。」

Cynthia毫不客氣冷言冷語：「你眞是無藥可救。」

「對不起。」

「但小雪那麼生氣也只是需要你陪在她身邊吧。」Cynthia說：「現在我們的處境很不正常，有人在單位內遇害，卻不知道凶手是誰。我們現在面對的是死亡，任何人隨時都有被殺的可能。你知道死亡是什麼一回事嗎？假如小雪死了，在你將來的人生她永遠都不存在，甚至當你經過商店看見一件很適合小雪穿的衣服想送給她都不可能實現。人生沒有下輩子，死了的話就是永別。」

軒仔握緊拳頭說：「我不會讓小雪死的，不對，甚至我可以爲她而死。」

「她也是一樣。」Cynthia認眞地告訴軒仔：「你去陪她吧，陪她吃晚餐，今晚鎖好門戶不要出來了。千萬要記住，『狼人』總是在夜晚出沒。」

「謝謝妳。」軒仔拿著餐盤，在小雪房敲了幾下門；一道光照在他身上，房門慢慢打開，他的身影就消失在裡面了。

我回頭看Cynthia凝重的表情，不知她在想什麼，但至少我希望那對小情侶能夠早日和好，在這緊張的氣氛裡面添加一些幸福的事。

9

睡不著的夜晚十分漫長，大概是我人生裡面最漫長的一夜。晚餐過後，所有人都回房休息。就算明知門鎖是自動鎖，我還是再三確認鎖好了才爬到睡床躺下。聽見時鐘滴答滴答的，一小時有六十分鐘、等於三千六百秒，大概還有二萬次滴答聲才到天亮，期間華叔的屍體一直與我們同住一屋。假若華叔眞的被殺，而凶手就在我們當中，凶手是爲了什麼原因而殺人？凶手今晚還會再出來殺人嗎？

——不想死就逃。

我突然記起我在房裡撿到的紙片，紙片和生前的華叔一樣也提到有人要死，難道華叔知道了什麼？而且紙片的存在本身就很可怕，這房間理應只有我一人能夠出入，究竟是誰把紙片放到我的床上，放紙片的人是不是也能趁我睡覺隨時殺死我？

還有最大的疑問，貫穿所有事情的最大謎團，就是爲何我們會被困在這裡無法跟外面聯絡……

「砰！」

一發清脆巨響像要直擊心臟般將我從床上嚇醒，我四肢抽搐一下，猶有餘悸。那巨響好比爆炸聲般響亮，於是我連忙下床開燈，看見掛鐘指向凌晨一點，而旁邊窗戶是打開的。聲音應該是從窗外傳來，但我看外面漆黑一片，沒有火光，不像發生爆炸。

反而是聞到有異味從房門外面飄來，第一時間我想起是華叔的屍體發臭，但再聞一下，感覺比起腐肉更像是糞便的臭味。到底這間屋被什麼惡運纏身，我應該要出去看看嗎？但外面可能有危險——想到這裡我不禁自嘲，起初我被禁錮在隔離單位，現在我還把自己關在房裡；即使如此，若然門外真的有魔鬼，不論是否開門魔鬼都早晚會找上門來。

我決定不再逃避，翻找櫃子，找到一把螺絲刀拿來傍身；左手握著螺絲刀，右手拿起電話照明，小心翼翼用手肘推開房門往走廊一照——竟看見有人被夾在斜對面房門、面朝下趴著！房門擋著只看見那人的下半身，但流了很多的血，血一直流到走廊另一端，同時耳邊一下喊聲：「是誰！」

強光再照到我臉上，原來Cynthia同樣拿著電話步出房門。

「Cynthia！妳那邊沒事吧？」

Cynthia沒有理會，她把電話燈照向倒地的人，問我：「看到是誰殺死她嗎？」

「殺、殺人？」

「你斜對面的房間是小雪的，遇害人有塗指甲，她是小雪。」

接著走廊亮起第三道光，我和Cynthia同樣警戒，看見這次開門的是阿頤。

「怎麼了？剛才那聲巨響……」說到一半，阿頤看見有人倒地才驚覺事態嚴重，

「天啊！又有人死了嗎？怎會這樣！」

阿頤掩著口鼻呆愣地站在自己房門口，Cynthia亦不敢走出半步。面對小雪的死，沒有人知道凶手是不是阿頤……甚至是Cynthia。當然軒仔和胡先生亦不能排除，尤其是見不到軒仔更令人生疑，我們要先確認小雪房間裡面的狀況。

我鼓起勇氣，推開夾著小雪腰間的門，用電話燈往裡面照看，沒有半個人影，只有一對窗開到最大，一陣冷風迎面吹來令人心寒。我再蹲到小雪旁邊，把她的身體翻過來，確認是已經死去的小雪。她胸口流了很多的血，死狀跟華叔相似。

「小雪死了，軒仔不在房裡。」我把看見的報告給阿頤和Cynthia。

Cynthia聽見，緊張地說：「胡先生怎樣了？他還在房裡嗎？」

於是我衝往胡先生的房門前不斷拍打大喊，卻沒有得到回應，反而發現屋內強烈的臭味正是從胡先生的房裡傳來。

「你們二人讓開。」

驚見Cynthia拿出一把斧頭，阿頤慌張大叫：「妳、妳就是凶手？」

「不，這是消防斧，我在廚房發現的，拿來傍身。」

「那妳想怎樣？」

「破門。」

我連忙制止她說：「我們還不知道裡面有什麼危險，說不定胡生就是凶手而且躲在門後……還是等我來破門吧？」

「不，我不能把這東西交給任何人。如果胡生眞的是凶手我就用斧頭劈他。」Cynthia拿起消防斧，冷冰冰地警告我和阿頤：「離我遠點，我怕傷到你們。」

語音未落，Cynthia已經手起斧落。我以爲她要用斧頭砍開房門，原來她是用斧頭鈍的那邊猛地撞向房門門鎖位置，好像是有點想法。看見她不斷重複相同動作，些微喘氣，但依然乾淨俐落，一輪「砰砰」聲響，房門震顫，最後眞的給她撞開鎖頭，木門應聲打開。

我趕緊上前查看，又是一具屍體躺在房間地板中間，一看發福的身形便知道死者是胡先生。而且他的屍體不但全身淌血，還大量失禁，褐色褲管沾滿糞尿，在地板擴散；糞臭攙雜腥臭一併湧進我的口腔、鼻腔，好像還要入侵我體內的血管，我頓感全身發燙便趴在地上嘔個不停。嘔吐物的酸餿味跟屋內三具腐屍大合奏，使我眼前一黑，意識漸遠。

10

我獨自在黑暗的樹林裡徘徊，四周的林木長得很高，高得把夜空都遮蔽了。走在滿是落葉的路上，我忽然踢到硬物，低頭一看竟是血淋淋的屍體。而我走過的路旁亦平排放著好幾具屍體，最先是華叔，之後是小雪，小雪旁邊隔了一個空位，最後就是胡先生。唯獨胡先生的屍體被鎖在籠裡，腐爛發臭，旁邊有生前吃完的一碗麵；這個死狀、他的身體就是最後的證據……

「醒……醒醒！喂，Anson，給我醒醒！」

我睜開眼，看見阿頤鬆了口氣的樣子。我意識到自己在客廳醒來，但周圍一片昏暗只有窗外淡淡的月光照明。對了，我剛才好像因爲什麼而昏倒，看窗外天還沒亮，應該沒有暈了很久？

「大家怎樣了？」我下意識地問阿頤。

「已經找到凶手，凶手是Cynthia！」阿頤斬釘截鐵說著，這時候我才留意到他眼角有一行血痕。他生氣地說：「就是那女人把我打成這樣的，要不是我反應快，就栽在她手上了。」

「Cynthia是凶手，她殺了華叔、胡生，還有小雪？」

「對！我本想制服她，無奈她手上有武器就給她跑掉。現在她把自己鎖在房裡，我需要你幫助一起撬開房門。」阿頤狀甚痛苦，又按住右邊肩膀，看來是受了傷無法用力撬門。

「原來是這樣。」我恍然大悟，接過阿頤不知從哪裡找來的鐵枝，並說：「我就知道Cynthia是我們一直尋找的『狼人』。」

「你也知道？」阿頤有點意外。

「都是推理遊戲而已。從Cynthia中午時喝下苦茶我就知道是她。還有我記起了，胡生死時大量失禁，她居然面不改色把門撞開，這完全符合『狼人』的病徵——失去嗅覺和味覺。Cynthia是病毒感染者……」我兩手緊握鐵枝說，「但不是殺人凶手！」

——鐵枝高速刺向阿頤，卻被他避開了！

他避開我的攻擊後，左手同樣拿起鐵枝罵道：「你瘋了啊！我說凶手是Cynthia——」

「不可能。Cynthia沒有鎖匙，進不了胡生的房間行凶。」

「這誰都一樣不可能是凶手。」

「不，凶手雖然無法入房，但可以把胡生誘導到房外，用的是過期牛奶。胡生吃的麵被人加了牛奶，牛奶令他肚瀉不得不找廁所——」

說時遲那時快，只見阿頤目露凶光，同時鐵枝的銀光「霍」一聲掠過我眼前！我們在客廳裡互相纏鬥，顯然他已放棄對話，但我無法放棄，就算喘著氣也要說下去。

「於是凶手埋伏走廊殺死胡生，再棄屍房內，最後房門自動鎖上。走廊的血跡也被另一位死者掩蓋了。凶手下一個目標是小雪和軒仔，當時我聽見窗外巨響跑出走廊時已經太遲……」

那響聲是軒仔的墜樓聲，凶手很可能用小雪的性命要脅他，再殺死小雪。

「哈啊！」阿頤像發瘋一樣用鐵枝猛砍過來，正中我的右臂，我慘叫一聲，武器脫手。

阿頤笑了。「哼，你這死宅男做半點運動就透不過氣，還在講廢話，是你自己找死。」

我一邊退向玄關一邊說：「剩下華叔的凶案。原本最大嫌疑的胡生死了，他顯然不是凶手。換言之，眞正的凶手比胡生更晚走進浴室，卻沒有留下出入紀錄，至少在那七人的出入紀錄裡面沒有他，因爲他是屬於不在這裡的第八人，凶手眞正的出入紀錄儲存在我們沒有檢查到的第八條手帶裡……」

阿頤聽得不耐煩，左手掏出剪刀瞄準我的胸口；同時一道黑影從走廊撲出襲向阿頤，阿頤猛地回頭卻已經被黑影狠狠擊倒！

背對窗外月光站著的是手握染血斧頭的少女。

「Cynthia，妳果然來了。」

Cynthia垂下消防斧，問我：「你跟他說那麼多就是想告訴我，他才是眞正凶手嗎？」

我苦笑回答：「妳比我聰明應該早就猜到是他，我只是引開他的注意罷了。」

「我確實有懷疑他，只是我不確定凶手是否只有一人。」Cynthia回望倒地的阿頤，見他咳了數聲，雖然十分虛弱，但尚有氣息。

而且他非常不甘心，咬牙切齒地問：「爲什麼知道我就是第八個人？」

Cynthia答：「我想起昨天我在球場做檢測的時候，排在我後面的是一位老婆婆，但這裡沒有老婆婆。」

我也記起，昨天排隊做檢測時我和Cynthia中間的確是一名老婦，爲什麼她不在了？

阿頤反轉身體，仰望著天花板，但他背脊被Cynthia用斧頭狠狠地砍了一道血痕，已經沒有氣力爬起來。他只是半笑問著：「你們不記得早上的突發新聞了嗎？隔離營有人嘗試逃跑遭警察開槍擊斃，那老女人才是鄧君頤，名字有夠老土怎會是我的。」

Cynthia問：「你是誰？」

「重要嗎？」

「我想知道自己殺了一個怎樣的人。」

男子笑了，閉著眼訴說自己的故事。「我只不過是比你們更早接受隔離的普通人，一個不想死的普通人。但由被送到隔離營的一刻開始，我們所有人就註定要死。其實我今早已經完成十四天的隔離，可是那些警察根本沒有打算放我們活著離開。」

「怎麼回事？」

「你們還沒察覺嗎？這個隔離營就是所有感染者的墳地。想想以前禽流感、豬流感，那些禽畜的下場是怎樣？撲殺感染源頭向來都是科學上最有效控制病毒流行的方法，比起研發什麼疫苗直接得多。」

Cynthia冷靜反問男子：「你是認真的？你有證據嗎？」

那男子彷彿知道了天大的祕密，又須要忍住不能告訴別人。現在Cynthia這樣一問，他說話就更大聲、更亢奮了。

「證據，哈！妳以爲是什麼原因要被禁錮屋裡，叫天不應叫地不聞？杜絕感染源頭不但低成本，還省下大筆醫療開支，反正住公屋的人命不值錢。而且人們選擇群居不就是這樣嗎，犧牲小眾成就大多數人的利益，就像衛國戰爭一樣。」男子又似是迴光返照，越說越起勁：「不論你們是否相信，總之我捱過了十四天的隔離，大難不死，想逃走時那些警察卻失手射死了那個正在迷路的婆婆，當了我的替死鬼，挺無辜的。」

「然後你拿走了那婆婆的手帶。」Cynthia想通了，「因爲你知道無法逃跑，就索性假扮鄧君頤繼續躲在隔離營。不過你無法用死人的手帶登記入住，所以當早上職員前來點名時你就躲進房間，結果他們只數到六個人才給少了一支疫苗。」

「妳很聰明，我好喜歡妳呢。我肯定妳已經察覺到我手帶的祕密吧？」

「當檢查出入浴室紀錄時就覺得可疑，明明你至少開了兩次門，爲何你的手帶只記錄了四點鐘的一次，而沒有四點半我們一起發現華叔屍體的那次。」Cynthia續道：「你戴了兩條手帶，手背側是鄧婆婆的晶片，手腕內側是你自己的。在四點半我們一起開門時你用錯了手腕內側的來開門吧？」

「啊，畢竟我也不是專業殺手，緊張起來就會出錯。妳沒殺過人又怎會明白殺人是如何刺激的一回事。」

「大概再過幾分鐘我可能就跟你一樣殺了人。」Cynthia續道：「不過我仍然不理解你爲何要殺人。」

「別用責備的語氣向我說教。妳知道爲何我說了這麼多嗎？因爲我沒有錯，我可以理直氣壯地對天起誓我不是壞人。身爲隔離營的前輩我可以告訴妳，工作人員只會在第一天分發物資，而那些物資根本不足夠七個人吃十四天的。早晚得有人犧牲，我不過是幫你們做決定罷了。」

「你就是爲了這個原因殺人。」Cynthia有點難以置信。

「不是我選擇要殺人，可惜這單位的上一手太過多管閒事，他們竟在房裡留下字條偷偷警告入住的人。我在房間找到紙片，我猜華叔也是，假如他跟我一樣理性的話就會得出同樣結果，所以我要先下手爲強。」

Cynthia冷淡回應：「這樣我殺了你也不算可惜。」

「反而我沒打算殺妳呢，畢竟一個人被困十四天太寂寞了，至少留個漂亮的妞來陪我解悶……啊……我已經看不見了，真可惜，只差一步，明明我是健身教練卻敗給一個連運動都不做的宅男……連上天都不幫我這個好人……」

那就是男子的遺言。看見他的頭垂到一側，再沒有反應，應該是斷氣了。結果最後也不知道他叫什麼名字。

Cynthia告訴我：「不必在意，那個人本來就瘋了。」

我盯著那男子死不瞑目的面孔，有淡光慢慢照在臉上，又見窗外天空漸漸染成奶白色，客廳播放中央廣播：「早安，現在是早上六點，一個小時後工作人員將會上門派發物資，請各位準備身分證明文件、智能手帶……記得勤洗手、戴口罩、保持社交距離以免觸犯防疫條例……」

Cynthia安靜坐到一旁，把斧頭放在膝上，然後對我說：「我認得你，我們在大學裡面見過面對吧？」

「是、是的。妳好，我叫Anson。」

「再等一會，很快就知道那男人說的是不是眞。」

「我們一起等吧……」

廳裡的電視自動打開，新聞不外乎是抗疫進度良好，小區全面清零的好消息。

〈清零〉完

疫下都市異聞：雙屍

——陳浩基

1

林達中明白自己再不圓滑一點，下次調職便可能是更偏遠的地區，所以他選擇閉嘴，沒向上級力陳己見。

縱使他打從心底認為這宗意外有疑點。

林達中本來在港島總區重案組擔任探員，他所屬的小隊多次偵破大案，眼看自己快要紮職升為警長，卻因為被同僚揭發他在匿名討論區發表同情示威者的言論，結果升職不成，反而被調到大嶼山警區刑事調查隊。他後來從熟朋友口中得悉，那份小報告只是壓垮駱駝的最後一根稻草，他的直屬上司黃督察一直嫌他不夠世故，同僚則討厭他不「埋堆」，即使他能升級，也會給調到一些吃力不討好的屎缺。

「阿中，大嶼山刑偵也不是太差，如果黃Sir有心玩死你，你現在已經穿軍裝巡梅窩碼頭啦。」那個熟朋友笑道。

經一事長一智，林達中知道這時候就是要低調，默默工作，他日才有機會重返市區。調職三個月來，相安無事，他覺得新上司也似乎對自己頗滿意。

偏偏這時遇上這樁「意外」。

九月二十六號星期六早上，有遠足行山的市民報警，說嶼南道近雙龍石澗的路旁泊了一輛私家車，車內有一男一女貌似昏迷不醒。救護員到場後證實二人已死亡，從車子引擎仍然發動以及兩人的死狀，初步判定爲一氧化碳中毒，估計廢氣滲入密閉的車廂裡，令二人斃命。由於死者衣衫不整，座椅椅背躺平，加上在車廂裡發現已用過的安全套，警員認爲死者曾在車內發生性行爲，完事後休息期間中毒致死。

「人們常常誤會廢氣倒灌進車廂只發生在車房或停車場這些密閉空間，在空曠的地方不會出問題，但其實在沒有風的環境下，一樣會有危險。」法醫驗屍後，對負責跟進的林達中說。

男死者叫洪孝生，四十歲，已婚，但女死者不是他老婆，而是一個年齡只及他一半的私鐘妹[1]。林達中的上司看過報告後，丟下三個字——無可疑，簡單地以「已婚男人召妓，二人意外一氧化碳中毒身亡」作結。

但林達中直覺案情不單純。

「嫖妓有必要開車到大嶼山嗎？而且還是在車裡解決……」林達中向同僚說道。洪孝生的家在港島東，平日在中環上班。

「那傢伙可能有特殊性癖好吧？再不然就是他很怕老婆，不跑到大嶼山不安心。」在大嶼山刑偵待了七年的老鬼偉哥訕笑道，「說不定不跑到老遠，那話兒硬不起來啦。」

這說法不是全無可能，但林達中就是覺得當中有問題。

「假如洪孝生眞的畏妻但又好漁色，那他用車子嫖妓不是很笨嗎？一來萬一不小心留下證據——例如安全套或妓女的毛髮——妻子便很容易發現；二來在路邊行事，一旦被半夜巡邏的警察關切，鬧上警局，他便瞞不過老婆。到九龍塘的時鐘酒店[2]不是更妥當嗎？」

雖然林達中想說出以上這番話，但他忍了下來，沒對同僚透露半句。上級說了「無可疑」，那就是「無可疑」。不服從上級指示，在今天的警隊是大罪。

2

縱然理智上他知道忘了這場「意外」對他的仕途較有利，但情感上無法妥協，在連續數晚夢到兩個死者的鬼魂到警署伸冤後，他決定利用休班時間，調查一下。

明明多一事不如少一事，自己卻硬要找麻煩。

不過他覺得，只有這樣做，晚上才能睡得安穩。

---

1 私鐘妹：指自行接案，不用與其他單位拆帳的女性性產業工作者。

2 時鐘酒店：以小時爲計價單位的旅館，汽車旅館即是常見的一種時鐘酒店類型。

達爾文是正確的。

任憑現代社會用什麼自由、平等、博愛做包裝，骨子裡的，還是那八字真言——物競天擇，適者生存。

如果你問我為什麼要殺那個男人，我會反問你，為什麼我不能殺那男人？犯法？真可笑。

「法律面前人人平等」這種話每人也會說，只是現實嘛，「所有動物生來平等，但有些動物比其他動物更平等」這句更正確。

民主社會不過是真正擁有金錢權力的「人上人」製造出來的謊言，制度下的真面目，只是一個受控的叢林。

而且控制著叢林法則的人，不會是你或我。

只要你了解到這一點，你便會有所頓悟，明白汰弱留強是宇宙唯一的真理。增加自己存活的可能性是人類天性，殺人不過是一種手段，就和在股票市場謀利、商業上打擊競爭對手，沒有太大分別。

況且，別跟我談什麼法律，我一定比你更清楚，畢竟這是我的專業。法律只是用來建立社會的工具，在有需要時，工具也可以依情況改變。美國的著作權法，原本是創作者死後五十年作品便會進入公共領域，變成國民的共同財產，但如今年期一再延長，就是因為某著名企業捐款給政黨並遊說修訂法律，好讓他們繼續用旗下的卡通人物賺錢，國會才會將五十年改成七十五年，後來又再改成九十五年。就連崇尚法治的民主大國也如此齷齪，你認為其他國家的法律真的能保障國民權利嗎？

我啊，一點都不恨那個跟我做了八年同事的傢伙。他只是妨礙到我的人生，我才決定「除去」對方。

我們工作的律師事務所主要服務商業客户，尤其是處理樓宇買賣按揭，所以在樓價飛騰、交投活躍的年代，公司利潤豐厚，就算我只是助理律師，年終花紅也相當不俗。

就像叢林的資源充沛下，同類動物之間的競爭也不會激烈。

可是那個時代要落幕了。

去年反修例示威爆發，我仍預計對樓市影響不大——回望六年前便能知道——卻沒料到年底出現波及全球的疫症。今年初我便確信，全球即將進入大蕭條，而且樓市會成為重災區。疫情改變了人們的生活和消費習慣，在家工作、網購、線上娛樂、虛擬現實等等從小眾文化一躍成為主流，昔日那些「舖王」或「全球租金最貴街道」自然乏人問津。工商業單位需求減少，接下來便會影響住宅租賃買賣。股市或許能靠科網企業支撐，但樓市註定完蛋。

我的工作也岌岌可危。

我預視到來年律師行會裁員，縱然我自問有能力在外面找到更好的際遇，但我就是心有不甘。

過去數年，我一直努力巴結大老闆，討他的歡心，估計再過數年，我便有機會成為事務所的合夥人。我不希望這幾年花的工夫白費。

所以，只要將跟我年資、能力相若的對手殺掉，我留下來的可能性便會增加。

在香港這個叢林，只有心狠手辣的人才能晉升高位，掌握權柄。

「體諒」或「包容」這些字眼不過是粉飾，用來當成「人類文明」這本書的書封文案。

只要用心細看，你會發現，書頁字裡行間重複寫著相同的五個字。

「自私的基因」。

3

雖然是戲言，但偉哥居然說中了。

林達中每天下班後，拖著勞累的身軀，回市區調查洪孝生的背景。他以結案需要補充文書紀錄送呈死因庭爲理由，接近死者的家人和朋友，尋找他直覺上疑點的根源。

他沒想到，最先確認的反而是洪孝生畏妻如畏虎的事實。

洪孝生的不少友人供稱，沒想過死者有召妓的習慣，但理由不是東窗事發會破壞他的專業形象，而是他本來就怕老婆怕得要死，比起社會地位不保，他更怕惡妻發難。洪太太是「河東獅」兼「虎媽」的合體，洪孝生的朋友都對她有頗差的印象，據說她曾在晚宴上數落丈夫，不留情面，也曾當過「怪獸家長」，在社交網站揭發兒子的老師在課堂上「教授錯誤知識」，致使教育局介入吊銷教師執照，引起社會激烈討論。

總之在洪家，洪太太才是話事人[3]。

亦因此洪孝生以如此不堪的方式去世，教洪太太既羞且怒。林達中過去接觸過不少遺屬，他們哀傷之情溢於言表，但洪太太卻在哀慟之上多了一份尷尬和憤懣，林達中從她身上也沒能查出什麼。

除了一句話。

「孝生是被他的同事害死的！他一定是被同事帶壞才會找上那骯髒的女人……那些混蛋遲早有報應，絕子絕孫，不得好死！」

乍聽之下洪太太這句像是晦氣話，林達中卻有所聯想。

因為林達中察覺洪太太情緒不穩，為免過度刺激對方，於是將調查重點移到洪孝生的同事，查探洪太太口中的「混蛋們」是誰。他不肯定洪孝生嫖妓是否受同事影

3 話事人：即「有決定權的人」。

響，但他從死者家庭和朋友圈子都沒察覺有任何不對勁，假如洪孝生的死不是單純的意外，那職場便是餘下最值得調查的地方。

經過數日明查暗訪，林達中發現洪孝生三個同事有可疑。

說是「有可疑」其實有點言重，畢竟他至今仍無法找到洪孝生的死不是意外的證據，可是他直覺感到這三人有點不對勁，不管是背景上，還是被他問話時的態度。他知道這年頭不少市民敵視警察，所以那些不合作的語氣背後或許有不同的理由，但亦可能是別有內情，若然洪孝生是被人謀害，凶手便可能在那三人之中。

那三名同事都是男性，和洪孝生年資差不多，工作上他們和死者沒有衝突——甚至沒有什麼交集——但各人都有令林達中起疑的特點。

他最先覺得有問題的，是四十二歲的譚青文。

譚青文和洪孝生的背景很相似，在本地大學畢業，考取執照順利就職，多年後再先後加入這事務所。二人都有家室，譚青文更比洪孝生多一個女兒，跟死者不同的是他跟妻子關係融洽，同事對他印象良好，認爲他是個有誠信、可靠的丈夫和父親。

然而，林達中在財務背景調查中發現這個「好男人」也有不可告人的祕密。

五年前譚青文曾負上鉅債，原因不明，但幾乎不得不申請破產，幸好有銀行願意爲他進行債務重組，讓他慢慢歸還欠款，到今天這筆錢仍未還完。

林達中知道，錢債往往是謀殺案中最常見的理由之一。

第二個讓他覺得可疑的，是死者的後輩朱寅。

朱寅——同事們喜歡叫他「老虎先生」——比洪孝生晚兩年入職，但頗得大老闆器重。同事們對他的評語好壞參半，有下屬覺得他很勤奮，但也有人私下抱怨他是工作狂、刻薄上司。朱寅準備在年底跟同居多年的女友結婚，有人說婚期拖得這麼久，就是因爲他太投入工作。

表面上朱寅沒有什麼特別，但一名女性部下告訴林達中一則小道消息。

「我眞的只是聽回來的喔……他有家暴的往績，和他結婚才不會幸福啦。」

傳聞老虎人如其名，在女友面前橫暴如虎，常常動手動腳，只是女友對他死心塌地，任他拳打腳踢，甘之如飴。林達中無法找到報警紀錄，所以對這傳聞的眞確性存疑，但他以調查洪孝生背景爲由跟老虎聊過幾句，覺得對方渾身散發著會對女伴出手的氣息，跟他過去見過的某些渣男很相似。

當然林達中知道凡事總有例外，他不能光從感覺便認定一個人有暴力傾向。

最後引起林達中注意的，是比洪孝生年輕十歲的廖財德。

洋名Mike的廖財德雖然比死者和另外兩人年輕不少，年資經驗卻差不多，因爲他畢業後便在這事務所任職。他頭腦靈活，在事務所裡平步青雲，更在公餘持續進修，考取證照，老闆便提拔他讓他執業。他具備年輕才俊的一切條件——獨身、精明果斷、有品味。據他部下所說，Mike花錢從不吝嗇，身上掛滿名牌衣飾，充分凸顯他的專業形象，可是他並非揮霍之徒，有同事指聽聞他早在多年前已有全盤財政計畫，買了房子收租，生活開支上亦顯出他長袖善舞的一面。

至於他爲何引起林達中注意，全因爲他是個womanizer[4]。短短的會面中，林達中已察覺Mike不時跟女同事調笑，然後有人在評論洪孝生的意外時，說「誰想到嫖妓出事的會是怕老婆的孝生？換成Mike才對吧」。雖然不確定，但林達中覺得Mike有召妓的可能——即使他應該很容易找到一夜情的伴侶，他也不一定滿足。

洪孝生召妓，是Mike這識途老馬教路的嗎？

林達中猜測，假如洪孝生不是死於意外，犯人一定在這三人之中。

這是他身爲刑警的直覺。

4

設計殺掉洪孝生真的毫不費勁。

要這種怕老婆、有色心無色膽的廢物掉進陷阱，可謂易如反掌。

唯一需要花的，是時間。

要一個畏妻的男人出軌，首要讓他克服心理障礙。先是多跟他在公餘泡酒吧、閒聊，再來有意無意間炫耀「戰績」，給他看看一些我和不同女伴的私密照，潛移默化地讓他覺得跟妻子以外的女人上床並不是什麼錯事。

在短短一個月內，他已完全同意我的那一套説詞——不忠是指情感上背叛妻子，而非肉體上。男人好色是天性，逢場作戲滿足性慾，跟飢餓時去吃飯、眼睏時去睡覺沒大分別。

他只在乎一點，怕遇上發瘋的一夜情女伴事後死纏爛打，被老婆發現，破壞他的人生。我告訴他那還不簡單，與其找不知道有沒有手尾的「免費餐」，不如明買明賣聘請「專業人士」，反正我們又不缺錢。一如所料，他對這躍躍欲試，我便代為安排。

疫情下夜店生意凋零，找高級妓女相當容易，為了降低洪孝生的戒心，讓我將來的部署更順遂，我倒真的為他辦了好幾場性愛派對——先準備偏遠的度假屋，挑選三、四個姿色技巧都不俗的應召女郎，和他一起胡天胡帝。初時他還對這種「集體活動」有點抗拒，但看到我毫無顧忌在他面前脱光光跟兩女來個「一王雙后」，他也漸漸投入，玩得不亦樂乎。其實我沒有在人前表演性愛的癖好，也沒興趣看到他那短小乾癟的醜陋軀幹跟渾圓的女性屁股碰撞，只是我倒不介意和這些女人上床，而且這一

4 womanizer：指好色之人，或是玩弄女性者。

步更確保我能順利殺死這傢伙。

我都安排這些「Staycation」[5]在週五晚上舉行，著他告訴妻子有加班會議或老闆參與的飯局，要晚點才回家，藉此找到讓他躲過老婆法眼的空檔。我們的派對都在晚上八點左右開始，約十二點完結，好讓他在一點前回家交人——雖然大嶼山有點遠，但多虧青馬大橋，他開車回港島的家也不過是四十分鐘左右。他每次回家時都一副意猶未盡的樣子，可是他找不到藉口瞞過老婆，讓他在這酒池肉林裡安度春宵。

然後到了九月二十五號，時機成熟。

一如往常，那一晚我們先開車到東涌接女生，預定的小姐卻只來了一人——那是我故意安排的錯誤。我假裝通電話後對洪孝生說另外兩個女的臨時爽約，但我已找到兩人補上，只是我得親自開車去接她們，叫他和那個二十歲女孩先到度假屋開始。洪孝生說他不介意我加入來個三人行——我沒想過我的「教育」如此成功——在度假屋等那兩個女生自己來就好，我便以他午夜前必須回家為理由，叫他該抓緊時機盡情享受，不要讓我分薄他的時間。

我的主張大概觸及痛處，他覺得言之成理，我們便分頭行事。因為之前「訓練有素」，他已對獨自帶妓女回度假屋上床沒有任何不適應，我在他離開十五分鐘後，開車前往度假屋附近的停車處，監視洪孝生和妓女在室內的舉動。

我之前已在房間裡安裝好隱蔽式攝影機，讓實時畫面傳送到我的手機上。

我曾想過我遲遲不回去，他會打電話給我，我甚至已想好藉口，但結果我過慮了，在年輕胴體前他早已將我還沒來這件事拋到九霄雲外，只集中品嘗眼前的「美食」。十點左右，看到他累癱在赤條條的妓女身旁，我便下車偷偷來到度假屋窗外。

我數天前已將室內的窗子封好，只留下一個機關，讓我可以在室外拉動繩子，打開藏在衣櫥裡的氣樽活閥。

一氧化碳氣樽的活閥。

在無色無味的毒氣之下，洪孝生和那妓女很快陷入昏迷，為了確保計畫成功，我還多待了一會才閉氣走進室內，打開門窗換氣。

在我面前的，已是兩具屍體。

接下來便輪到我「抓緊時機」。人死後血液循環停頓，屍體放超過兩個鐘頭便會出現屍斑，法醫能以此判定屍體有沒有被移動過。我替他們隨便穿上衣衫鞋襪——不用穿好，反正就是要他們衣履不整——再將他們逐一搬到洪孝生的車子上。我還得小心別在屍體上弄出拖曳痕跡，不過車子就停在度假屋旁，所以比預期容易。

將車子開到偏僻的山路後，便要布置成「洪孝生車上嫖妓、一氧化碳中毒身

5 Staycation：為「stay」和「vacation」的組合字，指在家或家附近度假。

亡」。關好車窗，躺平座椅，擺好兩具屍體的姿勢，用小型氣樽讓車廂裡充滿一氧化碳，偽造廢氣倒灌的假象。

當然，在關上車門前我還記得將從度假屋撿來的那個用過的安全套和包裝袋丟進去——這大概是整個計畫中最噁心的一環吧。

這妓女跟我之前安排的不一樣，沒有馬伕或老大代接，是在Instagram自己接客的私鐘妹，死了也沒有人代為出頭，更不會追蹤到我身上。我的確沒有殺她的理由，但反正她在香港這個都市中毫無價值可言，沒有人管她姓甚名誰，幹掉她正好潔淨市容，減少一個缺乏生產力的低端人口。

牡丹花下死，做鬼也風流——我讓洪孝生這樣子死去，黃泉路上還有個美女相陪，我其實相當仁慈吧。

就如我設計的一樣，警察發現屍體後，認為案件無可疑。不，就算有可疑也不會找上我，今天不少警察尸位素餐，以「少做少錯」為宗旨，難得案子看起來就是意外，還有幾個探員會真的好好審視細節，思考當中有如此周詳的殺人詭計？

5

林達中審視所有細節後，決定冒險向上級報告。

他不知道私下調查一事會否被上司責備，又或者對方會否不認爲他找到的疑點具決定性，但他還是決定提出翻案的要求。

上級聽過他的要求後，臉色一度變得很難看，可是林達中一一說明所有他找到的資料，以及死者和疑犯的關係後，對方沉默一會，然後點頭同意。

因爲洪孝生的案件在大嶼山發生，大嶼山區刑事調查隊有調查權，縱使疑犯住在荃灣，林達中也能和同僚前往拘捕。

「廖財德先生，我們懷疑你和一宗案件有關，請你跟我們到警署協助調查。」

看到Mike一臉錯愕的樣子，林達中心想對方鐵定沒想過殺人詭計會被「愚蠢」的警察看穿。

在大嶼山區警察總部的盤問室裡，林達中直視著Mike雙眼，只見對方狐疑地瞧著自己。他過去在港島重案組曾協助上司盤問犯人，所以知道這一刻疑犯其實都在盤算著，估計警方掌握了多少證據，對哪些話該假裝無知，以防露餡。

「九月二十五號星期五晚上至二十六號星期六凌晨，你在哪裡？」林達中以冷冽的語氣問道。

「我……我在家。」Mike這句話已顯出有點動搖，眼神游移不定。

「即是沒有第三者能證明？」

「……對。」Mike深深吸了一口氣，問道：「到底我犯了什麼事？」

「警方懷疑你涉嫌謀殺四十歲男子洪孝生與二十歲女子沈秋燕。」林達中不徐不疾地答道。

Mike的肩膀稍稍一抖，目光移到林達中臉上。

「沈秋燕是誰？」

「那個跟洪孝生一起在車內死去的私鐘妹。」

「他們不是意外中毒致死的嗎？跟我有什麼關係？」

「警方初步判斷，兩名死者是在另一地方中毒身亡，再被犯人移屍到私家車上，偽造成意外的樣子。」

「另一地方？」Mike額上冒汗，而他企圖壓抑著的緊張情緒卻沒躲過林達中法眼。

「你替他安排妓女並提供地方，讓他與女死者進行性交易，」林達中稍頓一下，「然後用一氧化碳殺死二人。」

「你在胡說什麼！」

「我們已經找到了啊。」林達中突然說道。

「找、找到什麼？」

「你用來殺人的那間度假屋。」林達中說罷，將一張照片放在Mike面前——照片裡是一幢被草木圍繞的三層高平房，「這是我幾天前到現場拍攝的，你不會說你不認得這房子吧？」

Mike一看照片便怔住，沒能反應過來。

「要調查樓宇業主名單很容易，就連一般人也可以到田土廳查冊，我們警察就更易找到資料，也能反向看看某人有什麼名下物業。」林達中沒感情地笑了笑，「一般人說到買樓收租，只想到在市區買住宅或買街鋪，但你投資眼光獨到，選擇在貝澳買下村屋，當成度假屋出租。途人發現洪孝生伏屍的地點，和你那間度假屋相差不到十五分鐘的步程，開車的話，才不用兩分鐘吧？」

「你、你一定是弄錯了——」

「今年疫情爆發，度假屋乏人問津，這正好讓你進行邪惡的殺人計謀。」林達中沒理會Mike，繼續說：「你想說那是巧合嗎？對，的確可能是巧合，但我們已找到充分的疑點，判定洪孝生的車子並非二人死亡的第一現場。」

看到Mike直愣愣地瞧著自己，林達中緩緩地翻開底牌。

「我重新檢查案中的物品清單和現場照片，發現沒有東西有任何異常，但是，仔細一想便發現欠缺了一件東西……」林達中露出勝利的笑容，「……沒有用過的口罩。」

林達中回想，當初除了因爲洪孝生的死亡地點令他感到疑惑外，總覺得有另一件事不對勁，但他就是說不出來。當他連假日也在家反覆查看案情資料，錯過晚餐時間，打算戴口罩出門到便利店買個微波爐飯盒充飢時，他赫然發現案中的物品清單中沒有已用過的口罩。

「假如洪孝生在市區跟妓女會合，再開車到大嶼山僻靜地點進行交易，那女的上車後除下的口罩自然也該留在車廂裡，可是我們遍尋不獲，只在她的手袋中找到備用的新品。在嚴格執行口罩令的今天，她一定會戴過口罩才有可能在街上跟洪孝生會合，就算假設洪孝生是她的熟客，上車後她不介意脫口罩，那個沾上口紅和化妝品的口罩不可能平空消失。換言之，他們很可能曾在另一地點發生關係，期間被毒殺，凶手替他們穿上衣物後再移屍到車上——可是他沒留意女死者是在第一現場才除下口罩露臉，只記得撿走用過的安全套，卻忘了從垃圾桶拾回那件不起眼的證物。廖先生，你還有什麼話要說？可以告訴我你的殺人動機嗎？」

「我……我不知道你在說什麼。我要見律師。」

看到Mike吐出這句，林達中滿意地笑了笑。他知道就算對方否認一切，主控官也有足夠的合理懷疑將這傢伙提堂。

餘下的就讓法庭處理吧——林達中邊想邊站起，離開盤問室。

6

——「大嶼山雙屍案疑別有內情　警方拘捕男死者同事」

今早讀報看到這則新聞標題，我先是有點錯愕，再來便不由得朗聲大笑。好傢伙，看來今天的警隊裡尚有一些有小聰明的傢伙嘛。只是聰明反被聰明誤，傻乎乎地抓住我布下的錯誤線索，逮捕了我預設的替死鬼了。

我早知世上才沒有完美犯罪，再周密的詭計總有最弱的一環，一旦被擊破，整個計畫便告吹。所以優秀的犯罪計畫需要的是fail safe，一個用來轉移視線的保險裝置。

廖財德就是個一流的保險。

在籌備計畫之初，我便物色適合的代罪羔羊。比起曾負鉅債的前病態賭徒，以及人前人後兩副臉孔的家暴男，我發現姓廖的同時具備兩個更好的條件，就讓他擔任這個重要角色。首先，他名下有一幢在大嶼山放租的度假屋，讓我將這偏遠地點列入計畫之內，然後我察覺他有到酒吧獵艷的習慣，床伴多如過江之鯽，我便想到讓洪孝生在召妓時發生意外致死的劇本。

其實單單有這兩個條件，廖財德也稱不上是最好的保險，關鍵是第二個條件之上，他有不可告人的祕密。

他除了喜歡一夜情外，更鍾情「撿屍」，將泥醉的女生帶到酒店施暴。那些女生有不少也是出來玩的「蒲精」[6]，所以事後不一定會報警令姓廖的身敗名裂，而且他的手腕似乎滿高明，令女生覺得責任在自己身上，放棄追究。

在我花了一番工夫跟蹤調查後，發現廖財德通常會在週五晚上侵犯這些醉娃，大概週末前夕女生喝得比較放，他亦有更多選擇。於是我一直等待實行殺人詭計的機會——因為疫情關係，政府七月下了酒吧禁令，逼使我暫時擱置計畫。幸好兩個月後解禁，我確認廖財德在九月十八日迫不及待到夜店找獵物，便預計他會在下一個週五重施故技。

所以我選擇在這一晚進行殺死洪孝生的計畫。

這個計畫裡最危險的一環，其實是我難以保證沒有第三者見過洪孝生和那私鐘妹在其他地點出現——為了減低這可能性，我沒選熱門的貝澳、梅窩或長沙，反而租了偏遠一點的塘福度假屋來實行。洪孝生應該會盡量躲避他人，因為他怕妻子發現，而他這行為正好幫助我降低風險。

警察一旦對洪孝生的死因起疑，應該會先從他身邊的人找疑點，例如家人、朋友和同事。廖財德的花花公子個性跟洪孝生嫖妓一事很容易讓探員產生聯想，他的大嶼山度假屋位置更是一個很好的環境證據。最可笑的是，廖財德被控謀殺後，一定會隱瞞當晚的行蹤，因為他的不在場證明，恰恰成為他性侵其他女性的罪證。就算日後他衡量輕重，透露這事實，陪審團也大概會因為他前後不一的供詞認定他缺乏誠信，被他性侵的女生也不大可能願意為他作供。

不管最後姓廖的被判有罪無罪，事情也會告一段落，警察不會承認自己兩度犯錯，而且對今天習慣未審先判的大眾而言，只要有情緒的宣洩口，是否真相並不重要。

我唯一的遺憾是，這宛如鐘錶機械般精密的計畫，我只能跟一個人分享。

一個叫孫永博的男人。

嚴格來說，假如我沒遇上他，一切都不會發生。

三月時，我被編排負責辦理一份物業二按[7]的合約，跟業主說明一些細節之類，總之就是沉悶的例行手續。然而文件中有一項抓住我注意的資料，令我覺得這個客戶對我可能很有利用價值，於是我故意表現親切，籠絡對方，更主動約他到他方便的茶餐廳交收文件，不用他特意上來律師行。

他便是孫永博。

這男人有點木訥——要二按物業套現的人，鐵定是周轉不靈，沒幾個會高高興興見律師簽文件——跟他打好關係有點花工夫，但多見幾次後我便發現，他大概是那種有輕微亞氏保加症[8]的傢伙。對擅長控御人心的我這是一個挑戰，而事實證明我的口

---

6 蒲精：指喜歡上夜店、夜晚四處玩樂的人。

7 二按：即第二次按揭，指在已抵押貸款的基礎上，又向不同單位（通常是民間的財務公司）另外申請按揭貸款。台灣慣稱「二胎」。

8 亞氏保加症：台灣慣譯爲「亞斯伯格症」。

才和演技一點都不差，半個月後，我和他當成「朋友」。

我想他平日缺乏傾訴對象，所以打開心防後，便跟我吐苦水，說他要二按套現的理由——他目前失業，加上疫情所害，不曉得能否順利求職，只能再做物業按揭，減輕負擔。

本來我以為又是那些平凡的都市悲歌，但他說下去的內容卻超乎我想像。

「我本來在中學當老師，結果被怪獸家長害到丟飯碗了。」

二月疫情開始出現第一波時，全港學校停課，他工作的中學改用網上教學，學生們都在家學習。他教授的是初中科學科，某天有學生問什麼是TATP——去年年底警方拘捕了幾個製造TATP炸藥的中學生，二月上庭，學生們大概看到新聞於是發問——孫永博便向他們解釋化學成分、製作原料等等。他當時一再強調這是危險品，同學們不應私下調製，他亦沒有講解製作過程，但有學生母親碰巧在家聽到部分內容，於是公開指責，指孫永博居然指導學生如何成為反政府的恐怖分子。孫永博任職學校的校長是個沒腰骨的小男人，不但沒有為部下辯護，更反過來向教育局參一本，孫永博便無辜被釘牌[9]，無法再擔任老師。

我印象中也聽說過這新聞，沒想到這傢伙就是主角。

「這個混帳的社會……每一個都是爛人！混蛋！尤其是那個臭婊子……總有一天我會幹掉她，以洩我心頭之恨……」我們認識一個月後，某天他喝了幾杯啤酒，趁著酒意罵道。

我本來只想利用他收集情報，但那時候，我想到了更有趣的計畫。

「殺掉那女人有什麼好玩？她一死便一了百了。」我輕聲道，「要復仇就該對付她的家人，例如她的老公或兒子，讓她承受喪偶喪子之痛。」

孫永博瞪大眼睛，我的話就像醒酒藥，讓他愣愣地瞧著我。

「你說那個女人叫洪太太？她丈夫是幹什麼的？我們一同計畫一下如何殺掉他。」我確認食客寥落的餐廳裡沒有人留意我們後，小聲地說。餐廳為了防疫，桌與桌之間豎起了膠板，正好讓我們密談。

「她丈夫好像是個會計師還是核數師，沒記錯的話在中環一間很大的會計師事務所工作……」

會計師？很好，這樣子我要接近他應該不難，畢竟律師和會計師都是專業人士，只要找個適當場合，遞出名片，很容易交朋友——我連這個有點自閉的呆板教師都能操控，對悶蛋會計師自然更有把握。

「你有什麼計畫？」孫永博緊張地問。

9 釘牌：即「吊銷牌照」。

「沒想到，但偽裝意外就最好吧。數年前不就有大學教授布局用一氧化碳偽裝意外殺妻嗎？你教科學，應該有管道購買化學品吧？」

「我的確有……」孫永博眼神有點游移，「可是金律師，你幫助我殺人有什麼好處？我才不想領這麼大的人情……」

「我碰巧也有想除掉的人，我替你報仇，你替我殺人，不就互不相欠，大家心安理得嗎？」

「如果我有能力殺人的話，我早就將那洪太太斬開十件八件了。」他苦笑搖頭。

「不，你有。因為那個我要對付的目標，碰巧跟你住在同一幢大廈，你們是鄰居。」我抿嘴而笑。

當天看到那份二按合約，我便發現，那地址居然跟我想「排除」的同事的住址，只差一字。我想孫永博再自閉，也一定留意過對方——就算那個跟我共事八年的傢伙自稱香港人，任誰都覺得他跟這都市格格不入吧？

別誤會我有種族歧視，我深信所有人是平等的。

只是「所有動物生來平等，但有些動物比其他動物更平等」而已。

〈疫下都市異聞：雙屍〉完

移民前夕

—— 文善

1

今晚的晚飯並沒有什麼珍饈百味，但是有老爸親自做的燒腩仔，還有老媽最拿手的泰式炒蝦，她說雪藏蝦沒有什麼鮮味，這樣炒就可以「瞞天過海」，最驚喜的是那條蒸青斑，都是我喜愛的菜。

「既然有青斑，爸幹嗎要我買炸魚薯條呀！」我抱怨著。老爸叫我到我家附近的店買炸魚薯條回來加餸。

「你爸喜歡吃嘛，你走了他又不會特地去那邊買。」老媽說，「你吃多點，去了加拿大，就沒有這樣的蒸魚吃啦！」

「媽，加拿大有很多香港人的。」我笑著說。我盡量用一貫輕佻的口吻，不讓氣氛那麼傷感。

整頓飯老爸的話很少，雖然他平日就很少邊吃飯邊說話。不過我知道他的心意，都在那燒腩仔上了。我看著餐桌上的餸菜，典型香港人過時過節的做法，堆滿每位家人最喜歡的菜，像今晚燒腩仔加泰式炒蝦加蒸魚加炸魚，啊，還有一定要有菜，所以有那一盤水煮西蘭花[1]。那年Jennie第一次來我家作客，老爸「隆重其事」，買了魚生壽司拼盤配牛扒加菜心，還有肉醬意粉[2]。「好像去了自助餐館。」Jennie笑說。後來我到Jennie父母家吃飯，才知道原來人家請客並不會這樣，只是簡單一鍋燉牛肉，配菜雖然簡單，但明顯是有想過和主菜配不配的，不像我們家只一股勁地把想吃的堆上桌。

不過用筷子吃牛扒、肉醬意粉、魚生沒有把Jennie嚇跑，而是「移民」這問題讓我們五年的感情畫上句號。

世局紛亂，很多人由前陣子的「考慮移民」，到最近眞的動身離開，我也是其中一員。明天這個時候，我便會在飛往加拿大的飛機上。

看著這桌很沒品味、很不搭調的飯菜，想到未來可能再吃不到了，一種複雜的心情就在胸口擾攘著。本來我想和老爸老媽出去外面吃飯的，但一來因爲疫情不方便在餐館用餐，二來老媽說想一家人在家好好吃一頓住家飯[3]，所以我就在移民前夕，回到位於堅尼地城的老家，小時候我覺得這裡很不方便，自大學後便一直在外面租地方住，只有過時過節才會回去。幾年前地鐵開通後，本來回去是更方便了，但反而是老媽常來我家替我打掃。

我知道老爸是不想我離開的，但只能表示無奈——他不能給我更好的選擇。這裡已不是我這種人可以談理想、一展抱負的地方。老爸是在新政權成立那年出生，年輕時又碰上那個大時代，他覺得我的困境和他當年相比，是小巫見大巫。

吃完飯，我正要幫老媽洗碗，但她把我趕出廚房。「你去陪爸爸！」她輕聲說。

老爸在露台，我拿了兩罐啤酒走過去，有一瞬，我想起了以前中文班學到朱自清的〈背影〉——他的身形好像縮小了、消瘦了。他拿著沒有點的菸，自從幾年前答應了老媽戒菸後，他就只拿著菸在手中去解解菸癮。

我把啤酒遞給老爸，順便從口袋中掏出打火機。「都七十歲人了，偶爾來一支，老媽不會罵的，我陪你。」

「嗯，未來應該也沒有很多機會兩仔爺一起抽菸了。」

「嘖，加拿大不是眞的那麼遠啦。」我呼出煙，喝了口啤酒，這時我才發現不應該這樣說的，言下之意即表示我不打算回來。

「我一副老骨頭，捱不了長途機。還有，衰仔，去到那邊不要抽那麼多菸啦。還有，多點打電話回來，你知道你媽。」

「唔，知道了。」老媽常擔心我的安全，小時候放學回到家時要打電話到老媽工作的地方報平安，即使畢業後開始工作，她也要我下班回到家後打電話給她，這樣她才會安心。

老爸抽了口菸，我知道他在想怎樣開口。

---

1 西蘭花：即台灣的「青花椰菜」。
2 意粉：即台灣的「義大利麵」。香港慣譯「義大利」爲「意大利」。
3 住家飯：即台灣的「家常菜」。

「Jennie呢？為什麼不帶她上來？」

「我們分手了。」

「哦。」他喝了口啤酒，「她不想去加拿大？」

「她說加拿大生活節奏太慢，養懶人。」沒有說出口的，是她覺得只要不搞事，這裡絕對可以賺多些錢，更說要搬到仿效三藩市[4]和東京的「灣區」，那裡才有機遇。

「她不喜歡你上街吧。」去年開始，社會上常常有大大小小的遊行示威，甚至演變成不同程度的衝突。我對社會上的一些事情也有自己的看法，也因此參加過一些和平集會和遊行。老爸和老媽猜到我會上街，他們沒有叫我不要去，但會傳短訊叫我小心。漸漸地，和Jennie的意見分歧也越來越大，她不明白上街有什麼用，與其花掉那些時間，倒不如想想如何可以賺更多錢，早點買樓準備結婚。當我在考慮移民時，她更罵我不切實際。

「你這樣去加拿大可以幹什麼？你可不可以不再找藉口？我完全不覺得現在的環境有那麼差！你沒出息不是政府的問題，而是你不夠努力！說什麼要脫離大陸、不能給大陸牽著走，我們這樣的一個地方可以做什麼？」差不多每天也和她吵架，而她總是說同一番話。在我下決心買了去加拿大的單程機票後，反而似是輕鬆了，Jennie搬離了我們同居的家，剛巧租約也快完結，時間上就好像是配合得剛剛好。

「你阿爺說過，中國人，彷彿每一代都要逃一次難。」老爸嘆氣道，「當年我走難來這裡，以爲可以有更好的生活，只是……我沒想到，來到你這一代，還是要移民……喂，你不是給錢那些什麼移民顧問吧？」

「當然沒有！現在去加拿大哪要用移民顧問？加拿大現在有給我們這種人的新計畫，自己申請就可以。」

「那就好，女人嘛，她要走就讓她走囉……唉，有幾多女人好像你媽那樣好的？」

五十多年前，那時鄉下[5]正值歷史上那場浩劫，日子過得很不好，老爸和老媽也是在一場騷亂中認識的。據老爸說，那天老媽出外替外婆辦點事，回家途中在街上碰到聲討的人潮，還沒搞清狀況的她突然給牽著手要她一起跑——那就是老爸。

「幸好我帶著你媽躲起來，那天他們抓了好多人，連學校的老師也被打傷，被關了起來。」老媽年紀比老爸大幾年，既不是同學又不是鄰居，我小時候好奇他們是怎樣認識的，老爸就給我講了這段英雄救美的故事。後來他們和很多人一樣，決定從鄉下逃離來這裡。那時老媽先走，幸運地在這裡找到一份朝九晚五的工作，後來老爸終

---

4 三藩市：台灣慣譯爲「舊金山」。
5 鄉下：即台灣的「家鄉」、「故鄉」。

於找到門路離開，當年的亂世兒女重逢後，捱了一段苦日子，好不容易待到生活安定點，才結婚並生下了我。像他們當年在鄉下的經歷，其實在那個時代並不罕見。

「沒關係的，仔，待在自己身邊的人，最重要是有相同的價值觀。分手也好，起碼大家清清楚楚，沒有拖泥帶水……」老爸又抽了口菸，然後重重地呼出。

「爸，」我有點擔心，老爸很少這樣，便追問道：「你怎麼了？」

「沒有，想起以前鄉下的一段往事……」他微微一笑，但那個笑容，有點懷念，還有點傷感和不甘，「不過我到現在還不明白，他究竟是怎樣帶走她的……」

2

即使過了那麼多年，即使我已經不在鄉下，但要談當年的事還是有點猶豫，就像是一段不能宣之於口的歷史，到今時今日仍是心中的「敏感詞」，正如當年和我一樣從鄉下逃出來的同鄉，都不願再談那段日子。我記得，起初只是一些小事，和一連串事不關己的鬥爭，當大家都把那些事當成茶餘飯後的話題、不以爲意的時候，那場風暴就像山火一樣，一發不可收拾。

社會已經不穩定，加上開始有疫病肆虐，大家都很緊張。表面上大家的生活好像很平靜，但是一股恐怖的氛圍在悄悄瀰漫著，就像明明是陽光普照的晴朗天氣，但空氣中卻沒有半點氧氣，令人窒息。

在我住的村子裡，不少人是在同一個地方工作，不過因爲政府的命令，大部分人的工作都陷入停頓，學校也不再開放給學生去上學，但即使學生可以上學，那時學校已經不是個自由學習的地方。雖然我算不上是個知識分子，對當時的社會環境也看不過眼；然而我們這些老百姓也只是敢怒不敢言。恰巧同村有幾個志同道合的朋友，我們便在其中一個人的家不定期舉辦聚會，一開始我們只是偷偷地喝喝酒、發表一下對時局的看法，後來我們想做點事，便給村裡不能上學的小孩製作一些筆記，有幾個丟了工作的人，以義務看小孩爲名，除了教他們學術上的知識外，還偷偷給他們講解究竟社會上發生著什麼事。更有人弄來一些「禁書」，在成員間傳閱，漸漸地，「讀書會」便成形了。幸好我們村的位置有點偏僻，外面的烽烽火火還沒眞的燃燒過來。在那段時期我們總算過了一點安全寧靜的日子。

丹丹是其中一個女孩帶來的。

女孩說，丹丹和她本來是在同一單位工作，但最近很不幸，和不少同事一樣，丹丹的工作崗位沒有了。爲了節省，便搬到住在我們村的好姐妹家裡一起住。因爲沒有找到新崗位，女孩便邀丹丹來我們的讀書會幫忙。雖然丹丹和我年紀差不多，但因爲工作崗位的關係，她的英文不錯，又懂得急救的知識，對我們編輯的東西有很大的貢獻。

「前陣子常常有人被打傷，如果多些人懂急救會很有用。」其中一名成員說。

「對了，我昨天看到，丹丹妳們工作地方的『領導人』，在『批鬥』名單上。」

「不意外呢，」丹丹的好姐妹不屑地說，「他本來以為獻媚可以自保，現在兩面不是人。」

丹丹沒有多話，只是專注地寫教材。

有一次，其中一名成員阿勇生日，另一成員阿義提議去他工作的飯堂為阿勇慶生。

「沒有問題嗎？」阿勇問，「不用搞什麼啦，現在是什麼時勢？」

「不要緊的，十點過後來就好了嘛。」阿義吃吃笑著。

「那裡前陣子不是給『那些人』破壞嗎？」我說，「眞的沒問題？」

「還好，只是打破一些盤子而已。因爲飯堂的廚子發表了些話得罪了那些人，前陣子他在做大鑊飯時便有人來找麻煩。嘖，他們要打擊你，管你是什麼人，總會有理由。」阿義只是笑，有種醉生夢死的意味。

那天晚上我們十點後到達飯堂，阿義讓我們偷偷地從後門進去。阿勇早早說了不要我們破費送禮，所以我們決定帶點下酒菜過去當禮物。在拉下鐵門的飯堂內，就像是另一個世界，那一晚，讓大家暫時忘記外面的荒謬。

快要到午夜的時候，只剩下阿義、阿勇、我和丹丹。我正想回去，但阿義和阿勇都拉著我不讓我離開。

「你是怕什麼啊？」

「不是啦，我看也差不多吧？看！酒也喝了不少，下酒菜也吃光了。」我指著桌上空空的盤子，眼角看了一下牆上的鐘。

「不打緊不打緊。」阿義說，「後面有些剩下的食材，本來是員工的伙食，拿一點點沒關係！」

「那我去看看。」丹丹站起來，「讓我再做一點下酒小吃吧，你來幫忙。」她拉著我的手走進廚房。說是廚房，其實只是在用餐區後面一個小小的地方，中間只有一道布簾相隔。

丹丹把長髮隨意綁成一條馬尾，我不知不覺盯著那頭烏黑的長髮。

「怎麼了？」她發現了我的視線，有點靦腆地撥弄一下馬尾。

「沒有，很久沒有看到妳把頭髮綁起。」我記得，丹丹第一次參加讀書會時，她把頭髮盤起成一個很高很紮實的髮髻。那時的她給我一種優雅俐落的感覺。

「以前要幹活嘛，那時每天也要把頭髮盤好。」丹丹邊說邊把馬尾捲成一個髮髻狀，「不過我喜歡把頭髮放下來。你覺得哪個較好看？」

我想說我更喜歡她的髮髻，男人不都是會爲那個髮髻心動嗎？那讓她看起來很優雅，雖然把長髮放下來的她有和她年紀相符的青春氣息，卻少了份神祕的性感。她說喜歡把頭髮放下來，我怕說實話她會不高興。

「對了，」她應該以為令我為難，便轉移話題，「你好像常午夜前趕著回家呢。」

「呃，唔，其實是我有點累，也沒有什麼原因……」

「那……你現在會累嗎？」

我又看了一眼牆上的鐘，已經過了一點了。

「嗯，沒有，沒關係。」我嘆氣道。

這時外面傳來有人拍打鐵捲門的聲音。

「當局的人來了！你們先躲一下！不要給他們抓到！」阿義探頭進來廚房，只丟下這樣一句。

丹丹拉著我躲到流理台後面蹲下來，示意我不要作聲。

「你們在這裡幹什麼！」我聽到外面有把粗魯的聲音，「有人舉報，懷疑這裡有人在非法聚會！」

該死的，大概之前大家玩得太興起，被外面的人聽到。眞是的，關他們什麼事啊？竟然去舉報？

「沒有沒有，你也看到，只有我們兩人而已，我在這裡工作，十點就關門了，只是朋友來找我聊天，眞的，所有事都是合法的。」

聽著外面的聲音，我猜那個人在用餐區內走來走去，檢視著四處的東西。

「你說只有你們兩個，那這些杯和筷子是怎麼回事？」

不好了，我們剛才有差不多十人在聚餐，桌上的東西還沒有收拾好。

「啊，不是不是，這些是最後來吃晚飯的人剩下的，只是我還沒來得及收拾罷了。」

「那是廚房嗎？怎麼還有亮燈的？」那人說著，我聽到他的腳步聲越來越近。如果他走進來的話，在這麼小的廚房我和丹丹一定會被發現。看到丹丹的眼神流露著恐懼，我捉著她的雙肩，希望安撫她，這時我才發現她的身軀是那麼瘦小。我稍微踮著腳尖，預備萬一檢查的人闖進來，我就會跳出去，讓他以爲只有我一個躲在廚房裡，那丹丹就可以安全不被發現。丹丹也發現了我的意圖，她握著我的手，像是要和我一起去面對。

我只是微微地搖頭。只我一人去冒險就好。

我們兩人都不敢作聲，但我們都知道對方想說什麼，我拉著丹丹一起把身體再蹲低一點，我們的兩肩緊緊貼著。

「大哥大哥，才沒什麼呢。」阿義在攔著那人，「你看時候也不早了，我只是準備清潔廚房，然後還要收拾這裡快快回家呢。呀，剛才那些人還喝剩半瓶酒呢……」

阿義叫那人作大哥，但在我聽來，那個人的聲音和語氣都稚氣未脫；這年頭，始終就是有那種書還沒唸好的年輕人，趁著時勢向權勢靠攏，得到點點權力就以肅清之名大搖大擺。

對方沒有作聲，不過我聽到腳步聲又離廚房越來越遠了。

「算了算了，明天才好好收拾吧。」阿義說著，匆匆地把店面收拾一下，然後便和檢查的人一起離開。

我確定他們都走了後，便帶著丹丹從後門離開食堂。夜路上，走著走著，不知怎樣開始的，我和丹丹的手已經牽在一起。這手，我是不該牽的，我太清楚，像我這樣的人，是不能給丹丹幸福的。

3

雖然日子還是難過，但有丹丹的日子，仍是有一點甜。原來，有一個伴在身邊的人是那麼重要，但是以當時來說，那是有點奢侈的。我不知道，和丹丹一起，是年少氣盛的任性？還是只是單純的寂寞？那時多少家庭因爲成員逃難而分隔兩地，而另一邊廂，有不少卻因爲立場的對立，有人被趕出家門，有人因爲生怕說錯話、做錯事被「批鬥」和「清算」，連和家人也不再有半句話語，不少家庭其實已經名存實亡。

讀書會的運作也越來越艱難，不少書店已經倒閉，成員也越來越不願意去買書、拿書，怕會被看到、惹禍上身，其中有一些成員以前是老師，但發生了老師被中傷、被惡意批鬥、被逼害、被奪去所有的事件後，他們都嚇得在麻煩找上門前紛紛離開。

「我不知可以怎樣教學生了。」其中一人說，「我在認眞考慮逃離這裡。」

自此以後，逃難成了讀書會成員間的恆常話題，不過我並沒有參與他們的討論。

有一天，丹丹突然跟我說想去美國。

「爲什麼突然有這個想法？」我把她拉到一邊，這種事情現在可不能隨便在大街大巷上說。

「難道你眞的認爲這裡還可以待下去嗎？」

「我當然想過離開，但美國太遠了。」我把我的想法小聲告訴她，我覺得應該選更近更容易成功的地方。

「英國佬的地方有什麼好？他們還有皇室！不是太守舊了嗎？美國可是自由的代表啊！」

「但是去美國太難了。」

「進哥說他有辦法。」

那是我第一天知道「進哥」這個人。

進哥是最近才搬到村裡來的，年紀大約比我大十年左右吧。丹丹說他以前曾在美國住過，所以有門路可以去那邊——當然要付錢給他，而且那數目不少。

「那個進哥是騙子吧？那樣來歷不明的人，他只是掌握了我們想逃難的心理，像他那種人遊走在不同村子，捲了錢便搬到別處。這種事情聽得太多了，而且我也沒有那個錢……」

「你以爲我是想問你借錢嗎？」

「當然不是，我只是怕妳被騙！」

「你當我是傻瓜嗎？」丹丹把我的手甩開，「你知道忠毅嗎？他剛去了美國，就是進哥幫忙的。」

忠毅本來也是讀書會的成員，後來突然沒有來了，那時怕他是不是被抓，害我們還緊張了一陣子，怕他把讀書會的事洩露出去。隔了一陣子聽說他去了美國，大家才鬆一口氣。

原來是那個進哥幫他離開的。

因爲丹丹一直苦苦哀求，我才答應去和進哥見面。丹丹約了他到我家，還親自下廚做了頓飯請客。進哥則帶了伴手禮來。

「進哥你太客氣了！我們只有粗茶淡飯。」丹丹轉向我，悄悄做了個鬼臉，輕聲說：「你看人家多誠懇，你小人之心度君子之腹。」

那個伴手禮，根本就是釣魚的餌，爲什麼丹丹看不出來？

吃飯時我好幾次單刀直入問進哥去美國的事。「進哥，丹丹說你有辦法弄我們去美國？」

「唏，食不言寢不語，丹丹做得一手好菜，應該好好品嚐啊！」進哥笑著揚起筷子說，又呷了口酒。丹丹也白了我一眼。

飽餐一頓後，進哥終於進入正題：「你們的情況丹丹已經跟我說了，你們的證件……要離開，說實在的，是最棘手的……」

聽到進哥這樣說，丹丹不禁皺起眉頭。

「不過，你們找我就對了。」進哥笑著，微醺而泛紅的兩頰，讓他看來像尊笑面佛，「我告訴你，要離開不難，誰有一條船也可以離開是不是？難就難在如何在那邊留下來，我在美國有不少人脈關係，有辦法可以辦居留。」

「那是什麼辦法？」我一問，便立刻感到在桌下被丹丹踢了一腳，暗示我不該問。

進哥並沒有回答，他只是盯著我，表情立刻暗淡下來，和之前像是雙頰紅潤的笑面佛判若兩人。他突然站起來說：「丹丹，看來妳男朋友並不相信我，那我們沒有什麼可以談了……」

丹丹卻慌了。「不不不，進哥你不要這樣，他只是心直口快，你大人有大量，不要和他計較嘛。坐坐坐，我們慢慢再談……」

進哥很快便返回座位，我就知道他根本不是眞的要離開，只有丹丹才會被他嚇唬到。而進哥明顯已看穿丹丹急著想去美國的心。

「最大問題，還是錢。」進哥從口袋拿出手指般大小的東西在手中把玩，他一邊說一邊按那東西頂部的按鈕，東西的另一端發出亮光，一閃一閃的像是為進哥的說話伴舞。

那是……手電筒？他為什麼會把手電筒帶在身上？

「啊，這是我在美國買的，小巧的很可愛是不是？」進哥還好像很得意似的。丹丹只有陪笑的份兒，我內心的白眼已經不知翻到哪裡了。「總之，除了去美國的旅費外，我那邊的夥伴會替你們安排工作和申請居留。我不是那種只會要你們做黑工的人，所以錢方面……」

他說了一個數字，大概看見我和丹丹的表情，立刻補充：「放心，我不是吸血鬼。這筆數目，起行前我收四分之一，成功抵埗後並留下來才再付一半，餘下的四分之一於成功申請居留後再付。我算老實啦！其他人可是要全付的。」

進哥一再保證安排的工作絕對不是不三不四的，他已經當丹丹準備一個人走了。他也給我們很多細節，例如他在美國的夥伴是什麼人啦，在美國生活的細節啦，總之就是要丹丹安心。而我，只是一直被那該死手電筒的亮光分散了注意力。

「這是個重要的決定，我明白的。」快到午夜時，進哥也動身準備回去，「不過最好盡快下決定。要知道，現在這個時勢，又有疫病，要順利離開也不是那麼容易。如果情況再差下去，難保突然有一天想走也走不了。」

我本來以為丹丹只是送進哥到門口，但原來她和進哥一起走。我只有目送他們兩人，看著丹丹邊走邊繼續問進哥問題。

我不相信這個進哥。

4

自從那天進哥來我家吃飯後，丹丹便很積極地去籌錢，我也為此和她吵了很多次。我不斷跟她說，進哥那種收錢的方法很惹人懷疑，但是她都聽不進去。

不單這樣，進哥已經完全融入村子裡，他很會幫助其他人，大家都很喜歡他，不過平日他絕口不提可以幫助去外國的事，除非有人聽到消息特地問他。

「進哥是老實人，他並沒有四處宣揚他有門路可走，可見他不是那種斂財的人。」丹丹說。

為什麼他們都看不到？這明明就是騙子的伎倆！先裝好人博取信任，然後讓你聽到他有門路，到你問他才有所顧忌地說；他並不會主動對你提起，一切倒是對方主動的，那人們就不會防備。

在我苦惱要怎樣說服丹丹他們的時候，我看到街上貼著的大字報。

一個恐怖的念頭在腦中出現，現在回想，我竟然會有這種想法，大概是那時的氣氛，已經不容許人們正常思考了。

既然不能說服丹丹主動遠離進哥，那只能把進哥除掉。

在那樣的一個時代，要除掉一個人，比你們想像中容易。即使不是要那個人死，短短的一個舉報，也足以爲那人帶來不少麻煩。令我吃驚的是，即使知道那對進哥的傷害，可能遠遠超過對進哥身爲騙子的懲罰，但我的良心竟然完全沒有丁點猶豫和過意不去的感覺。

那個時候，每個人都陷入了瘋狂而不自知。

是的，我一定是瘋了。

當然，雖然那時社會已經有不少舉報事件，但是要打垮進哥，並不是一些無中生有的指控便可以的。要一擊即中，我一定要有全盤計畫。

爲了確保計畫成功，我花了一點時間，首先我不再和丹丹爭論進哥是不是騙子，那以後發生的事我就不會被懷疑。之後我在村裡散播消息，說進哥有很可靠的門路逃去美國，安全抵達是基本，甚至一定可以拿到居留。從村裡的人開始進進出出進哥的家、時不時神祕兮兮地和進哥談話，我就知道我的計畫快要成功了。

待時機差不多時，我便去找進哥。

「進哥，丹丹去美國的錢，我們正在想辦法的了。應該再過一、兩個月，便有那四分之一……」

「喂，我話說在前頭，你們最好也把之後要付的那一半也準備好，我說過，成功抵埗並留下來要立刻付啊。」

「確定不會被遣返嗎？」

「我進哥辦事，你沒有信心嗎？要知道，現在越來越多人想走……」

「我就是來跟你說的。」我露出一臉擔心的表情，並故意壓低聲音，「進哥你最近好像太高調了吧？」

「什麼意思？」

「我看村裡的人都進進出出你的屋子，你這樣很容易引起注意呢，我想你也不想引來當局去調查你吧？」

進哥沒有說話，我就知道，進哥這種幹這些勾當的人，當然對政府有所忌諱，看到他那時的表情，我確定了我對進哥這人的判斷一開始就是對的。

「進哥，不如這樣，與其讓人進進出出你的家，不如乾脆辦一個聚會，讓村裡的人都來，有什麼問題一次問清楚，你也省得不斷給不同的人解釋同一些事。」

「聚會？那不是更高調？」

「不會啦，我都替你想好了。過幾天做冬，那些人都要過節嘛，你叫有興趣來的早一點吃飯，然後到你那裡不就好了？」

進哥也覺得那是不錯的點子，我也答應幫他通知村裡的人。

不過我們遇到一個「問題」——想參加的人數超過進哥家可以容納的——這當然也

是我一早計算好的，聚會並不能在進哥家中進行。

「不如這樣，可以去忠毅的家。」忠毅父母一早仙遊，也沒有其他家人，他去美國後祖屋就丟空著。「你不是幫他去美國的恩人嗎？他一定不會介意的。」

「啊，忠毅啊，但是我記得他的家不是很大……」哼，我就知道他也到過忠毅的家騙飲騙食。

「不是屋子，是後院，那裡有夠大。」

「啊，我記得，對啊，那也不錯啊。」

進哥不知道的是，那其實並不真的是忠毅家的後院。只是他家在村裡邊緣位置，後面又是沒人去的山丘，於是從忠毅阿爺那代開始便把他們家和山丘之間的地當成自己的後院，以前他們家有錢的時候，每年給村裡的廟捐點錢，大家也睜一隻眼閉一隻眼，後來動亂開始，大家也沒時間管這些閒事，忠毅離開村子後更是如此。

所以，進哥並不知道那是公家的地方；最重要的是，那裡離我家夠遠。

進哥那邊搞定後，就是丹丹那邊——我要確保那天丹丹不會去進哥那邊的聚會。

丹丹對去美國一事那麼熱衷，一定會想去的；如果我叫她不要去，反而會引起她的懷疑。唯一能確定她不會去的方法，就是把她留在我身邊，只要她當天一直和我在一起，就不用擔心她會去聚會。

而我的機會，就是前一天的讀書會。我故意把一些書放在地上，然後假裝給它們絆倒。爲了這一幕，我在家裡演練了好幾次，我試過向前仆，但發現雙手會下意識地撐著地板，反而有機會眞的弄傷手，最自然而安全的，是讓屁股先著地。

「痛！」一切準備就緒，我趁其他人、包括丹丹都不留意時，從座位起來，演出那一場給地上的書絆倒、雖然屁股先著地但扭到了腳踝的戲碼。

「你怎麼了？」丹丹問，她好像以爲我只是普通跌倒。

「痛……我好像扭到了。」我按著腳踝，擠出一臉痛苦的表情。

丹丹簡單檢查我的「傷處」，並說：「沒有腫……應該只是扭到肌肉，沒大礙的。」

「妳確定？眞的很痛，都動不了啊！」

於是丹丹攙扶我回家，還燒了熱水給我熱敷。「敷一下，明天應該就會好了。」

我向丹丹撒一點嬌，要她第二天來給我做飯，她裝作一臉不耐煩，不過我知道她很受落我這樣偶爾依賴她。其實不單是她，我向她撒嬌時，雖然那是爲了我的計畫，但那讓我突然意識到，在那個時代裡，有個人在身邊，眞好。

第二天，丹丹來我家，做了簡單的麵點給我吃。「吃清淡些，對傷口好。」

我把私人珍藏的高粱酒拿出來。「陪我喝一點。」

「不怕影響傷患處嗎？」

「沒關係的。」我邊說邊倒給她，也給自己倒了一杯。

當然，酒是特意準備來灌醉丹丹的，我怕她來給我做飯後便去進哥的聚會；如果這不成功，我也準備了後備的計畫，萬一丹丹要離開，我便在她面前再摔一次。不過看來是我多慮了，丹丹應該是打算整晚在我家陪我的。

不過這下輪到是我失算了。

丹丹對我端出高粱酒顯得很興奮，還沒到晚上九點我們已經喝了不少。我以爲我們這樣喝醉睡了還好，但當丹丹扶我到床上，然後騎到我的身上，把她的嘴唇壓上來時，我知道我錯了，但那意識只是一閃而過，我不知道是酒精的力量，還是根本是我原始的獸慾。我只記得，在我那破舊的屋子中，我佔有了丹丹。我已記不起當時她是害羞、是享受、還是受酒精影響而一時衝動？你可能覺得，男歡女愛沒什麼大不了，但問題是，我從來都知道，我是不能對丹丹負任何責任的。

我是個差勁的男人。

爲了毀一個人，我同時也傷害了另一個人。

連完事後就睡死過去那一點，也是無比差勁，至少，我應該好好抱著丹丹，給她一個溫柔的吻，讓她幸福地在我懷中睡著……我竟然連這也做不到。

我對那晚最後的記憶，是朦朧中好像有點亮光照在我臉上，然後我又昏睡過去。

那晚之後，丹丹就失蹤了。

5

丹丹從村裡消失了，我完全找不著她。

那天我以爲她醒來先回去了，等宿醉好了點後我便親自去她家找她。畢竟前一晚……雖然我不能承諾她什麼，但總不能發泄完卻不理會她。開門的是和她一起住的好姐妹，她只是打開一道門縫，雖然我只看到她半張臉，但我也感到她狐疑的表情。

「丹丹不在，昨天她說去你那裡不是嗎？你們發生了什麼事？」

因爲不好解釋，我只是隨便說我喝醉了，醒來不見她以爲她回家了之類，然後便找個藉口離開，我怕她會追問我發生了什麼事。

本來想先回家再算，沒想到路上經過阿勇家時，他透過窗子喊停我。

「喂，你瘋了嗎？要去哪裡呀？」說著他鬼鬼祟祟開門讓我進屋，「你昨天沒去進哥的聚會，眞是走運了。」

他是不是被抓了——我差點脫口而出。「發生什麼事？」我裝傻。

「昨晚……我和村裡不少人都去了進哥的聚會，就是在忠毅家後院那個，不過沒多久，竟然有政府的人來，說接到舉報，指我們在非法聚會，又問誰是帶頭人。」

「欸？那後來怎麼了？」

「天啊！你知道嗎？當時我嚇得要拉屎啦！我聽過，前陣子才有不少人因爲非法聚會被控告，進哥的聚會，又有二、三十人那麼多、又是講怎樣去美國，天曉得被抓去後，會被扣上什麼罪名？幸好進哥好像和他們其中一人有點交情，不過也交涉了很久，後來終於讓我們回家。」

什麼？進哥竟然沒有被抓？

「所以你們就那樣散會回家了？」

「嗯，不過他們就嚴正訓斥了我們，要我們乖乖待在家，而且……」

「而且什麼？」

「不是說了嗎？政府的人會來，是因為接到舉報，所以那時的氣氛頓時變得怪怪的……大家都在懷疑，究竟誰是告密者？告訴你喔，有人說你沒來，你一定是告密者！不過有幾個人證明你扭傷腳在家休養，而和丹丹同住的女孩也說丹丹去了你家照顧你……」

所以為了不讓丹丹去進哥的聚會而留她在我家，反而給自己提供了「不在場證明」？

不過沒想到，進哥竟和政府中人有交情，我精心設計的陷阱變成幼稚的惡作劇。

「那進哥也回家了？」一個猜想突然在腦中浮現出來。

「是啊，他明顯一臉不高興，因為我和他同路嘛，他邊走邊焦躁地把玩著他的手電筒。」

手電筒？

「幹！是進哥！」我想起昨晚，睡夢中感到的亮光。手電筒這種東西，整個村子裡除了進哥外，應該沒有其他人有。「一定是他！昨晚他偷偷潛入我家，並擄走喝醉了的丹丹！」

我正要跑去進哥的家，一想到他不知對丹丹做了什麼，我便怒火中燒。不過阿勇拉著我，追問道：「喂，你瘋了嗎？你在說什麼呀？什麼進哥擄走了丹丹？他不可能這樣做啦！」

「什麼不可能，他根本就是個騙子，看上了你們想逃離的心態騙你們的錢，現在終於露出狼性了！」

「進哥不可能拐走丹丹的，因爲散會各自回家後，他就一直待在屋內沒有出來過！你看！我從這裡可以清清楚楚看到進哥的屋！我一夜沒睡一直看著，他一出來我一定看到！」

什麼？進哥沒有離開過他的家？

「那是幾點的事？」

「我想……八點多吧，大家也是在家吃完飯後才去忠毅家的，不過沒多久政府的人就來了。唔……老實說，我在懷疑究竟是誰告密，便一直守在窗前，看看哪家會有動靜……不要說進哥，我也沒有看到誰離開自己的家，難怪，才剛撿回小命，大家都如驚弓之鳥，不敢輕舉妄動。」

八點多……那時我和丹丹還未喝醉和……

我看著窗外，如阿勇所說，可以清楚看到進哥住的小屋，而且進哥的屋子四周非常空曠，即使進哥不用正門離開，阿勇也一定看到。

離開阿勇家後，我也問了其他人，所有人都說沒有看到或聽到有人離開自己的屋子。不過奇怪的是，他們對我的態度和平日不同，都好像不願和我說話似的。

他們都懷疑我是告密者——我感到。

只是他們不知道我是怎樣告密的，進哥在政府有熟人，如果是一早告密，很可能會走漏風聲，那聚會就辦不成，所以一定是確定村裡的人都去了忠毅家後，才向當局舉報的，但那時丹丹一直和我在一起。

那天之後，我就再沒見過丹丹，她就像是平空消失了，我甚至懷疑，丹丹是眞實存在過嗎？但和她第一天見面時，那高雅的髮髻、在讀書會時她飄逸的長髮、她的笑容、她喝醉後如剛熟的蘋果一般泛紅的臉頰……過了五十幾年，雖然記憶已經模糊，但那感覺，明明就很眞實。我沒有和村裡的人談起，因爲他們都不再和我講話，我變成了孤獨一人，一陣子之後，不用靠進哥，我也有逃離鄉下的機會……

6

「村裡的人，那天大家都無聲無息地監視著大家，進哥，不，所有人也沒有離開過自己的家，我肯定是進哥，但是他是怎樣辦到的……」

「唔……會不會那不是進哥，而是別人一早躲在你家裡？」

「你以爲我的家是豪宅嗎？我是裝傷，不是眞傷，在丹丹來之前，我整天沒有外出，一直在家中走動，沒有人能躲進來的。而且我問過，差不多所有人都去了進哥的聚會，不然就是有不在場證明。」

「那，其實很簡單。」我吸了最後一口菸，把菸頭弄熄後便丟到手中的空啤酒罐中。「如果村裡的人都沒說謊，那只能有一個解釋——就是丹丹她自己離開你家的。」

「什麼？她爲什麼要這樣做？」老爸一臉驚訝，看來他這些年來都沒有想過這可能性。

「她……應該一早已經敲定去美國的事，只是沒有告訴你。你想想，她那麼想去美國，竟然會因爲你扭傷腳那麼小的事便不去進哥那邊？還有和你喝酒也是，正常來說應該是她要盡快把你灌醉，讓你早早睡覺才是。所以和她同住的女孩才會說丹丹不在家，因爲她知道丹丹已經離開了。我想……丹丹大概是不想傷你心，才會選擇以那樣不辭而別吧。」

「但是……那光是怎麼回事？」

「……一定是你作夢啦。」

趁老爸沉浸在回憶中，我靜靜地走回室內，老媽在廚房忙著洗切水果。突然，一種很想留下來的念頭湧上來，我可以因爲移民和Jennie分開，但我眞的可以丟下老媽，讓她一個人去承受嗎？

「不用擔心我們，知道嗎？」背對著我的老媽突然冒出一句，但我看不到她的臉。老媽是個堅強的女人，她一定不會在我面前哭。

「媽，爲什麼妳剛才不讓我跟爸說出眞相？」當老爸問我丹丹爲什麼會無聲無息地離開時，我壓抑著怒火，不想在移民前一晚跟老爸吵，那時我眼角看到站在我們身後不遠的老媽，她沒有說話，只是對我搖頭。

「那個亮光的解釋，老爸會接受嗎？」我重重地嘆氣。

那亮光，當年老爸在朦朧中感到照在他臉上的亮光——很明顯，就是手機屏幕的光呀！

7

五十幾年前的二〇二〇年，老爸從鄉下香港移民過來英國，他們都把那時的情況形容爲「逃難」。後來到英國定居的香港人越來越多，不少港人聚居的地方都起了香港地方的名字，例如我長大的這個公寓項目，發展商特地起了「堅尼地城」這名字吸引香港移民。跟很多年前溫哥華的「香港仔中心」和多倫多的「朗豪坊」如出一轍，都是用故鄉的地名，來慰藉流落外地的人的一點鄉愁。說來諷刺，香港堅尼地城的名字來自第七任總督堅尼地，這個帶有殖民地色彩的名字，竟然又回到英國，變成前殖民地移民聚居的地方。而爲了保留中文文化，小時候我都被迫週末去上中文班，直到高中才停止。那時中文班其中一篇要讀的文章，就是朱自清的〈背影〉。

Jennie是土生土長英國白人，她媽媽年輕時是當年很紅的韓國女團BLACKPINK的歌迷。近幾年英國本土經濟越來越差，執政的左派新自由黨認爲要積極發展和鞏固跟歐洲大陸的貿易，更在靠近歐洲的沿岸城市多佛（Dover）建立了「多佛大灣區」，Jennie就很認同這一套，認爲靠攏歐洲大陸才是出路。不過我們這些少數族裔，在經濟差的時候便成爲代罪羔羊，爲了對抗歧視，我和不少港人後代最近常常上街遊行抗議，因爲聽說加拿大的多元文化，而且最近更開放新移民計畫吸引英聯邦公民，便想移民到那裡重新開始。

老爸移民前在香港住在東涌石榴埔村的村屋，他喜歡村屋的地方大一點，更接近大自然，因此沒有住東涌地鐵站附近的大型屋苑，雖然在英國他反而住在公寓中。東涌在機場附近，當年不少在航空公司工作的人都住那裡，丹丹就是一名空中服務員。

二〇二〇年，新型肺炎肆虐全球，現在我們久不久就出現疫症，因此見怪不怪，但當年可說是前所未有，航空業首當其衝，不少員工像丹丹一樣給裁員。而為了防止疫情擴散，香港政府頒布了「限聚令」，除了餐廳只能經營到晚上十時外，公眾地方的聚會人數以兩人為上限，所以老爸和丹丹他們才會那樣偷偷摸摸為阿勇慶生。阿義工作的餐廳是村中唯一的餐廳，村裡的人懶得在家煮飯的話都會貪方便到那裡吃，所以村裡的人都叫那裡作「飯堂」。那裡的老闆和廚子都支持抗爭者，除了會在社交媒體表態外，還會準備一些免費飯餐給有需要的人。不過也因為他們的立場，常常引來一些人來飯堂找麻煩。

進哥是一名移民顧問，因此老爸才會那麼緊張我有沒有付錢搞移民，當年很多像進哥這種移民顧問，捉著港人急著走的心理，趁機大撈一筆。老媽擁有BNO護照可以到英國，不過老爸在九七年底出生，只有特區護照，所以進哥說他和丹丹要走並不是那麼容易。不過老爸也夠狠，他故意引進哥在忠毅家的「後院」搞聚會，然後打「篤灰熱線」舉報他們在公眾地方違反限聚令。只是一個電話，老爸一定是趁丹丹不注意時、或是上洗手間時打的。

「媽，妳一早就知道？」我問，她還是背對著我。

老爸認識丹丹，是新型肺炎疫情期間，她被航空公司裁員時，那是二〇二〇年底。而老爸認識老媽，是二〇一九年，正值香港不斷有大型示威衝突時的事。

也就是說，當時老爸是一腳踏兩船，背著已經去了英國的老媽，和丹丹在一起。老媽在英國有份朝九晚五的工作，每天下班時，她都會聯絡老爸，英國下午五點就是香港半夜一點。老爸常常午夜左右要回家，就是不想給丹丹看到老媽打電話給自己；也因爲女朋友已經在英國，所以他才不熱衷去美國。

而那天晚上，老爸喝醉睡著了，當然錯過了老媽的電話，不過丹丹卻看到了。丹丹把老爸的手機湊到他的臉前解鎖，所以他在朦朧中感到了亮光，那才不是什麼進哥的手電筒；那個年代，手機都有電筒功能，哪有人還會帶著手電筒，所以老爸才會翻白眼。不過那時老爸一下子又睡著了，才不知道丹丹在偷看他的手機。發現老爸一腳踏兩船後，丹丹又生氣又傷心地離開，這事在村裡傳開，所以其他人對老爸這「渣男」才會態度不一樣。

究竟老爸是眞的以爲那是電筒的光，還是只是不願接受丹丹看到他手機裡的東西？

談這段往事的時候，老爸一直避重就輕，曖昧地避開當時他有女朋友的事實，不談老媽會半夜打給他的電話，只說自己不應該和丹丹開始，說不能給丹丹幸福，但我還是從那點點細節中發現了。

老媽是何時知道的？是剛才一直在我們背後聽到才知道？還是其實當晚丹丹接了老媽打來的電話，所以丹丹之後才要解鎖老爸的手機證實？

我看著老爸緩緩從露台走回屋內，看著他那如釋重負的表情，我突然覺得，他那個安心的幸福感，只是海市蜃樓，是沙上堡壘，是糖衣毒藥。因為那只是建築在謊言上的，在謊言的糖衣裡，本質還是毒藥。他舔著甜甜的糖衣，以為自己過著幸福的生活，以為只要不咬破它，所有東西就永遠保存在甜美的狀態。

不過，謊言的糖衣終究不能長久。

丟棄糖果的一刻當然會痛苦，但那能早點看穿謊言認清現實。因為，糖衣始終會有溶化的一天，裡頭的還是毒藥，當糖衣漸漸溶化，毒藥滲出來時，就為時已晚。

已經上過一次糖衣毒藥當的人，會願意再來一次嗎？

不會吧。

「爸！」我跑過去摟著他的肩，和他回去露台。「我剛才想了一下……」

〈移民前夕〉完

作者訪談

這次的作者訪談改爲以快問快答的形式進行，每位作者抽選其中約十條問題作答，讓各位讀者一窺作者們在疫情期間的生活和所思所想。

01 請用一句成語來表達你對這次主題的想法。

陳浩基：白衣蒼狗。

譚　劍：「役所廣司」＝「疫所廣施」，意思是「防疫對策在各地場所廣泛實施」。

莫理斯：猶七年之病，求三年之艾。（不是說我們「冰室七友」。）

黑貓C：以疫謀讀。

望　日：這題對粗鄙的我來說實在太難了……予欲無言。

02 請列出能work from home（ＷＦＨ）對你的三大好處及壞處。

譚　劍：不用出門開會、不用煩惱去哪裡吃飯、不用在公共交通工具上被迫欣賞其他乘客剪腳甲。

我覺得家犬最喜歡我和太太ＷＦＨ，百利而無一害。

文　善：能ＷＦＨ最大好處是省下通勤時間和交通費、省下買化妝品的錢、不用擔心網購東西在家門口被偷。壞處是因爲沒有了公司免費咖啡，增加了買咖啡豆的開支、不能用公費請客（和自己）吃飯、不能在解決事情後和同事去喝杯慶祝。

莫理斯：我過去十年也主要是居家工作，早已習慣了好處：彈性工作時間、避開繁忙時段的交通及不用注意衣著及儀容（除非要開視像會議）。

最大壞處是因爲很多人也突然ＷＦＨ：用公費請我吃飯的人大幅度減少、假裝不在家的詭計不再奏效，還有便是失去了ＷＦＨ原有的優越感。

望　日：好處——本來就不喜歡外出的我有藉口更宅，不少會議取消改以文字討論或交代，街上的人稍微少了。

壞處——其他鄰居也因爲長期ＷＦＨ而不時吵架、鑽牆和再鑽牆。

冒　業：壞處——24小時on call（收到訊息「伺服器又死了！」）、要在家裡增設人體工學椅、要一邊忍受樓上／下的鑽地聲一邊工作。

好處——24小時都找到人（可隨時發訊息「伺服器又死了！」）、有藉口在家裡增設人體工學椅、在工作時間上Facebook也沒人發現。

03 如果你要進行防疫隔離，請列出三項你在「閉關」期間不可缺少的東西。

陳浩基：忍耐力、理智、求生慾望。

譚　劍：太太、家犬、能和父母保持聯絡，這些情緒支援最重要。

文　善：網絡、電腦、寫稿時喜歡喝的茶（電我當係given[1]）。

莫理斯：電腦、手機（最好沒有被人做了手腳）和一個可以藏在隱蔽處的針孔攝錄機（萬一不幸被人謀殺，也會留下凶手的罪證）。

黑貓C：手提電腦、電話、無限數據卡。

望　日：空氣、食物、水。（逃）

冒　業：Netflix（整個伺服器和片庫）、圖書館、床。

1 電我當係given：即「我不把電算在內，因為我當有電是前提」。

04 如果你被強制隔離須送往隔離營，請列出三款你必定會帶備的食物和飲品（爲了對抗難吃的隔離營便當）。

陳浩基：茄汁豆、呑拿魚[2]、白米。

譚　劍：葡萄、香蕉、芒果。

文　善：某款杯麵、wine gum、魚蛋、咖啡、青汁、茶。

莫理斯：罐頭墨西哥辣豆牛肉醬（chili con carne）、南乳花生、啤酒（最好是德國黑啤）。

望　日：紙包牛奶、軟糖、紫菜。

冒　業：炒麵王、日清U.F.O.炒麵、俺の塩炒麵。

05 請推薦三項關於病毒或疫症的作品給讀者（包括電影、電視劇、書籍、動漫、遊戲等）。

陳浩基：電影：《七夜怪談》；

漫畫：筒井哲也《有害都市》；

遊戲：《*A Plague Tale: Innocence*》。

譚　劍：史蒂芬・索德柏（Steven Soderbergh）執導的電影《世紀戰疫》（*Contagion*）；

ＨＢＯ的迷你電視劇《*Chernobyl*》；

Kim Stanley Robinson的小說《*The Years of Rice and Salt*》。

文　善：各地政府在二〇〇三年ＳＡＲＳ後撰寫對應下一次疫症的playbook。

莫理斯：電影——港譯《世紀戰疫》（台譯《全境擴散》）的*Contagion*（二〇一一），整體拍得十分出色，但可惜講及香港的部分卻跟本地現實情況脫節，看得我捧腹大笑；

名畫——挪威畫家Edvard Munch在一九一九年「西班牙流感」肆虐時畫過一幅自畫像，表情跟他最出名的畫作《*The Scream*》[3]如出一轍，一個世紀之後仍能用作我們新冠時代的寫照；

---

2 吞拿魚：即台灣的「鮪魚」。

3 《*The Scream*》：即愛德華・孟克的《吶喊》（挪威語：*Skrik*）。文中提到的那幅自畫像為《自畫像和西班牙流感》（*Self-Portrait with the Spanish Flu*）。

小說——非常厚顏無恥地賣一賣廣告，即將出版的拙作《神探福邇，字摩斯2》其中一個故事以一八九四年香港鼠疫作爲背景。

冒　業：遊戲《Zero Escape：善人死亡》（科幻推理遊戲傑作，看到最後才明白裡面的Radical-6病毒有什麼用）；
小說《種族滅絕》（化學合成藥物最佳科普小說，而且情節很刺激）；
漫畫《工作細胞BLACK》（看完會覺得自己很對不起體內的細胞們）。

06 請說出一件在這次疫情中發生的趣事。

譚　劍：×××××（經過馬賽克處理）。

文　善：原來家附近有一條風景很優美的散步徑，住了十年也沒去過。

黑貓C：據聞有人在疫情期間身體力行支援受影響的按摩業界，在警方一次掃黃行動中被發現光顧疑似提供賣淫服務的無牌按摩院，事後獲警方證實看不到他有涉及任何不道德的行爲，並拘捕了數名按摩院的女子。（文善按：前陣子多倫多爆出建屋工人請脫衣舞孃在興建中的房子內開P[4]（有片），輿論一面倒批評工人違反室內聚會人數限制和沒有保持社交距離……）

望　日：口罩是個「好東西」，這段期間我在不同場合被查問是否已成年。

冒　業：在加密貨幣市場損失了相當於上一本《偵探冰室》版稅一半的金額。

07 請預測疫情對一年後的自己的影響。

陳浩基：體力嚴重衰退。

文　善：很難說……有機會變成低物慾中年，或是瘋狂報復性消費。

莫理斯：希望不要因為獨處太久而患上了恐曠症。

黑貓C：變胖。

望　日：出版社庫存又變多了。

冒　業：重了（一定是地球引力變強了）。

4 開P：即「開派對」。

08 請用三個形容詞來形容你在這次疫情中的最大變化。

陳浩基：宅、宅宅、宅宅宅。

譚　劍：減少看電影和追劇的時間。老花眼嚴重，不得不轉看電子書。體會到世事無常，放下更多執念，包括，把所有DVD和過百本書清走。

文　善：肥、胖、脹。

莫理斯：怠惰發福、不修邊幅、頭髮漸禿。

望　日：宅宅宅、宅宅、宅。

09 請列出三項你在這次疫情中學會的新技能。

陳浩基：網上買雜貨、網上簽文件、網上虛耗人生。

譚　劍：提升煮食能力、快速寫下自己的姓名和電話、不用查也知道日期和時間。

文　善：外出前擬好路線和購物清單，務求去最少的地方買完必需品；像刑警監視疑犯一樣在車上吃外賣；在街上走看到人迎面而來，大家用眼神就知道對方向哪邊走來避開以保持社交距離。

莫理斯：只靠髮型和眼睛來辨認容貌、單手戴上和脫下口罩、在地鐵上因爲不敢碰扶手而練成「千斤墜」站樁。

黑貓C：沒有新技能，有學到一些新知識。出於好奇讀過關於病毒的知識，留在家中玩《馬娘》學會了看純種馬的血統和配種理論。

望　日：修剪劉海和髮鬢、改短褲腳、乘搭扶手電梯時不碰扶手。

冒　業：理解區塊鏈運作原理、讀了些流行病學和免疫學知識、用循環錄像假裝Zoom會議期間坐在電腦前。

10 請列出三個這次疫情爲你帶來的好處。

陳浩基：外出不用刮鬍子、不用擔心被傳染流感、《眞・三國無雙7 with猛將傳》全成就達成。

譚　劍：增加和太太相處的時間、在一年內很專注地完成兩部長篇的初稿、聽了非常多以前沒接觸過的古典音樂曲目。

文　善：排隊時終於不用被某些人以接近貼背的距離站在後面、不能外遊省了不少、第三個眞的想不到……

莫理斯：多了大量個人時間、花少了很多錢、得到一個婉拒交際應酬的最佳藉口。

黑貓C：更多私人時間、少出門少了生病、網上消費更方便。

冒　業：尖沙咀街道不再擠擁、終於看了電影《月黑高飛》、少了衣服要洗。

11

請說出疫情過後你最想做的事情和最想去的地方。

陳浩基：除口罩和火星。

譚　劍：去日本的神社參拜，感謝神明讓我和家人平安度過。

文　善：去餐廳堂食、去coffee shop寫稿、去圖書館寫稿。

莫理斯：去歐洲探望一些二十年沒見面的老友，不過有幾個也說過想來香港找我，所以大家要約一約。

黑貓C：想做的事情，不戴口罩出門。想去的地方，標準答案日本？

望日：最想做的事情是唱K（但願到時還未倒閉）；最想去台灣，看看台版《偵探冰室》在書店的銷售情況並拍照留念。

冒業：想重新繼續練拳。最想去的地方當然是日本！

12 請說出對你來說比全球疫症大流行「更可怕」的事。

陳浩基：平庸之惡、寄生蟲、硬碟連同所有備份上的稿件檔案損毀。

譚劍：我覺得這兩年香港人應該培養出好強的適應能力，特別是心理質素。

文善：望日話要將《偵探冰室》打造為推理界Mirror，然後其他人爭做推理界××（可怕到不敢寫出來）。（望日按：我們都超齡了，組團的話應該要叫Terror或Horror……）

莫理斯：可可豆失收，導致全球朱古力（巧克力）短缺。其次便是咖啡豆失收。

黑貓C：亡國。

冒業：TYPE-MOON在完成《魔法使之夜》三部曲之前倒閉或者奈須蘑菇有什麼不測。

13 如果你有能力，請說出你最想消滅的一種疾病。

陳浩基：精神病。

譚　劍：免疫系統疾病。

文　善：經痛（快問快答吖嘛）。認眞的，就和其他人一樣是精神病／情緒病。已經有研究指疫情期間死於自殺的人比沒有疫情時高出很多，甚至超過死於疫症的。

莫理斯：世界上最容易集體傳染，亦是禍害最深的精神疾病——種族仇恨。

黑貓C：精神病。

14 最後，有什麼想跟讀者說說或分享嗎？

譚　劍：我這篇的主角和他的朋友有時看來是正面人物，但其實從頭到尾都不是，大家閱讀時務必瞭解這一點。在現實世界裡，沒有人會提醒你。

文　善：作品就是要和讀者分享的，其他的，我這最大優勢只是早出生十幾年的幸運中年人最好都係唔好咁多嗲[5]。

莫理斯：《隔離密室直播殺人事件》暗藏了彩蛋，角色名字一開始便道破了誰是凶手。提示：大場鶇原作的某日本漫畫，有動畫和真人版電影。

黑貓C：放棄的話會很輕鬆，但最珍貴的無法輕易得到，所以才是珍貴。

望　日：引用〈離人〉的最後一句，我相信我們終會看到黎明到來。

冒　業：好好努力，令自己有更大力量改變更多事物。

陳浩基：疫下經濟艱難，但仍希望大家多多支持本地作家的作品，多留意新人作者，你願意付款買一本書或網上訂閱一篇文章，就是爲延續香港藝術創作出一分力。

〈作者訪談〉完

5 都係唔好咁多嗲：指還是不要在旁說三道四。

國家圖書館出版品預行編目資料
偵探冰室．疫／ 陳浩基 等 著.
——初版.——台北市：蓋亞文化，2021.11
面；公分.（故事集；24）

ISBN 978-986-319-601-3（平裝）

857.61 110016928

故事集 024

偵探冰室．疫

作　　者　陳浩基、譚劍、文善、莫理斯、黑貓C、望日、冒業
封面插畫　Dawn Kwok
裝幀設計　莊謹銘
責任編輯　盧韻亘
主　　編　黃致雲
總 編 輯　沈育如
發 行 人　陳常智
出 版 社　蓋亞文化有限公司
地址：台北市103承德路二段75巷35號1樓
電話：02-2558-5438　傳真：02-2558-5439
電子信箱：gaea@gaeabooks.com.tw
投稿信箱：editor@gaeabooks.com.tw
郵撥帳號 19769541　戶名：蓋亞文化有限公司
法律顧問　宇達經貿法律事務所
總 經 銷　聯合發行股份有限公司
地址：新北市新店區寶橋路二三五巷六弄六號二樓
電話：02-2917-8022　傳真：02-2915-6275
初版一刷　2021年11月
定　　價　新台幣380元
Published and printed in Taiwan

GAEA ISBN 978-986-319-601-3